W0352849

CYCLONES SCHICKSAL

Linear Tactical Reihe 1

JANIE CROUCH

Übersetzt von
ANNKATTRIN SCHWARZ

Calamittie Jane Publishing

Copyright © 2021 by Janie Crouch

All rights reserved.

No part of this book may be reproduced in any form or by any electronic or mechanical means, including information storage and retrieval systems, without written permission from the author, except for the use of brief quotations in a book review.

A Calamittie Jane Publishing Book

Kapitel 1

Zac Mackay ließ seinen Körper entspannt, als den starren Blick des Mannes erwiderte, der ihm in etwa drei Metern Entfernung gegenüberstand, in der Hand ein Messer. Ein Kerl, der ihn ohne Zweifel jede Sekunde erledigen würde – er hatte den Arm schon erhoben wie Jason Vorhees in einem dieser Slasher-Filme.

Der andere Kerl war größer, massiger und hatte ungefähr zehn Jahre weniger auf dem Buckel als Zacs einunddreißig. Abgesehen davon war er ein rotzfrecher Mistkerl und triefte geradezu vor Selbstbewusstsein – schließlich hatte er das Messer.

Zac kannte den Namen des Typen; er fiel ihm aber gerade nicht ein. Es spielte keine Rolle. Jeder, der in der Absicht vor ihm stand, ihm oder den Leuten, die er beschützte, Schaden zuzufügen, hatte nur einen einzigen Namen: *Feind.* Das hatte Zac nicht erst während seiner neun Jahre bei der Army gelernt, sondern auf dem Spielplatz der Grundschule.

Zac lächelte den Feind matt an, dann zwinkerte er ihm zu.

Mehr brauchte es nicht. Der Feind flog auf ihn zu, das Messer fast bis auf Augenhöhe nach oben gerissen. Er hielt die Waffe fest in seiner Faust, als wolle er sein ganzes Körpergewicht in den Angriff legen.

Anfängerfehler.

Dann wollte der Kerl auch noch angeben, also schwang er das Messer diagonal vor seinem Körper, statt es direkt auf Zac zu richten, und schlug dann einen Haken nach links, anscheinend, um Zacs Brust aufzuschlitzen, wenn er ihn auch einfach hätte erstechen können.

Wäre Zac nicht auf alles vorbereitet gewesen – jetzt kam ihm seine Ausbildung bei den Special Forces zugute – wäre er jetzt ganz schön in der Tinte gesessen. Zac machte einen Schritt nach rechts statt nach links und neigte seinen Oberkörper zur Seite. Die Klinge pfiff an der Stelle vorbei, wo er eine halbe Sekunde zuvor noch gestanden hatte.

Bei jeder anderen Gelegenheit hätte Zac vielleicht noch ein wenig mit dem Feind gespielt, um ihm zu zeigen, dass sein *draufhauen-und-zerstören*-Kampfstil nicht unbedingt der beste war, und ganz bestimmt nicht der schlaueste.

Aber aus diesem Grund war Zac nicht hier.

Während das Messer noch immer hinabsauste, trat Zac einen unerwarteten Schritt an den Mann heran, schlang einen Arm unter seinen Ellbogen und den anderen über sein Handgelenk. Dabei wandte er gerade genug Kraft auf, um die Bewegung des Kerls zu stoppen.

Viel mehr Druck hätte es nicht gebraucht, um dem Feind das Handgelenk zu brechen, ihm das Messer aus seinen dann tauben Fingern zu nehmen und die Waffe in die weichste Stelle seines Halses zu treiben.

Aber das wäre etwas übertrieben; schließlich handelte es sich hier nur um eine Nahkampf-Demonstration für ein paar Collegestudenten – einschließlich des Feindes – die dafür bezahlt hatten, hier zu sein und von Zac zu lernen.

Zac hielt inne, lockerte aber seinen Griff noch nicht, um zu zeigen, dass er die Situation nach wie vor unter Kontrolle hatte. Das Messer fiel auf den Boden. Erst dann ließ Zac seinen Gegner los.

„In Ordnung." Zac drehte sich um und wandte sich der Gruppe zu, die das ganze Szenario beobachtet hatte. „Das war Vollgas, aber für den heutigen Workshop werden wir es in langsamere, besser verständliche Teile zerlegen."

Er klopfte dem Feind auf den Rücken. „Danke, dass du dich freiwillig gemeldet hast,... Wie heißt du noch gleich, Mann?"

„Brandon", grunzte der Junge.

„Richtig, Brandon." Wieder gab er Brandon einen Klaps auf den Rücken. „Danke, dass du mit so viel Überschwänglichkeit versucht hast, mich zu töten."

Alle kicherten, und Zac zwang sich zu einem Lächeln. Brandon hatte ein Übungsmesser mit einer Klinge aus Hartgummi verwendet. Die Waffe hätte Zac nicht verletzt, wäre er mit seinem Hieb erfolgreich gewesen, aber es hätte höllisch wehgetan.

„Brandons Angriff hatte seine Stärken und Schwächen, und ich werde auf beide zu sprechen kommen, aber ich möchte mit dem wichtigsten Aspekt des Nahkampfes beginnen." Er griff nach dem Übungsmesser, legte es in die flache Hand und hielt es der Gruppe entgegen. „Jeder, der mit der Absicht, euch Schaden zuzufügen, auf euch zukommt, ist euer Gegner. Diese Person als irgendetwas anderes zu sehen, ist ein Fehler, der euch den Kampf kosten kann. Oder das Leben."

Zac unterteilte die Gruppe in Sparring-Partner und ging einige Grundbewegungen mit ihnen durch. Das war hier bei Linear Tactical nicht seine Lieblingsbeschäftigung, aber es störte ihn auch nicht und half ihm, seine Stärken auszuspielen.

Zac war ein guter Lehrer.

Viele Menschen, wie der arme Brandon, gingen davon aus, dass Zac mit seinem Surfer-Look – hellbraunes, leicht gewelltes Haar, blaue Augen, lässiges Lächeln – nicht taff genug war, die Art von Training zu vermitteln, das man bei Linear bekommen konnte. Dinge wie Fertigkeiten mit Gewehr und Pistole, Selbstverteidigung, Abschreckung vor Kidnapping, Überleben in der Wildnis, Nahkampf und Situationsbewusstsein.

Und dies waren nur die Anfängerklassen für Jedermann.

Das Training für Sicherheits- und Polizeipersonal, das Linear anbot, war wesentlich komplizierter und gefährlicher – denn diese Situationen erforderten es.

Aber die Menschen, die bei Linear arbeiteten, waren mehr als imstande, mit komplizierten und gefährlichen Dingen umzugehen. Zac hatte die Firma mit einer Gruppe seiner ehemaligen Green Beret-Brüder gegründet – seine besten Freunde. Man hatte sie dazu ausgebildet, sich in fast jeder erdenklichen Situation anpassen, verteidigen und überleben zu können.

Zac mochte vielleicht wie ein Surfer aussehen, aber er dachte und bewegte sich wie ein Soldat, und zwar ein verdammt guter. Die Tatsache, dass er seit vier Jahren nicht mehr bei der Army war, hatte daran nichts geändert.

An diesem Nachmittag zeigte Zac seinen Schülern noch hundertmal mehr, wie man den Arm eines bewaffneten Gegners festhalten und genug Druck ausüben kann, um die Oberhand zu gewinnen. Er erklärte, dass man dabei nicht zu weit gehen und dem Gegner das Handgelenk brechen durfte – unterstrich aber auch seine vorherige Aussage, dass jede Person, die sich mit einer Waffe nähert, ein Feind ist. Und sich glücklich schätzen kann, wenn sie sich dabei nicht mehr einhandelt als ein gebrochenes Handgelenk.

Es war ein wichtiger Teil des Trainings, die Bewegungen

ins Muskelgedächtnis zu vertiefen. Aus diesem Grund störte Zach sich nicht daran, sie immer und immer wieder vorzuführen – was auch bedeutete, dass man seinen eigenen Arm unzählige Male packte und ihm beinahe das Handgelenk brach. Als sie fertig waren, versuchte nicht einmal Brandon mehr, Zac umzubringen. Ganz offensichtlich wollte der Junge lernen. Alles in Allem keine schlechte Klasse.

„Ihr müsst aneinander üben“, sagte Zac, als sie das Training beendet hatten und zu ihren Autos hinausgingen. „Aber was immer ihr tut, ich rate euch, Brandon nicht ein Übungsmesser zu geben und ihn um einen Angriff zu bitten.“

Die anderen Kerle lachten und machten ein paar Kommentare darüber, wer es mit wem aufnehmen könnte, während sie gingen. Zac winkte ihnen zu und machte sich auf den Rückweg zum Büro.

„Ihr könnte jetzt rauskommen, Feiglinge“, verkündete er, als er die Bürotür öffnete. „Ich kann nicht glauben, dass ihr euch an einem so schönen Tag wie heute gezwungen habt, drinnen zu bleiben.“

Finn Bollinger, der auf jede nur erdenkliche Art und Weise außer der biologischen Zacs Bruder war, blickte von seinem Schreibtisch auf. „Heute ist die Motivation, dir zu helfen, allerseits nicht halb so groß wie gestern.“

Zac schnappte sich eine Flasche Wasser aus dem Kühlschrank in der Ecke und ließ sich auf die Couch fallen, die vor den Doppelfenstern des Büros stand. „Ja. Ich bin mir ziemlich sicher, dass ich auch gestern keine Spur von euch gesehen hätte, wären da nicht die beiden Brünetten gewesen.“

Das gestrige Training hatten sie für eine Gruppe von Brautjungfern veranstaltet, die der Braut und ihren Freundinnen von der Familie des Bräutigams geschenkt worden war.

„Das ist nicht wahr.“ Aiden neigte den Kopf, lugte hinter

seinem Computerbildschirm hervor und wackelte mit den Augenbrauen. „Ich bin wegen der Rothaarigen rausgegangen."

„Ähm, ganz abgesehen davon", Finn lehnte sein breites Kreuz in seinem Stuhl zurück und grinste, „war es nicht *Aiden*, der heute Morgen mit einer Blondine im Frontier Diner frühstücken war, zumindest laut Waverly."

Zac verdrehte nur die Augen. „Deine Schwester muss dringend wieder die Abendschicht machen."

Aber wirklich übelnehmen konnte er es ihnen nicht. Es waren Kleinstadtprobleme. Jeder wusste über alles und jeden Bescheid, und das galt besonders für Männer wie Zac und Finn, die hier in Oak Creek aufgewachsen waren. Für Aiden, der erst zugezogen war, nachdem sie Linear vor vier Jahren gegründet hatten, war es nicht ganz so schlimm.

Oak Creek war größer als die meisten Städte im Westen Wyomings. Es gab dort alles, was man brauchte: Restaurants, Geschäfte, Hotels und medizinische Einrichtungen. Und doch war es noch klein genug, um von Klatsch und Tratsch regiert zu werden. Zac hatte diese Tatsache schon lange als Teil seines Lebens akzeptiert; für ihn war sie schlichtweg eine Unannehmlichkeit, die mit der Rückkehr in seine Heimatstadt einherging.

Er öffnete die Jalousien einen spaltbreit und sah, dass ein Auto in die Einfahrt fuhr. „Wer hat hier etwas angestellt? Sheriff Nelson fährt gerade vor."

Finn blickte nicht von seinem Papierkram auf. „Kennt sich jemand mit der Gesetzgebung für unzüchtige Zurschaustellung aus?"

Zac stand auf, um Sheriff Nelson die Tür zu öffnen, bevor er anklopfen konnte. „Kommen Sie herein, Sheriff. Ich habe ein Bild von dem Muttermal auf Finns Hintern, würden Sie ihn bitte dafür festnehmen, dass er damals bei unserem High School-Footballspiel nackt durch die Markierungen gerannt ist?"

„Angeblich!", rief Finn. „Angeblich bin ich nackt durch die Markierungen gerannt. Dafür gab es niemals Beweise. Und es war ein Freundschaftsspiel. Das zählt sowieso nicht."

Sheriff Nelson kicherte. „Ich glaube, inzwischen gibt es eine nicht geringe Anzahl junger Damen, die Bollingers Arsch ebenfalls identifizieren könnten."

Aiden kicherte. „Die einzige Frage ist, ob das ist, weil sie versucht haben, ihm einen Tritt zu versetzen."

„Natürlich nicht, mein Freund." Finn zwinkerte ihm zu. „Niemals."

„Wie können wir Ihnen helfen, Sheriff, bis auf den Flüchtigen, den wir Ihnen auszuliefern haben?", fragte Zac. „Gibt es Probleme in der Stadt?"

Zac machte eine Geste zu einem Stuhl, aber der ältere Mann wollte sich nicht setzen. „Nein, dies ist reine Routine. Ich möchte mir eure Meinung über einen Angriff in Platte County einholen, aber zuerst muss ich dir etwas mitteilen, Zac. Jordan Reiss' Strafe wurde zur Bewährung ausgesetzt. In zwei Monaten wird sie vernommen. Deine Aussage würde eine wichtige Rolle spielen."

Zac sackte schwer in den Stuhl, den er dem Sheriff gerade angeboten hatte. Wie sollte er sich dabei fühlen? „Mein Gott. Die Kleine hätte schon vor Ewigkeiten aus dem Gefängnis entlassen werden sollen, Curtis, und das weißt du auch. Sechs Jahre sind einfach zu lang. Zum Teufel, man hätte sie gar nicht erst einsperren dürfen. Sie ist am Steuer eingeschlafen, mehr nicht."

„Und hat dabei zwei Menschen getötet."

Er fuhr sich mit der Hand über das Gesicht. „Ich weiß ganz genau, wer an jenem Tag gestorben ist."

Seine Frau. Und sein dreijähriger Sohn.

Der Sheriff legte ihm eine Hand auf die Schulter. „Ich

wollte sich nur auf dem Laufenden halten, falls du dich in die eine oder andere Richtung äußern möchtest."

Zac versuchte, sich auf die anderen Dinge zu konzentrieren, die Sheriff Nelson sagte – Einzelheiten über den Ablauf der Verhandlung – aber das Gespräch rückte in weite Ferne und seine Worte klangen gedämpft, als höre er sie durch mehrere Glasscheiben.

Becky war tot. Micah war tot. Der Schmerz über ihren Verlust war zu einem so festen Bestandteil seiner Selbst geworden, dass er ihn meistens kaum bemerkte. Aber in diesem Moment schien die Trauer sein Rückgrat hinaufzukriechen und sich durch seine Glieder auszubreiten, sodass er sie beinahe greifen konnte. Er sah Finn an, der schon seit der Kindheit sein bester Freund war.

„Wir informieren uns über die Details." Finn wies mit dem Kopf in Richtung Tür. „Geh."

Einen Augenblick später ging Zac durch die frische Luft auf die Scheune am anderen Ende des Grundstücks zu.

Zu Zeiten wie diesen wünschte er sich, er würde trinken. Denn genau jetzt wäre ihm das Brennen eines starken Whiskeys sehr willkommen. Aber er trank nicht, hatte ironischerweise seit einem Abend nur zwei Wochen nach Becky und Micahs Tod nicht mehr als ein Bier getrunken.

Seit *jenem Abend*. Wieder rieb er sich mit der Hand über sein Gesicht.

Man tat verflucht dumme Dinge, wenn man Trauer mit Alkohol mischte. Seine Erinnerungen an jenen Abend waren bestenfalls verschwommen. Und wenn er an die Momente dachte, die er sich noch vor Augen rufen *konnte*, wünschte er sich sogleich, es nicht zu können.

Oder – wenn er wirklich ehrlich mit sich selbst war – *mehr*. Er wünschte, er könnte sich an *so viel mehr* von diesem verlorenen Abend wenige Tage nach der Beerdigung erinnern.

Er umrundete das Gebäude und ging durch den Wald zu seiner Wohnung. Er war auf das Grundstück von Linear gezogen, weil er nach der Army eine Bleibe gebraucht hatte. Ein Leben in der Stadt war für ihn uninteressant gewesen, also hatte er sich eine Einzimmerwohnung auf die Scheune gebaut, die zu seinem Zufluchtsort geworden war. Noch nie hatte er hier Frauenbesuch gehabt. Nur sehr selten hatte er hier überhaupt irgendwelchen Besuch.

Becky war schon lange tot: seit sechs Jahren. Er vermisste sie. Vermisste seine rothaarige, hitzköpfige Ehefrau mit ihrem frechen Mundwerk. In der Mittelschule hatte sie sein Herz gestohlen und es ihm nie wieder zurückgegeben. Sie fehlte ihm nicht mehr mit denselben stechenden Schmerzen wie am Anfang, sondern mit dem leiseren, dumpfen Schmerz dessen, was gewesen sein könnte. Und sein süßer Micah... Er war zwei Jahre alt gewesen und hatte sie mit seinen Tobsuchtsanfällen und seiner Vorliebe, alles, was er in die Hand nehmen konnte, auch in den Mund zu nehmen, wahnsinnig gemacht. Zac war damals stationiert gewesen und hatte das meiste verpasst; eine Tatsache, von der er sich jeden Tag wünschte, sie ändern zu können.

Aber er hatte schon lange akzeptiert, dass diese Wunde – der Verlust von Zeit und Leben – niemals heilen würde.

Er öffnete das Scheunentor und trat ein. Sofort entspannte er sich ein wenig. Nein, er wollte keinen Alkohol. Er wollte nur *eines*: die Harley Roadster, die er sich während seiner Zeit in Deutschland gekauft hatte. Andächtig ließ er seine Finger über den Chrom des Tanks gleiten.

Er wollte nicht mehr zuhause sitzen und über etwas nachdenken, das niemals geschehen würde. Das hätte Becky nicht gewollt.

Natürlich gab es Vieles, was Becky nicht gewollt hätte. Sein Verhalten an *jenem Abend* eingeschlossen.

Obwohl es nicht gesetzlich vorgeschrieben war, setzte

Zac sich den Helm auf. Nach wenigen Augenblicken dröhnte die Harley unter ihm und er fuhr die gepflasterte Einfahrt der Privatstraße von Linear hinunter. Schon bald schoss er mit Vollgas den Highway 210 entlang, die Landschaft zog an ihm vorüber wie in einem Film.

Das war es, was er brauchte: weites Land und eine schnelle Maschine, die er mit perfekter Präzision kontrollierte. In seinem Leben gab es zu viele Dinge, die jenseits seiner Kontrolle lagen – wie ihr Tod. Aber *das hier* konnte er kontrollieren.

Die Meilen flogen vorüber. Vielleicht nicht ganz so schnell wie vor ein paar Jahren, als er in Deutschland stationiert gewesen war und sein Bike auf der Autobahn gefahren hatte – denn dort gab es keine Geschwindigkeitsbegrenzung – aber schnell genug, um ihm ein gewisses Maß an Frieden zu verschaffen. Ihn wieder ins Gleichgewicht zu bringen.

Nein, er konnte eine Achtzehnjährige, deren falsche Entscheidung seine Frau und seinen Sohn das Leben gekostet hatte, nicht hassen. Aber sich selbst konnte er sehr wohl dafür hassen, dass die Erinnerungen an den Tod seiner Frau mit den Erinnerungen an *jenen Abend* vermischt waren.

Jenem Abend, den er zugleich so sehr vergessen wollte und auch nicht.

Sechs Jahre lang hatte er versucht, Anne Nichols' Gesicht vor seinem inneren Auge zu verscheuchen. Sechs Jahre, in denen er immer wieder das Geräusch ihrer leisen Seufzer hatte ausblenden müssen.

Er ließ den Motor lauter röhren.

Wie immer funktioniert es nicht. Also fuhr er weiter, ließ die Meilen des Highway seine Gedanken davonspülen. Die Gedanken daran, dass Becky und Micah für immer fort waren. Und den Gedanken an Annie – die süße, stille Annie – die praktisch genauso fort war.

Stunden waren vergangen, und die Sonne verschwand

bereits am fernen Horizont, als Zac wieder nach Oak Creek zurückkehrte. Er würde einen kleinen Stopp im Eagle's Nest einlegen, die Lieblingsbar der Einheimischen. Um diese Zeit wären die Jungs sicher auch schon dort.

Finn würde ihm entweder jedes Detail der Unterhaltung mit dem Sheriff weitergeben, oder sie könnten für heute Abend einfach alles vergessen. Es war noch genug Zeit, sich mit den Dingen auseinanderzusetzen.

Zac gab nur sanft Gas, als die Ampel auf Grün schaltete. Während die Maschine sich in Bewegung setzte, sah er das Auto aus dem Augenwinkel. Verdammt, es fuhr auf die rote Ampel zu, ohne auch sein Tempo zu verringern.

Alles geschah wie in Zeitlupe. Instinktiv betätigte Zac seine Bremsen, stellte aber sofort fest, dass das nichts nützen würde. Er musste *schneller* sein, nicht langsamer. Er drehte den Gashebel auf und der Motor ließ das Hinterrad einen Augenblick lang dröhnend schleudern, bevor es festen Boden griff und ihn in die Sicherheit katapultierte.

Das Auto war so nah, dass er das schreckensverzerrte Gesicht des Teenagers sehen konnte, der verzweifelt auf die Bremse trat. Zac atmete erleichtert auf, als das Hinterrad seiner Maschine an der Stoßstange vorbei war, die auf ihn zugeschossen kam.

Unfall abgewendet.

Aber natürlich musste es sein, dass ein Hund genau in diesem Moment vor ihm auf die Straße rannte. Zac riss das Motorrad in die entgegengesetzte Richtung, denn er wollte auf den Bordstein fahren als in den Hund – ein Schäferhund, noch dazu ein schwangerer – und der Aufprall warf ihn mitsamt seiner Maschine auf die Seite. Als den Lenker seines Bikes aus den Händen verlor und zu Boden glitt, spürte er die brennende Hitze der Straße durch seine Lederjacke, bevor sein Kopf auf der anderen Straßenseite hart auf den Bordstein schlug. Dann wurde alles schwarz.

Kapitel 2

Anne Nichols Griffin hätte nie gedacht, dass sie wieder nach Oak Creek zurückkehren würde.

Schon beim ersten Mal hatte Wyoming ihr, außer alkoholkranken Versagereltern, die sie nicht ansatzweise verstanden, nicht viel gegeben. Ihre Andersartigkeit war ihnen peinlich gewesen, mit ihrer Nase immer in einem Buch und ihrem ausgeprägten Stottern.

Sie hatte nur einen Freund hier in Oak Creek gehabt. Einen, den Anne letztendlich auf die schlimmste Art und Weise verraten hatte. Als man ihr also vor sechs Jahren gesagt hatte, sie solle verschwinden und nie wiederkommen, hatte sie ehrlich geplant, diese Anweisungen zu befolgen.

Und doch war sie hier.

Denn so schlimm Oak Creek auch einmal gewesen sein mochte, verglichen mit dem Trauerspiel, zu dem ihr Leben während der letzten drei Jahre geworden war, war es nichts.

Sie war geschieden, pleite und verspürte eine lähmende Angst vor jeder Art von sozialen Situationen. Abgesehen davon, dass sie eine exzellente Notärztin war, hatte sie im Grunde nichts zu bieten.

Anne seufzte und konzentrierte sich wieder darauf, ihr Büro im Krankenhaus einzurichten. Sie durfte das Positive nicht aus den Augen verlieren. Eine bessere Zukunft lag in Aussicht. Obwohl das nicht allzu viel bedeutete, da eine schlechtere schier unmöglich war.

Sie konnte die positiven Dinge in ihrem Leben an einer Hand abzählen. Nummer eins: Sie hatte einen neuen Job, in dem sie nicht als die Ehefrau bekannt war, die immer noch mit dem Ehemann zusammenarbeiten musste, der sie für eine attraktivere und charmantere Frau verlassen hatte, die noch dazu im selben Krankenhaus arbeitete.

Nummer zwei: Sie hatte ein Zuhause und musste nicht in einer Ein-Zimmer-Wohnung im beschissensten Teil von Tampa leben, weil sie so pleite war.

Das war der Mutter ihrer besten Freundin zu verdanken, die ihr laut Testament das kleine Haus in Oak Creek hinterlassen hatte. Carol Peverill würde nie wissen, wie sehr sie Anne geholfen hatte – bereits zu Lebzeiten und jetzt auch nach ihrem Tod vor vier Monaten. Ohne Carols Großzügigkeit hätte Anne es sich nie leisten können, hierher zu ziehen. Jetzt hatte sie eine mietfreie Wohnung und einen Traumjob als Nachfolgerin des Chefarztes der Notaufnahme, der in ein paar Jahren in den Ruhestand ging.

Und das alles dank einer Großzügigkeit, die sie nicht verdient hatte und niemals zurückzahlen konnte. Anne seufzte und rieb sich die Stirn. Darüber nachzugrübeln würde nicht helfen.

Und Nummer drei: Niemand kannte sie hier.

Die Menschen warfen ihr keine wissenden oder mitfühlenden Blicke zu. Sie kannten sie nur als Dr. Griffin, die stille neue Ärztin, die sich in den letzten zwei Wochen als ziemlich kompetent erwiesen hatte.

Was störte es sie schon, dass sie mindestens einem halben Dutzend Leuten begegnet waren, mit denen sie zur Schule gegangen war, die sie überhaupt nicht erkannt hatten? Anne hatte damals einen anderen Nachnamen gehabt, Nichols, nicht Griffin. Ihr kompletter Unterricht war für Fortgeschrittene gewesen, ein paar ihrer Kurse online oder mit Privatlehrern, was sie noch weiter von ihren Mitschülern entfremdete. Und ihr Stottern und ihre Sozialphobie hatten den Umgang mit anderen fast unmöglich gemacht.

Das Stottern hatte sie inzwischen größtenteils in den Griff bekommen, aber der Gedanke an gesellschaftliche Anlässe versetzte sie immer noch in Panik. Ganz zu schweigen davon, dass sie einfach nicht der Typ Mensch war, an den sich die Leute erinnerten. Nicht einmal ein paar Minuten später, geschweige denn Jahre.

Ihr unscheinbares braunes Haar hatte sie meistens zu einem Zopf geflochten. Ihre Gesichtszüge waren nicht unbedingt unattraktiv. Sie hatte eine gerade Nase, blasse, mit Sommersprossen gesprenkelte Haut und braune Augen, die hinter ihrer Brille gut zur Geltung kamen, aber niemandem auffielen. Sie war ein wenig größer als die meisten Frauen und nicht besonders kurvig.

Also im Grunde genommen unsichtbar. Verdammt, sogar der Name „Anne“ war so unauffällig, wie es nur ging.

Aber unsichtbar bedeutete, noch einmal von vorne anfangen zu können, also nahm sie den Vorteil gerne an. Sie wusste bereits eine Menge über die Stadt, die Einwohner beachteten sie aber kaum. Und sie brauchte jeden Vorteil, den sie bekommen konnte.

Sie stand von ihrem Schreibtisch in ihrem kleinen Büro auf und zog ihren weißen Laborkittel über ihre Krankenhauskluft. Sie trug sie gern, um sich frei bewegen zu können - eine wichtige Option in einer Notaufnahme -, aber durch den Laborkittel wusste jeder, dass sie eine Ärztin war. Still, weiblich und relativ jung zu sein, bedeutete, dass die Leute daran manchmal erinnert werden mussten.

Sie ging aus ihrem Büro und den Flur entlang zur Notaufnahme. Das Oak Creek General war eines der größten Krankenhäuser im westlichen Wyoming, das zweitgrößte nach dem Reddington City Regional, aber es war immer noch nicht einmal halb so groß wie das, in dem sie in Tampa gearbeitet hatte.

Am Ende war jedoch eine Notaufnahme eine Notaufnahme. Anne liebte alles daran. Die Kakophonie der Pieptöne, das ständige Gewusel und das Stimmengewirr der Menschen. Diese unaufhörliche Betriebsamkeit, etwas oder jemand brauchte immer Aufmerksamkeit. Sie spürte, wie sie sich aufrichtete, stärker wurde, als sie näher kam, und ihre Schritte wurden länger. Hier gehörte sie hin.

Sie mochte in fast jedem anderen Aspekt des Lebens eine Versagerin gewesen sein, aber hier hatte sie es zu etwas gebracht.

Anne bog um die Ecke und blieb bei einem Tumult in der Nähe der östlichen Zimmer kurz stehen. Sie hatte noch nie so viele Krankenschwestern in einer Gruppe gesehen, schon gar nicht an einem Freitagabend, nachdem der Schichtwechsel bereits um 19 Uhr stattgefunden hatte.

Anne eilte zur Schwesternstation. Das Adrenalin begann bereits, durch ihre Adern zu schießen. „Heiliger Bimbam, Susan." Anne schnappte sich das Krankenblatt, das die ältere Frau ihr reichte. „Haben wir einen massiven Zustrom von Patienten? Eine Massenkarambolage oder so etwas? Warum wurde ich nicht angerufen?" Bei einem Notfall dieses Ausmaßes hätte man sie sofort benachrichtigen müssen.

Susan Lusher, Oberschwester der Notaufnahme, verdrehte die Augen. „So kommt es einem vor, wenn man das hier sieht, oder? Nur ein einzelner Motorradunfall. Nichts Ernstes. Mögliche Gehirnerschütterung und ein paar Hautabschürfungen, wenn auch geringfügig. Der Patient ist wach und ansprechbar."

Annes Adrenalinspiegel sank ein wenig, als sie sich die Akte ansah. Schwester Lusher hatte recht, es schien nichts Schlimmes zu sein. Anne drehte sich um und betrachtete die Frauenschar auf dem Gang. „Gibt es einen Grund, warum sich jede Krankenschwester im Umkreis von drei Bezirken hier unten herumzutreiben scheint?"

„Linear Tactical", sagte Schwester Lusher, als ob das alles erklären würde.

Anne schnitt eine Grimasse. So viel zu ihrem versteckten Heimvorteil. Sie hatte keine Ahnung, wovon die Frau sprach. „Ist das eine Gang?"

Susan lächelte. „Nein. Eine Firma am Stadtrand. Sie machen so Kampftaktik- und Waffentrainingssachen. Eine der angesehensten Einrichtungen ihrer Art im ganzen Land. Gegründet von ein paar einheimischen Jungs und ihren Freunden aus der Army."

„Bekommt das Krankenhaus von diesen Linear-Leuten viel zu sehen?" Es lag auf der Hand, dass eine Freizeiteinrichtung, die sich mit Schießen und Kämpfen beschäftigte, ziemlich viele Leute in die Notaufnahme bringen würde.

Susan lachte. „So wie Sie das sagen, klingt es, als wäre es etwas Schlechtes. Nein, die Jungs sind ziemlich erpicht darauf, dass alles sicher ist und niemand verletzt wird."

Anne hielt sich selbst davon ab, die Augen zu verdrehen. Sie hatte nichts gegen Waffen per se, aber es überraschte sie, dass sich um die Ecke ein ganzes Trainingslager befand.

„Okay, ich verlasse mich auf Ihr Wort." Sie klemmte sich die Akte unter den Arm und blickte in Richtung Ostflügel. „Und warum sind die ganzen Krankenschwestern noch gleich da?"

„Oh, das werden Sie sehen, wenn Sie dort ankommen. Die Jungs von Linear erregen immer ziemliches Aufsehen bei der weiblichen Bevölkerung."

Anne ging den Flur hinunter. „Ich werde sie wieder an

ihre Arbeitsplätze zurückschicken." Sie drehte sich noch einmal zu Susan um und wünschte sich, sie könnte so unbeschwert mit Leuten ihres eigenen Alters reden wie mit der älteren Frau. „Wenn es einen Lynchmob gibt, müssen Sie kommen und mich retten."

„Oh, Schätzchen, lassen Sie sich einfach von einem dieser Linear-Jungs in ihre äußerst fähigen Arme nehmen und in Sicherheit bringen."

Anne lachte und gab Susan einen Daumen nach oben. Anne war nicht der Typ Frau, den umwerfende Kerle - die anscheinend unter einem ganzen Haufen junger, attraktiver Krankenschwestern freie Wahl hatten – vom Hocker rissen.

Zum Teufel, Anne war nicht der Typ Frau, mit dem *irgendein* Mann so etwas versuchte. Ihr Ex, Darren, hatte dafür gesorgt, dass sie das nie vergaß.

Sie biss die Zähne zusammen, als sie auf die Gruppe zuging. Sie war eine exzellente Ärztin und konnte mit jeder Art von Krisensituation umgehen. Im Moment war die Krise, die sie bewältigen musste, ihre Notaufnahme wieder in Ordnung zu bringen. Dazu gehörte auch das Auflösen des Fanclubs. Sie ging hinüber zu der Gruppe von Frauen, die um das kleine Einzelzimmer herumstanden.

Sie räusperte sich. „O-o-okay." Ihre Stimme war zittrig und schwach. Verdammt noch mal.

Niemand drehte sich auch nur nach ihr um. Anne holte tief Luft und stieß mit dem Daumennagel ein Muster in ihre Fingerspitzen, etwas, das sie gelernt hatte, um ihr Stottern in den Griff zu bekommen.

Anne wurde hier nicht gebraucht. *Dr. Griffin* schon.

„*Okay*", sagte Anne wieder mit ihrer lautesten Stimme, die immer noch nicht übermäßig laut war, da sie so ganz und gar nicht zu ihr passte. Aber wenigstens stotterte sie nicht. „Wenn Sie eine Schwester der Tagesschicht sind und Ihre Schicht offiziell vorbei ist, bin ich sicher, dass der Patient

Ihre Unterstützung zu schätzen weiß, aber dennoch ist es Zeit für Sie zu gehen."

Anne ignorierte das kollektive Stöhnen und trat einen Schritt weit in den Raum. Über das Gedränge hinweg konnte sie das Bett und den Patienten nicht wirklich sehen. „Wie Sie wissen, dürfen Sie die Notaufnahme nicht betreten, da Sie nicht im Dienst sind. Also, es ist Zeit zu gehen. *Jetzt*."

Anne verschränkte die Arme vor der Brust und nahm Blickkontakt mit einer Reihe von Frauen auf, die offensichtlich zu beurteilen versuchten, wie ernst es ihr war. Sie würden nie erfahren, welche Mühe sie damit hatte, sich so zu behaupten.

Als sie merkten, dass sie ihnen tatsächlich nicht erlauben würde zu bleiben, begannen die Schwestern sich zu zerstreuen. Langsam zwar, aber immerhin setzten sie sich in Bewegung.

Um das Bett hatte sich eine Art Reihe von Menschen gebildet, die darauf warteten, den Patienten und seine Freunde zu umarmen. Anne konnte einen von ihnen sehen, und *heilige Scheiße,* Schwester Lusher hatte recht gehabt. Anne erkannte den Kerl nicht, also war er nicht hier aufgewachsen, aber das hieß nicht, dass er nicht sabberwürdig war. „Pass gut auf ihn auf, Aiden", sagte eine der Krankenschwestern, während sie ihn umarmte. Die anderen beiden Kerle konnte Anne durch all die Frauen nicht sehen.

Sie schaute wieder auf die Akte hinunter, ohne tatsächlich irgendetwas zu lesen, was darauf stand.

„Falls Sie momentan im Dienst sind", sagte sie, ohne aufzublicken, „Schwester Lusher hat Ihre Einteilung bei sich am Schreibtisch. Sie werden jetzt dort gebraucht." Susan wäre nicht begeistert, wenn sie alle auf einmal zurückkämen, aber sie würde es schon schaffen.

Die anderen Krankenschwestern schlurften hinaus, als

befürchteten sie, dass es einen Notfall gäbe, der Mund-zu-Mund-Beatmung erforderte.

Schließlich leerte sich der Raum bis auf Riley Wilde, die Krankenschwester, die für den Dienst in diesem Teil der Notaufnahme eingeteilt war. Anne erinnerte sich an Riley aus der Highschool, eine freundliche, fröhliche Schülerin, ein paar Jahre jünger als sie selbst, aber die andere Frau erkannte sie nicht.

Und dann war da noch Mia Stevenson, ebenfalls eine Krankenschwester der Notaufnahme. Mia war in jeder Hinsicht das Gegenteil von Riley, in der Highschool war sie gehässig und fies gewesen. Und von den paar Malen zu urteilen, die Anne Mia im Krankenhaus begegnet war, hatte sich die Frau nicht verändert.

Sie war auch die Person, die Anne am ehesten wiedererkennen würde. Sie hatte die andere Frau in den letzten Tagen mehrmals dabei ertappt, wie sie sie eindringlich musterte und versuchte, sie einzuordnen.

Es war nicht so, dass Anne ihre Identität geheim hielt - sie gab sie lediglich nicht bekannt. Ihr Ehename hatte das einfacher gemacht. Obwohl Anne es durchaus für möglich hielt, dass sie selbst als Dr. Nichols niemand erkannt hätte.

Mia wartete gerade weit genug im Korridor, damit Anne nicht mehr Platz verlangte. Die Augen der schönen Blondine waren verengt, ihre Lippen angespannt. Als der Raum endlich so leer war, wie er sein sollte, wandte sich Anne dem Bett zu und konnte zum ersten Mal einen Blick auf ihren Patienten werfen.

Zac Mackay.

Alle Luft verließ ihren Körper mit einem Mal.

Seine Augen waren so blau, dass sie dem Himmel von Wyoming Konkurrenz machen konnten. Sein hellbraunes Haar hatte eine Andeutung von Locken. Harte, kantige Wangen bewahrten sein Gesicht davor, zu jungenhaft zu wirken. Und seine mindestens einmal gebrochene Nase verlieh seinem Gesicht noch mehr Charakter.

Das Gesicht und die entblößte Brust hatten eine tiefe, satte Bräune, offensichtlich von vielen Stunden, die er ohne Hemd in der Sonne verbracht hatte. Er trug Jeans und lehnte mit dem Rücken behutsam gegen den hochgeklappten Teil des Krankenhausbettes.

Er war immer noch so umwerfend wie früher. Und ihr Körper reagierte immer noch auf eine Weise, die sie nicht verstehen konnte. Vor allem angesichts seiner letzten Worte an sie.

Verschwinde und komm nie wieder zurück.

Als seine blauen Augen auf ihre trafen, blitzte Schock in ihnen auf, aber auch noch etwas anderes - Verwunderung vielleicht? Unglaube? -, bevor sich seine Miene in eine neutrale Maske verwandelte.

Niemand sonst im Krankenhaus hatte sie erkannt, aber Zac Mackay wusste definitiv, wer sie war. Und er war nicht erfreut, sie zu sehen.

Sie holte wieder tief Luft und versuchte sich etwas zu überlegen, was sie sagen sollte. Hasste er sie immer noch für das, was sie getan hatte? Was *sie beide* getan hatten? Sechs Jahre waren eine lange Zeit, eine Menge Schnee von gestern. Vielleicht war er bereit, es einfach zu vergessen.

Schließlich riss er seinen Blick von Anne los und wandte sich an Riley. „Ich werde einen anderen Arzt brauchen."

Vielleicht auch nicht.

Kapitel 3

Auf Zacs Bemerkung folgte eine Art fassungsloses Schweigen. Jeder blickte sich nach jedem anderen um und versuchte herauszufinden, was los war.

Alle außer ihm selbst und Annie. Es schien, als könnten sie nicht aufhören, sich gegenseitig anzustarren.

Sie hatten ihm gesagt, dass *Dr. Griffin* in ein paar Minuten hier sein würde, um ihn zu untersuchen, und er hatte sich absolut nichts dabei gedacht. Über die Schar von Frauen, die den kleinen Raum bevölkert hatten, hatte er gehört, wie die Ärztin sie hinausschickte.

Aber sie zu sehen, war wie ein Schlag in den Magen gewesen.

Annie Nichols. Himmel, es war fast so, als hätten seine Gedanken sie herbeigerufen.

Sie sah fast genauso aus wie damals. Groß und gertenschlank. Langes braunes Haar, das zu einem Zopf gebunden war, weiche braune Augen, versteckt hinter einer Brille, die nicht gut zu ihrem Gesicht passte. Alles an ihr, von ihrer Frisur über das fehlende Make-up bis hin zu ihrer Körperhaltung, war so arrangiert, dass die Leute sie *nicht* bemerkten.

Ob das eine bewusste Bemühung war oder ob es unterbewusst geschah, wusste Zac immer noch nicht.

Es sah so aus, als hätte ihr Plan, unsichtbar zu bleiben, hier im Krankenhaus genauso gut funktioniert wie in der Highschool.

Aber nicht für ihn. Er kannte Annie seit dem Tag, an dem Becky sie vor all den Jahren einander vorgestellt hatte.

Jetzt war Annie Ärztin, was ihn nicht überraschen sollte. Annie hatte am College Medizin studiert. Sie war im ersten Jahr ihres Medizinstudiums gewesen, als Becky ums Leben kam. Annie und Becky waren bis zum Schluss Freundinnen geblieben.

Aber sie war *Dr. Griffin*, nicht Dr. Nichols. Sie war also offensichtlich weggezogen und hatte geheiratet.

Warum zum Teufel krampfte sich sein Bauch bei diesem Wissen zusammen? Er war nach Beckys Tod zurück zur Army gegangen und hatte nicht mehr mitbekommen, was Anne getan hatte. Beiläufig hatte er sich nach ihr erkundigt, als er wieder in die Stadt gezogen war, aber die meisten Leute erinnerten sich kaum an sie, geschweige denn wussten sie, was passiert war. Und die einzige Person, die es womöglich wusste, Mrs. Peverill, hatte er nicht zu fragen gewagt.

Mrs. P., wissen Sie, wo Annie Nichols ist? Sie wissen schon, die beste Freundin Ihrer Tochter, die ich weniger als zwei Wochen nach dem Tod Ihrer Tochter gevögelt habe, an die ich mich aber praktischerweise kaum erinnere, außer dass ich weiß, dass es unverzeihlich war?

Naja - nein.

Er hatte also weitergelebt, ohne Einzelheiten über Anne zu wissen, und dachte, er sei froh, dass sie weggezogen war. Denn so musste er ihr nicht gegenübertreten, wissend, was sie getan hatten.

Aber jetzt musste er es tun. Und er konnte nicht zulassen, dass Anne ihn als Ärztin behandelte. Er konnte nicht zulassen, dass sie ihn berührte und untersuchte, als hätten sie nicht gemeinsam die abscheulichsten Sünden begangen.

Aber wahrscheinlich hätte er es anders ausdrücken sollen, zumal sich sein Kopf anfühlte, als hätte ihn jemand mit einem Presslufthammer bearbeitet.

„Hören Sie nicht auf ihn“, sagte Aiden, drückte sich von der Wand ab und versuchte, das unangenehme Schweigen zu brechen. „Offensichtlich hat er einen noch größeren Hirnschaden als vorher.“

„Zac“, Riley legte ihre Hand auf seinen Arm, „Dr. Griffin ist neu, und ich weiß, dass sie vielleicht ein bisschen jung aussieht, aber ich verspreche dir, sie ist sehr qualifiziert. Ich arbeite jetzt seit zwei Wochen mit ihr und bin vollkommen von ihr überzeugt. Sie wird den Platz von Dr. Lewis als Leiterin der Notaufnahme einnehmen, wenn er in den Ruhestand geht.“

Zac zweifelte nicht an Annies Kompetenzen als Ärztin. Sie war schon immer der klügste Mensch in ihrem Bekanntenkreis gewesen. „Es liegt nicht an ihrem Alter.“

Rileys Augen weiteten sich. „Zac Mackay. Willst du mir etwa sagen, dass es daran liegt, dass sie eine *Frau* ist?“

Toll, jetzt sah er wirklich wie ein Arschloch aus. „Nein, natürlich nicht.“

Erkannte niemand von diesen Leuten, dass Dr. Anne Griffin Annie Nichols aus der Highschool war? Zugegeben, Anne hatte sich immer zurückgehalten, hatte nie etwas gesagt, wenn es nicht unbedingt sein musste.

Außer mit Becky. Becky war immer lebhaft, freundlich und geduldig genug gewesen, um Anne aus ihrem Schneckenhaus herauszulocken und dabei ihr Stottern zu ignorieren. Becky und Mrs. P. hatten Anne im Grunde gezwungen, die meiste Zeit bei ihnen zu leben, da die Situation mit ihren Eltern schier unerträglich war.

„Heilige Scheiße. *Annie Nichols*.“ Finn stand von dem

Stuhl auf, auf dem er gesessen hatte, seit die Krankenschwestern gegangen waren. „Von der Highschool."

Rileys Augen weiteten sich, als sie sich umdrehte, um Anne anzustarren. Schamesröte stieg in Annies Gesicht, und sie hielt die Krankenakte wie einen Schutzschild vor sich.

„Verdammt, ich wusste es!", krächzte Mias Stimme aus dem Flur. „Ich wusste, dass ich sie von irgendwoher k-k-kenne."

Alle Augen senkten sich zu Boden, als Mias grausamer Spott über Annies Sprachfehler durch den Flur hallte. Riley murmelte ein besonders schmutziges Schimpfwort und schoss wie von der Tarantel gestochen zur Tür, um sie zu schließen.

Annie sammelte sich und stand aufrechter. „Hi, Finn. Es ist schön, dich zu sehen. Du siehst gut aus." Kein einziger Stotterer.

Finn streckte ihr seine Hand entgegen. „Danke, Doc. Gleichfalls. Wie lange bist du schon wieder in der Stadt?"

„Ich habe vor zwei Wochen hier im Krankenhaus angefangen." Ihre Stimme war immer noch sanft, beruhigend.

Finn gab Zac einen Klaps auf seine unverletzte Schulter, ließ die Ärztin dabei aber nicht aus den Augen. „Du musst dich doch an Anne erinnern, oder nicht? Die Freundin von Becky. Ich habe mich immer gefragt, was aus dir geworden ist."

Ihre Augen begegneten Zacs. Er hatte Wut, Abscheu und Verlegenheit erwartet ... aber nicht das, was er jetzt hinter ihrer Brille sah: Angst.

„Ja." Annie wandte ihren Blick ab und nickte. „Becky war eine sehr gute Freundin. Sie hat sich um mich gekümmert." Sie drückte die Krankenakte fester an ihre Brust. „Zac fühlt sich mit mir als seiner behandelnden Ärztin nicht wohl, also können wir jemand anderen holen. Es wird nur ein paar Minuten dauern, aber da deine Verletzungen nicht kritisch zu sein scheinen, sollte es kein Problem sein, zu warten."

Alle starrten Zac an, als hätte er ein kleines Kind in den Gegenverkehr gestoßen. Es gab keinen logischen Grund - zumindest keinen, den sie kannten -, warum er Annie als seine Ärztin ablehnen sollte.

Zur Hölle, da war auch keiner. Er räusperte sich. „Nein, ist schon gut. Ich hatte nur nicht damit gerechnet, dich zu sehen. Wusste nicht mal, dass du zurück bist. Ist schon in Ordnung."

Es war *nicht* in Ordnung. Dass sie ihn berührte, war auch nicht in Ordnung, nicht einmal auf professionelle Art und Weise. Dass er sie als Frau wahrnahm, war definitiv nicht in Ordnung. Besonders, da sie *verheiratet* war.

„Anne, ich kann nicht glauben, dass du niemandem gesagt hast, wer du warst. Oder wer du bist. Was auch immer", sagte Riley, die Augen weit aufgerissen, den Blick immer noch starr auf Anne gerichtet.

Sie zuckte mit den Schultern. „Ich habe nicht versucht, es geheim zu halten. Es kam nie zur Sprache und niemand hat mich erkannt."

„Nun, lass mich die Erste sein, die dich offiziell in Oak Creek willkommen heißt." Riley lächelte.

„Ich danke dir. Es ist schön, wieder da zu sein."

War es Zacs Einbildung oder hatte sie bei dem Wort *„schön"* nur ein kleines bisschen gezögert?

„Möchtest du, dass ich den Raum verlasse?" Sie nahm ein Ophthalmoskop aus der Tasche ihres weißen Kittels und drückte es fest zusammen. Als er ihren Augen wieder begegnete, waren sie immer noch voller Angst. Nicht nur die übliche Nervosität einer unangenehmen Situation. Regelrechte *Angst.*

Warum zum Teufel sollte Annie Nichols Angst vor ihm haben? „Nein, es ist alles in Ordnung. Die Jungs haben mich schon in viel schlimmerer Verfassung gesehen als jetzt."

Er beobachtete, wie Annie durch ihre Nase einatmete und sich zusammenriss. Sie konzentrierte sich. Er hatte das schon bei Soldaten gesehen – wenn sie das Berufliche über das Persönliche stellten und alles andere ausschalteten.

Ihre Hand zitterte nicht, als sie mit einer Lampe zuerst in das eine, dann in das andere Auge leuchtete. Ihre Bewegungen waren zügig und professionell.

„Sieht aus, als hätte es dich ziemlich übel erwischt. Wie geht's dir?"

„Gar nicht so schlecht, alles in allem."

„Kannst du mir sagen, was passiert ist?" Sie zog ihren Finger vor seinen Augen vorbei und ließ ihn der Bewegung folgen.

„Der Idiot ist einem Hund ausgewichen und verlor die Kontrolle über sein Motorrad", sagte Aiden.

Zac seufzte und lehnte sich zurück. „Ein Junge hat eine rote Ampel überfahren, also musste ich Gas geben, um nicht mit ihm zusammenzustoßen. Aber dann, ja, beschloss ein Hund, sich der Party anzuschließen und rannte auf die Straße."

„Eine schwangere Hündin", mischte sich Finn ein.

„Ich geriet ins Schlingern. Rutschte die Straße hinunter und schlug mit dem Kopf auf den gegenüberliegenden Bordstein."

„Helm?", fragte sie.

Er nickte, doch gleich darauf ließen ihn die stechenden Schmerzen zusammenzucken. „Immer."

„Kluge Entscheidung. Nun, die gute Nachricht ist, dass deine Pupillen normal auf Licht und Bewegung reagieren. Du hast also wahrscheinlich keine Gehirnerschütterung." Annie griff nach seinem Kopf. „Was dagegen, wenn ich nach der Beule taste?"

„Bitte."

Beide verkrampften sich innerlich, als sie seine Kopfhaut berührte und ihre Finger sanft durch sein Haar strichen.

Für eine Sekunde blitzte eine Erinnerung an jene Nacht in seinem Kopf auf. Sie lag unter ihm auf dem Bett, die Brüste an seine Brust gepresst, und ihre Arme schlangen sich um seinen Hals, fuhren durch sein Haar.

Bevor er den Rest der Szene in seinen Kopf holen konnte, war sie verschwunden. Sein Blick begegnete ihrem, und er wusste, dass sie von derselben Erinnerung heimgesucht wurde.

Sie wandte ihren Blick ab und ging weiter nach hinten, während ihre Finger die Wunde umkreisten. Als Zac zusammenzuckte, hielt sie inne und trat einen Schritt zurück.

„Du hast eine mittelgroße Beule, was in deiner Situation eigentlich eine gute Sache ist."

„Ist es das?" Er legte den Kopf schief.

Sie nickte und räusperte sich. „Ja, eine Beule bedeutet, dass die Schwellung außerhalb deines Schädels auftritt und nicht innerhalb, wo sie Druck auf dein Gehirn ausüben würde."

„Zac hat einen härteren Kopf als alle anderen, die wir kennen. Es braucht mehr als einen Bordstein, um seinen Schädel zu zertrümmern", verkündete Finn von seinem Posten aus, den er an der Wand eingenommen hatte.

Ein winziges Lächeln umspielte ihre Lippen. „Da bin ich sicher. Lass mich einen Blick auf deine Schulter werfen."

Ihre Hände waren sanft, als sie ihm half, sich nach vorne zu beugen und seine Schürfwunden untersuchte. Sanft, aber professionell. Es gab keine weiteren Erinnerungsblitze zwischen ihnen.

Gott, wenn Zac sich schon mit Schuldgefühlen herumquälen musste, wünschte er sich, er könnte sich wenigstens an jene Nacht erinnern.

„Diese Schürfwunden sind nicht annähernd so schlimm wie die meisten anderen, die ich bei Motorradunfällen gesehen habe. Erster Grad, das wird wahrscheinlich keine Narben hinterlassen. Lederjacke, nehme ich an?"

In der Highschool hatte er niemals andere Jacken getragen. Er nickte. „Manche Dinge ändern sich nie."

Sie ließ ihn los und trat wieder einen Schritt zurück. „Selbst leichtere Motorradunfälle können zu schweren werden, wenn man nicht die richtige Schutzkleidung trägt. Ich sehe keinen Grund, dich hierzubehalten, aber wir werden ein CT anordnen, um sicherzugehen. Schwester Wilde wird dafür sorgen, dass die Schürfwunden gesäubert werden, und der Techniker wird gleich runterkommen, um dich zum Scan zu bringen. Ich werde wiederkommen, um noch einmal nach dir zu sehen, bevor du gehst."

Als ihre Blicke sich begegneten, entglitt ihr die Dr. Griffin-Persönlichkeit, und Angst trübte wieder diese tiefbraunen Augen. Jene Nacht – abermals verfluchte er sich dafür, dass er sich nicht daran erinnern konnte - hing fast wie ein greifbarer Gegenstand zwischen ihnen.

Misstrauen, Schuldgefühle und Unbehagen wären angemessene Gefühle bezüglich jener Nacht gewesen. Aber sie sollte verdammt noch mal keine *Angst* vor ihm haben.

Sie trat noch einen Schritt zurück und wandte ihren Blick von ihm ab, bevor sie sich den Jungs zuwandte. „Finn, es war schön, dich wiederzusehen. Aiden, schön, dich kennenzulernen." Wieder stotterte sie kein bisschen. Sie berührte Riley an der Schulter. „Ich kümmere mich um das CT. Sag mir Bescheid, wenn du etwas brauchst."

Und ohne ein weiteres Wort war sie verschwunden.

Kapitel 4

„Wow, das war ein Trip in die Vergangenheit", sagte Finn, als sie alle auf die Tür starrten, die sich hinter Annie schloss. „Sie ist immer noch dieselbe, sie redet nicht viel, wenn sie nicht muss. Du hattest am meisten mit ihr zu tun, Zac. Was meinst du dazu?"

Wie, was meinte er? Er war immer noch wie gelähmt von der Angst in ihren Augen. Er zwang sich, seinen Blick von der Tür abzuwenden. „Annie war immer Beckys Freundin. Nicht wirklich meine. Aber du hast recht, sie war noch nie besonders gesprächig, wenn andere Leute dabei waren."

Annie hatte während ihrer Schulzeit praktisch bei Becky gelebt. Offensichtlich war ihr Leben zu Hause nicht so toll gewesen, und Becky und Mrs. Peverill hatten darauf bestanden, dass sie so viel wie möglich bei ihnen wohnte. Wenn Zac zu Besuch war, saß Annie immer in der Ecke, die Nase in einem Buch. Sie hatte selten mit ihm geredet, obwohl er auch ständig im Haus gewesen war. Annie hatte noch nie viel mit irgendwem gesprochen, vielleicht weil sie stotterte.

Zumindest hatte er das gedacht. Erst in ihrem letzten Schuljahr war ihm klar geworden, dass es anders war. Er war gekommen, um Becky zu einem Date abzuholen, rollte gerade noch den Schlauch auf, mit dem Mrs. Peverill zuvor ihre Blumen gegossen hatte, und hörte die Frauen durch das offene Küchenfenster reden.

Annie redete. Plauderte. Sie erzählte sogar einen anzüglichen Witz, der sowohl Becky als auch Mrs. P. zum Lachen brachte.

Damals hatte Zac festgestellt, dass Annie nicht immer so still war, sondern nur in der Nähe von Menschen oder Situationen, in denen sie sich unwohl fühlte. Was *ihn* einschloss.

Danach hatte sich etwas in ihm verändert. Er hatte mehr Zeit damit verbracht, Annie in Gespräche und gemeinsame Unternehmungen mit einzubeziehen, sehr zu Beckys Freude. Nicht, dass er körperlich an Annie interessiert gewesen wäre, aber er war sich ihrer Existenz als Mensch bewusst geworden.

Natürlich hatte das dazu geführt, dass er begann, andere Aspekte von Annie zu verstehen. Wie freundlich sie war. Wie intelligent. Wie lustig.

Und ja, auch wie attraktiv.

Becky war das nicht entgangen; sie hatte ihn sogar ein wenig damit aufgezogen. Aber sie war sich ihrer selbst und ihrer Liebe sicher genug, um sich dadurch nicht bedroht zu fühlen.

Becky hatte gewusst, dass Zac sie niemals verraten würde. Sie hatten sich schon vor dem eigentlichen Ehegelübde ein Versprechen gegeben. Bis dass der Tod sie scheide.

Wenigstens diesen Teil hatte Zac richtig hinbekommen. Er hatte viel Mist gebaut, aber wenigstens diese eine Sache hatte er nicht vermasselt. Er hätte Becky nie betrogen.

Er zuckte zusammen, als Riley begann, seine Schürfwunden zu säubern.

„Ich schätze, Anne ist verheiratet.“ Er versuchte, seinen

Ton neutral zu halten. „Hast du ihren Mann schon kennengelernt?“

„Eigentlich ist sie geschieden. Ich habe sie an ihrem ersten Tag gefragt, weil ich dachte, dass sie und ihr Mann vielleicht mal essen gehen wollen oder so.“

Zac schloss die Augen und schnitt erneut eine Grimasse, in der Hoffnung, dass es so aussah, als hätte der Schmerz seiner Wunde die Reaktion verursacht und nicht die schiere und tiefe Erleichterung darüber, dass Annie nicht einem anderen Mann gehörte.

Denn das würde ganz und gar keinen Sinn ergeben. Ob Annie verheiratet war oder nicht, sollte für ihn keinerlei Unterschied machen.

„Okay, ich bin fertig“, sagte Riley zu ihm. „Frank Jenkins wird in ein paar Minuten hier sein, um dich zum Scan hinunterzubringen.“

Als Jenkins‘ Name fiel, stöhnten alle drei Männer auf.

Riley lachte. „Versucht er immer noch, in euer Geschäft als Partner einzusteigen?“

Frank Jenkins war vor drei Jahren in die Stadt gezogen und bewarb sich seit mindestens zwei Jahren bei Linear Tactical. Er tauchte dort einfach immer wieder auf. Der Mann mochte Pistolen, Messer und Kämpfe. Und er glaubte, er wäre ein guter Partner oder zumindest eine Bereicherung für Linear.

Zac und die Jungs hatten das jedoch nie in Erwägung gezogen.

Jenkins war zwar als Mensch in Ordnung, aber niemand, den sie mit in ihr Geschäft holen wollten, das sie sich so mühsam aufgebaut hatten. Er kannte keinerlei Zurückhaltung, keinen Respekt vor Waffen oder Kampftaktiken. Er wollte nur angeben und sein Gewicht in die Waagschale werfen.

Das war wahrscheinlich auch bei vielen ihrer Kunden

der Fall, vor allem bei Zivilisten. Aber das bedeutete nicht, dass Zac oder die Jungs jemanden wollten, der für sie arbeitete - oder auch nur Zeit mit ihnen verbrachte.

„Sobald er hörte, dass du einen Unfall hattest, übernahm er eine andere Schicht“, sagte Riley, während sie ihre Ausrüstung einsammelte.

„Der Typ ist ein Groupie“, murmelte Finn kopfschüttelnd.

Aiden erschauderte. „Ich dachte, Groupies wären heiß.“

„Offensichtlich sind wir in der falschen Branche für heiße Groupies“, sagte Zac.

Riley machte sich auf den Weg zur Tür. „Wir sehen uns später, und ich bin sicher, dass Mia jeden Moment wiederkommt, wenn sie die Neuigkeiten über Anne herumgetratscht hat. Nicht sehr viele Leute werden sich an sie erinnern.“

Zac schnitt eine Grimasse. Er bezweifelte keine Sekunde, dass Riley recht hatte. In Oak Creek würde es nicht lange dauern, bis sich so ein guter Klatsch verbreitete - das stille Mädchen mit den unausstehlichen Eltern, das heimlich zurückkehrte und eine der wichtigsten Ärztinnen der Stadt wurde -, mit oder ohne Mias Hilfe.

Es gab viel saftigeren Klatsch und Tratsch, wenn es um Annie und ihn ging. Aber Gott sei Dank wusste niemand davon. Zum Teufel, er wusste selbst nicht einmal genug, um darüber zu tratschen.

Der Auftritt von Frank Jenkins ein paar Minuten später war fast eine willkommene Ablenkung. Sein Versuch, Aiden und Finn zu umarmen, machte sie sogar noch willkommener. Der Mann war sich seiner eigenen Unbeholfenheit eindeutig nicht bewusst. Einen Augenblick lang war Zac sogar dankbar für seine Wunden.

Jenkins hielt sich noch immer an Zacs Schulter fest.

„Also, ein CT-Scan für dich. Tut mir leid wegen des Unfalls, Mann."

Zac nickte und versuchte zu lächeln. „Danke."

„Was hältst du von Dr. Eiskönigin? Mia hat gesagt, ihr wart zusammen auf der Highschool."

„Dr. Griffin?" Zac hielt seinen Tonfall sorgfältig neutral. „Sie scheint eine gute Ärztin zu sein."

Frank versuchte, sich lässig an die Wand zu lehnen und ahmte die Art und Weise nach, wie Aiden noch vor wenigen Augenblicken gestanden hatte. „Sie redet nie mit jemandem, weißt du? Total verklemmt. Ich habe letzte Woche versucht, sie um ein Date zu bitten, aber sie hat mich abblitzen lassen. Kalt wie Eis, Mann."

Oder vielleicht hatte sie einfach einen guten Geschmack.

Etwas zu spät besann sich Jenkins auf seine Worte. „Hey, warte, ihr wart doch damals nicht befreundet, oder?"

Zac wollte einfach nur mit dem CT-Scan fertig werden, damit er hier raus konnte. „Nicht wirklich."

„Dachte ich mir. Man sollte meinen, dass jemand, der so aussieht wie sie, sich freut, wenn man sie um ein Date bittet, habe ich recht? Aber sie hat mich total abblitzen lassen."

„Jemand, der so aussieht wie sie?" Zac hob eine Augenbraue. Annie hatte sich nie viel Mühe gemacht, gut auszusehen, aber sie war nicht unattraktiv.

„Einfach schlicht, weißt du?" Jenkins zwinkerte. „Und so streng. Aber ich denke, man muss ihr ja nicht immer ins Gesicht sehen. Sie hat andere Dinge, auf die man stattdessen schauen kann."

„Mein Gott, Jenkins." Finn schüttelte den Kopf.

„Also ich persönlich weiß nicht, warum du nicht mehr mit Mia Stevenson zusammen bist." Frank beugte sich vor und stupste Zac an, ohne auf die Anspannung im Raum zu achten. „Sie ist so heiß. Aber ich schätze, das weißt du ja schon, habe ich recht? Darüber musst du mir eines Tages noch ein paar Einzelheiten verraten.“

Zac konnte es sich kaum verkneifen, die Augen zu verdrehen. „Es gehört sich nicht, intime Enthüllungen an die Öffentlichkeit zu tragen.“ Ganz zu schweigen davon, dass er und Mia nie wirklich *zusammen* gewesen waren - sie waren nur ein paar Mal miteinander ausgegangen, seit er wieder in die Stadt gezogen war, obwohl sie immer mehr gewollt hatte.

Frank lachte. „Ich weiß, Mann, aber es sind doch nur *wir*.“

Es gab kein *„Wir“*, an dem Jenkins beteiligt war. „Tut mir leid. Ich weiß, wann ich meinen Mund zu halten habe.“

Frank nickte und zwinkerte ihm zu. „Versteh' ich. Total. Also, setzen wir dich mal in den Stuhl und bringen dich runter zum CT.“

„Okay.“

„Wir bleiben hier, falls jemand etwas braucht“, sagte Finn und setzte sich auf das Bett, das Zac gerade verlassen hatte.

Diese Bastarde wollten einfach keine Zeit mehr mit Jenkins verbringen. Sie lächelten unschuldig und Zac zeigte ihnen hinter Jenkins‘ Kopf den Mittelfinger, als der Mann auf dem Weg zur Tür nach seiner Akte griff.

Wie sich herausstellte, war der CT-Scan weit weniger qualvoll als Jenkins‘ unaufhörliches Geplapper. Wenigstens schien er Zacs Kopfverletzung als akzeptablen Grund für eine Nichtreaktion zu respektieren. Schließlich brachte er Zac zurück in sein Notaufnahmezimmer.

„Hoffentlich sehe ich euch am Wochenende in der Stadt“, sagte Jenkins, während er auf die Tür zuging.

„Ja, ich werde mich wahrscheinlich ein wenig zurückhalten“, sagte Zac. „Aber ich bin sicher, dass Aiden und Finn hier gerne mit dir im Eagle‘s Nest abhängen würden.“

Er konnte spüren, wie seine Freunde ihn anstarrten, aber es war ihm egal. Rache ist Blutwurst.

„Das wäre das Beste überhaupt, findet ihr nicht?“ Frank nickte enthusiastisch. „Ich werde auf jeden Fall Ausschau nach euch halten. Ich habe ein paar Freunde, die ich euch vorstellen möchte. Sie sind ganz heiß darauf, eure Kurse zu besuchen. Außerdem wird Doc Ice vielleicht auch da sein und mich ein wenig davon schmelzen lassen.“ Frank begann, Pornomusik zu summen und grinste alle breit an, als er ging.

„Ich denke, wir sollten Jenkins als Zacs persönlichen Assistenten einstellen.“ Aiden schüttelte den Kopf, als sich die Tür hinter dem anderen Mann schloss. „Oder vielleicht als Kundenbetreuer.“

Finn verdrehte die Augen. „Besonders für unsere weiblichen Kunden. Ich bin sicher, sie würden auf ihn fliegen, habe ich recht?“

Zac sagte nichts, als seine Freunde weiter Witze rissen, sondern lehnte sich einfach mit der unverletzten Schulter ins Bett zurück. Ob Annie an diesem Wochenende ins Eagle‘s Nest ging oder nicht, ging ihn nichts an. Genauso wenig wie das, was sie mit Frank Jenkins oder sonst jemandem tat.

Sie hatten sich erfolgreich sechs Jahre lang voneinander ferngehalten. Es war wahrscheinlich besser so.

Nach jener Nacht hatte er sich nie vergewissert, ob es ihr gut ging, denn, verdammt, es war ihm selbst nicht gut gegangen. Am nächsten Morgen war er nach Afghanistan zurückgekehrt, wo seine Einheit stationiert gewesen war, und hatte sich in seinen Missionen verloren, tief versunken in seine Trauer. Das Wenige, woran er sich aus jener Nacht erinnern konnte, hatte er komplett aus seinem Gedächtnis verdrängt, unfähig, etwas anderes zu tun, wenn er nicht die Kontrolle verlieren wollte.

Hatte sich irgendwer darum gekümmert, ob es Annie gut ging?

Nein - natürlich nicht. Sie hatte ihre beste Freundin verloren und fühlte sich wahrscheinlich genauso schuldig wie er wegen dem, was passiert war. Verdammt, sie hatte sogar die Stadt verlassen.

Also könnte er jetzt, wo sie ihm gegenüberstand, einen gewissen Widerwillen, sogar Abneigung verstehen. Aber Angst? Und keine oberflächliche Besorgnis, sondern die tiefsitzende Panik, die sie an den Tag gelegt hatte, bevor es ihr gelungen war, sich zu sammeln? Das kam von etwas anderem.

Etwas, das in der Nacht begraben lag, an die er sich nicht erinnerte.

Feuer. Rohe Leidenschaft. Brennende Wut. Das war alles, woran sich Zac von dieser Nacht erinnerte. Und nichts davon gefiel ihm. Er zuckte zusammen, als der stechende Schmerz wieder in seinen Kopf fuhr.

Er hatte das Gefühl, dass seine Kopfschmerzen nur der Anfang waren.

Kapitel 5

ANNE WIDERSTAND DEM BEDÜRFNIS, sich in ihrem Büro zu verstecken. Nein. Zac konnte ihr jetzt nicht mehr wehtun, wie er es einst getan hatte. Oder sie aus der Stadt jagen.

Nicht, dass er das zu wollen schien.

Nach seiner anfänglichen Forderung nach einem anderen Arzt - die nicht unerwartet kam - hatte er sich recht schnell beruhigt und behandelte sie so, wie Finn und Riley es getan hatten; mit freundlicher Gelassenheit.

Wenigstens hatte er sie erkannt. Wie erbärmlich wäre es gewesen, wenn der Mann, an den sie ihre Jungfräulichkeit verloren hatte, nicht gewusst hätte, wer sie war?

Sie wollte zu ihm laufen und gleichzeitig weit, weit weg von ihm. Zu ihm, weil er *Zac* war. Ihr ganzes Leben lang hatte sie einen inneren Drang bekämpft, zu ihm zu laufen. Und weg, weil sie nie in der Lage sein würde, diese Nacht zu vergessen und was geschehen war, wie er sie gebrochen hatte. In fast jeder Hinsicht, in der man gebrochen werden konnte.

Also ja, ein Blick auf Zac ließ sie denken, dass es eine verdammt gute Idee war, so schnell wie möglich die Flucht zu ergreifen. Sie wollte nicht wieder gebrochen werden.

Aber nein. Das würde sie nicht zulassen. Sie war nicht mehr derselbe Mensch.

Und er war nicht mehr der Freund/Verlobte/Ehemann ihrer besten Freundin.

Anne war schon in Zac verliebt gewesen, als er jedes dieser Dinge für Becky gewesen war. Und obwohl sie ihrer Freundin gegenüber nie ein Wort über ihre Gefühle verloren hatte, hatte Becky es gewusst. In einer Nacht im Sommer nach ihrem Abschluss, als Anne *wieder einmal bei ihr übernachtet hatte*, war es ihr herausgerutscht.

Sie hatten über Hochzeitspläne geredet, obwohl die Hochzeit noch ein paar Jahre entfernt war. Becky war so aufgeregt gewesen - hatte gewollt, dass alles perfekt war. Auch Anne hatte sich für die beiden gefreut.

Denn trotz ihrer Gefühle für Zac hatte sie gewusst, dass er und Becky zusammengehörten. Die beiden waren in jeder Hinsicht perfekt füreinander gewesen. Anne hätte ihnen ihr Glück nie missgönnt.

Becky und Anne hatten sich in Beckys Doppelbett gelegt, während sie immer noch kicherten und über Hochzeitsdetails redeten. Schließlich waren beide in den Schlaf abgedriftet, und Annes Augen waren bereits geschlossen gewesen, als Becky geflüstert hatte: „Ich wünschte, ich würde Zac nicht so sehr lieben, denn dann könnte ich ihn dir geben."

Anne hatte sich nicht bewegt. Hatte die Augen nicht geöffnet. Hatte den Rhythmus ihres Atems nicht verändert. Aber innerlich hatten sich ihre Gedanken überschlagen. Becky *wusste es*.

Anne war sich nicht sicher, ob Becky gedacht hatte, dass sie schlief, oder ob sie wusste, dass sie die geflüsterte Aussage gehört hatte. So oder so, von diesem Zeitpunkt an hatte Anne alles getan, um dafür zu sorgen, dass keine ihrer Gefühle für Zac jemals an die Oberfläche kamen. Anne hätte sowieso nie etwas unternommen, selbst wenn Zac irgendeine Art von Interesse an ihr gezeigt hätte, was nie der Fall gewesen war. Aber allein das Wissen, dass Becky es *gespürt* hatte, war schlimm genug gewesen. Anne war Becky als Freundin nahe geblieben, hatte sich aber von den beiden als Paar so weit wie möglich zurückgezogen.

Und doch hatte es an ihr gezehrt, nicht in Zacs Nähe zu sein, hatte ihr nach und nach klitzekleine Wunden zugefügt, die man kaum merkte, wenn man nicht den Schaden als Ganzes betrachtete. Ihn um sich herum zu haben und dabei zu wissen, dass er ihr niemals gehören würde, war schwer genug gewesen.

Ihn nicht um sich zu haben, war allerdings noch viel schlimmer.

Aber sie hatte es überlebt. So wie sie alles überlebt hatte.

Nach der Hochzeit waren Zac und Becky weggezogen, und Anne hatte sich ihrem Medizinstudium gewidmet. Alles war gut gelaufen. Wenn sie mit Becky gesprochen oder sie besucht hatte, war alles besser gewesen, leichter. Als Becky mit Micah schwanger geworden war, hatte sich Anne riesig für sie gefreut. Ein Teil von ihr war traurig gewesen, dass sie niemals Zacs Baby austragen würde, aber sie hatte das Gefühl so sehr unterdrückt, dass man es ihr niemals anmerken konnte.

Aber Gott, es war kein einziger Tag vergangen, an dem sie nicht an Zac gedacht hatte. Und in dieser Nacht, zwei Wochen nach Beckys Tod, als sie beide betrunken gewesen waren ...

Auch nach dieser Nacht dachte sie noch an ihn, aber jetzt drehten sich ihre Gedanken darum, wie sehr er sie hasste, wie er sie körperlich und emotional hatte bluten lassen, bevor er sie so brutal abgewiesen hatte. Betrunken oder nicht, er hatte sie komplett am Boden zerstört zurückgelassen.

Als sie zurückgezogen war, hatte Anne gewusst, dass sie

Zac irgendwann begegnen würde. Oak Creek war nicht groß genug, um sich ewig aus dem Weg zu gehen.

Aber sie hatte nicht gedacht, dass es schon in ihrer zweiten Arbeitswoche geschähe.

Und auch nicht, dass es so schmerzhaft oder überwältigend würde, oder dass die letzten Worte, die er zu ihr gesagt hatte, nach sechs Jahren noch immer so unendlich wehtäten.

Ich kann es nicht einmal ertragen, dich anzusehen. Du hast gerade den einzigen Menschen verraten, der dich jemals in dieser Stadt haben wollte. Verschwinde und komm nie wieder zurück.

Bei der Erinnerung machte sie beinahe kehrt und rannte zurück in ihr Büro.

Auch diese Nacht hatte sie überlebt. Und nachdem es ihr endlich gelungen war, sich ein Herz zu fassen, hatte sie Zac beim Wort genommen und war abgehauen.

Sie hatte sich sogar in einen anderen Staat versetzen lassen, um ihre Assistenzzeit zu beenden, damit sie niemandem begegnen konnte, den sie kannte. Vor allem nicht Zac Mackay.

Aber aus Mangel an Möglichkeiten war sie dennoch wieder hier gelandet. Er konnte sie jetzt nicht mehr aus der Stadt jagen, weil sie nirgendwo anders hingehen konnte, keine Ersparnisse hatte, und keine Möglichkeit, neu anzufangen.

Sie würde bleiben. Damit würde Zac leben müssen.

Anne stand allein auf der Schwesternstation, als sie eine Stimme hinter sich hörte. „Ich weiß nicht, warum du geglaubt hast, du könntest dich verstecken. Es war nur eine Frage der Zeit, bis sich jemand an dich erinnert." Mia.

Sie war genauso schön, vielleicht sogar noch schöner, als sie es während der Schulzeit gewesen war - gewelltes blondes Haar, große grüne Augen, Schmollmund mit vollen Lippen.

Anne holte tief Luft, um sich zu beruhigen. „Ich habe

nicht versucht, irgendetwas zu verstecken, Mia. Ich habe nur meinen Mädchennamen nicht bekannt gegeben, das ist alles."

Die grünen Augen verengten sich. „Ich erinnere mich an dich. Du dachtest schon immer, du wärst besser als alle anderen. Und schlauer."

Anne stieß einen kleinen Seufzer aus. „Ich war schüchtern. Mit Menschen zu reden, war nicht meine Stärke, wie du ja weißt." Und das war es immer noch nicht. Aber zumindest im Krankenhaus fiel es Anne nicht mehr allzu schwer. Normalerweise.

Mias Augen verengten sich wieder. „Du bist Zac immer nachgelaufen wie ein kleines Hündchen."

Andere Leute begannen, sich um sie herum aufzustellen. Anne zwang sich, ruhig zu bleiben. Sie kannte ihre emotionalen Auslöser. Viele Blicke auf sich zu haben, rief normalerweise ihr Stottern hervor.

„Becky Peverill war meine beste Freundin. Becky und Zac waren unzertrennlich. Also ja, ich...ich...ich..." Sie hielt inne. Schluckte. „Ich war in der Highschool viel mit Zac zusammen." Und verdammt, die Beschreibung mit dem Hündchen war wahrscheinlich zutreffend.

„Nun, Zac und ich sind jetzt zusammen. Er gehört mir und du kannst ihn nicht haben."

Die Absurdität der Aussage ließ Anne um ein Haar laut auflachen. Zac hatte ihr nie gehört, würde ihr nie gehören. Für die eine Nacht, in der sie sich nahegekommen waren, hatte sie auf mehr als nur eine Art und Weise bluten müssen.

Der Zugzwang einer Antwort wurde ihr erspart, als Riley in diesem Moment an der Station vorbeiging, in der Hand eine Krankenakte. „Das stimmt nicht und das weißt du auch, Mia. Du und Zac, ihr seid kein Paar. Ihr seid nie ein Paar gewesen."

Mia warf der jüngeren Frau einen scharfen Blick zu. „Wie auch immer. Mit mir hat er mehr Zeit verbracht als mit irgendeiner anderen Frau in dieser Stadt.“ Dann wandte sie sich wieder Anne zu. „Vergiss das bloß nicht.“

Mia drehte sich um und ging auf Zacs Zimmer zu. Riley und Anne sahen ihr nach.

„Wie ich sehe, ändern sich manche Dinge nie.“ Anne schüttelte den Kopf. Selbst, wenn sie den Rest ihres Lebens Zeit hätte zu üben, würde sie beim Betreten eines Raumes niemals so sexy aussehen.

Riley zuckte mit den Schultern und reichte die Akte an Anne weiter. „Ja. Willkommen zu Hause. Hier sind Zacs CT-Ergebnisse.“ Sie tätschelte Anne sanft den Arm, dann ging sie weiter.

Wieder allein, blickte Anne auf Zacs Akte hinunter. Alles war in Ordnung. Er würde schnell wieder auf die Beine kommen. Keine bleibenden Schäden, keine Notwendigkeit, über Nacht zu bleiben oder weitere Tests durchzuführen. Zu jedem anderen wäre sie gerne zurückgegangen, um die gute Botschaft mitzuteilen.

Aber bei Zac musste sie sich auf den emotionalen Schlag vorbereiten, der sie erwartete. Sie war mit alkoholkranken Eltern aufgewachsen, die jederzeit kippen konnten. Sie hatte früh gelernt, dass eine Faust, auf die man nicht vorbereitet war, am meisten schmerzte.

Sie würde ihre Deckung bei Zac nicht vernachlässigen. Nicht dieses Mal. Nie wieder.

Aber Oak Creek war jetzt ihr Zuhause. Wenn sie kämpfen musste, um zu bleiben, dann würde sie das tun.

Obwohl sie erbärmlich war, wenn es ums Kämpfen ging, vor allem für sich selbst. Als Kind war sie dazu nicht in der Lage gewesen, und als Erwachsene war es noch schlimmer. Sie hatte nie gelernt, sich selbst zu schützen. Ihre beste Leistung war gewesen, sich unsichtbar zu machen.

Sie wünschte sich die beiden vergangenen Wochen zurück, als noch niemand wusste, wer sie war.

Es war so viel einfacher, unsichtbar zu sein.

Kapitel 6

Das größte Problem bei der Arbeit in der Notaufnahme war der verrückte Zeitplan.

Notfälle passierten, wenn sie passierten. Und es fühlte sich so an, als würde ihnen das immer genau dann einfallen, wenn Anne versuchte, Feierabend zu machen.

Sie hatte noch achtzehn Stunden gearbeitet, nachdem Zac mit Mia gegangen war, die breit grinsend versprochen hatte, sich sofort um *alle* seine Bedürfnisse zu kümmern.

Was Anne nicht stören sollte. Ob er und Mia zusammen waren oder nicht, hatte nichts mit ihr zu tun. Glücklicherweise hatte der niemals endende Aufruhr der Notaufnahme Anne zu sehr beschäftigt, um über irgendetwas nachzudenken, einschließlich Zac. Als sich dann endlich alles soweit beruhigt hatte, dass sie nach Hause gehen konnte, war sie prompt dreizehn Stunden lang im Tiefschlaf gewesen.

Aber während der letzten beiden Tage hatte sie sich zwingen müssen, nicht an Zac zu denken. Überhaupt nicht an ihn zu denken. Das war besser für ihre geistige Gesundheit.

Es war ja nicht so, dass er dauernd Motorradunfälle

hatte und in ihrer Notaufnahme auftauchte. Oak Creek war eine vergleichsweise kleine Stadt, aber groß genug, dass sie kopfüber hinter einen Einkaufswagen springen konnte, wenn sie ihn beispielsweise im Supermarkt sah.

Anne verdrehte die Augen über sich selbst. Ja, sie würde ihm einfach aus dem Weg gehen. Und angesichts ihres Zeitplans - es war elf Uhr nachts, und sie war gerade hellwach und packte Kisten in ihrem neuen Haus aus - sollte das kein Problem sein.

Haus.

Dank Carol hatte sie ein *Haus*, das ihr frei und unbelastet gehörte. Mit einem Grundstück dabei, wo sie einen kleinen Garten anlegen konnte: Obst, Gemüse, Blumen ... alles. Sie hätte auch gern einen Hund - hatte sich immer einen gewünscht -, aber ihr Zeitplan ließ es nicht zu. Es wäre nicht fair, den armen kleinen Kerl allein zu lassen, wenn sie am Ende die meiste Zeit im Krankenhaus verbrachte.

Aber sie hatte ein *Zuhause*. Schon in der Schulzeit war dieses Haus immer mehr ihr Zuhause gewesen als die heruntergekommene Sozialwohnung, in der ihre Eltern gelebt hatten. Während ihres siebten Schuljahres hatte Becky ein Gespräch mit ihr angefangen, als sie im Supermarkt versucht hatte, das wenige Geld, das sie ihren Eltern abluchsen konnte, in Mahlzeiten für eine ganze Woche umzuwandeln. Dann hatte Becky Anne zu sich nach Hause zum Essen mitgeschleppt. Und von diesem Moment an war dieser Ort für Anne alles gewesen, was ein Zuhause sein sollte.

Die Wände um sie herum trugen nicht mehr die Pastellfarben, mit denen Carol und Becky sie damals gestrichen hatten. All die Dekorationen und schweren Vorhänge, die Carol so gemocht hatte, waren verschwunden. Sie hatte das Haus streichen lassen, bevor sie starb, und es zu einem Ort gemacht, wo Anne einfach hereinkommen und neu anfangen konnte. Damit das Haus ihr gehörte und sie nicht das Gefühl hatte, ein Gast zu sein.

Traurigkeit legte sich eine Minute lang schwer auf ihre Brust. Carol war an Lungenkrebs gestorben, obwohl sie nie geraucht hatte, und als man ihn fand, war er bereits im Stadium IV gewesen. Anne war sofort aus Tampa eingeflogen, obwohl sie sich das eigentlich nicht hatte leisten können. Sie war mit Carol zum Onkologen gegangen, um die Fragen zu stellen, die Carol vielleicht nicht zu stellen gewusst hätte. Letztendlich hatte sich Carol mit einer Prognose von nur sechs Monaten Lebenszeit und unter dem Umstand, bereits alle anderen Familienmitglieder verloren zu haben, gegen eine Chemotherapie entschieden.

Anne hatte versucht, sie umzustimmen, aber die ältere Frau hatte nicht auf sie gehört. Und Gott segne sie, Carol hatte nicht viel Geld gehabt, aber dieses Haus hatte ihr gehört. Alles, was Anne jetzt tun konnte, war dankbar zu sein dafür, dass die Frau im Tod so großzügig geblieben war wie im Leben.

Sie hatte ein Haus, in dem sie für eine lange Zeit leben wollte. Sie würde weiter ihren Schuldenberg abbezahlen und dann Stück für Stück einrichten, was sie konnte - Möbel, Deko. Im Moment hatte sie nicht viel Geld, aber sie hatte Zeit. Der Rest würde kommen.

Sie zerrte eine Kiste über den Boden. Das Einzige, was sie im Moment besaß, was überhaupt einen ästhetischen Reiz hatte, war ihre Büchersammlung. Ihre Möbel waren größtenteils gebraucht oder von billiger Qualität, ihr Auto lief nur an guten Tagen und teuren Schmuck hatte sie nie gemocht.

Aber ihre wenigen seltenen Bücher waren ihre wertvollsten Besitztümer, ganz zu schweigen von einer Tonne nicht-seltener Bücher, die sie liebte. Alles von Tolkien über Jane Austen bis hin zu John Green.

Also würde sie das schwere Bücherregal, das sie in einem Secondhand-Laden in Tampa gekauft hatte, zum Mittelpunkt des Zimmers machen. Sie würde die Couch darauf ausrichten, wie andere Leute einen Fernseher. Wen kümmerte es, wenn niemand sonst ihre Sammlung verstand? Sie hatte sowieso nicht vor, viel Besuch zu bekommen. Sie würde alles nur für sich allein einrichten.

Sie schnitt eine Grimasse. Dieses massive hölzerne Bücherregal zu verschieben, würde kein Spaß werden. Aber es war unwahrscheinlich, dass sie in absehbarer Zeit jemanden finden würde, der ihr helfen konnte, also konnte sie es genauso gut hinter sich bringen.

Sie hatte es etwa einen Meter weit durch den Raum geschoben, indem sie es von einer Seite zog und dann von der anderen schob, als sie beschloss, dass es einfacher, wenn auch ein wenig riskanter wäre, es zu kippen und eine Seite nach der anderen voranzuschieben. Gerade wollte sie mit der ersten Seite anfangen, als ein Klopfen an der Haustür sie zusammenzucken ließ - und das schwere Bücherregal auf sie herunterfiel.

Anne schrie auf und setzte ihre ganze Kraft ein, um nicht von dem Möbelstück erdrückt zu werden, aber sie war nicht stark genug. Sie würde es nicht auffangen können.

Sie hörte, wie jemand die Tür öffnete.

„Was zum Teufel?", sagte eine dumpfe Männerstimme, bevor seine wesentlich wirksamere Kraft ihr zu Hilfe kam und das Bücherregal wieder aufrichtete. „Annie?"

„Zac?"

„Was machst du hier?", fragten sie beide gleichzeitig. Dann standen sie schweigend da und warteten darauf, dass der andere antwortete.

„Wie bist du reingekommen?", fragte sie. „Ich weiß, dass ich die Tür abgeschlossen habe." Hier in Oak Creek mochte das nicht nötig sein, aber in Tampa war es das gewesen.

„Ich habe einen Schlüssel. Carol hat mir einen gegeben, als ich vor vier Jahren zurück in die Stadt gezogen bin, für den Fall, dass sie sich mal aussperrt oder so. Ich habe das Licht von der Straße aus gesehen und wollte sichergehen, dass niemand hier einbricht. Und was machst *du* hier?"

„Ich wohne hier."

Es war nicht einfach, Zac aus dem Konzept zu bringen. Aber offensichtlich tat es diese Nachricht. *„Was?"*

Sie zuckte mit den Schultern und wich einen Schritt zurück. „Carol hat es mir vererbt. Es ist einer der Hauptgründe, warum ich wieder zurückgekommen bin. Ähm, danke für die Hilfe."

Zac ignorierte sie, ging um sie herum und betrachtete die Wände, die Kisten. Das Haus war nicht groß. Drei Zimmer und ein offener Grundriss, der das Wohnzimmer, den Essbereich und die Küche in einem großen Raum zusammenfasste. Schließlich drehte er sich um und sah sie an, bevor er wieder auf das Bücherregal blickte.

„Wo willst du das hinhaben? Ich kann hier nicht weggehen und mich unaufhörlich fragen, ob sie in ein paar Tagen deine Leiche darunter begraben finden werden."

Sie zeigte auf die Stelle, an die sie es hatte schieben wollen, und gemeinsam bewegten sie es ohne große Mühe. Sie schnappte sich ein paar ihrer wertvollsten Bücher und ordnete sie in einem der Fächer des schweren Holzregals an.

„So. Jetzt fühle ich mich schon viel mehr zu Hause."

„Du und deine Bücher. Du hattest deinen Kopf immer in einem vergraben." Er sah sich wieder um. „Du hast nicht lange gebraucht, um alle Beweise dafür auszulöschen, dass Mrs. P. hier gewohnt hat. Sie sagte mir, sie würde es der Familie vermachen, jemandem, von dem sie dachte, er könne es gebrauchen. Ehrlich gesagt dachte ich, es würde einfach verkauft werden. Aber ich hätte mir nie träumen lassen, dass sie es dir vererbt."

Sein harter Ton ließ sie zusammenzucken, aber sie wehrte sich nicht gegen die Anschuldigung, Carol ausgelöscht zu haben. Welchen Unterschied würde es machen, wenn er wüsste, dass Carol die Wände selbst gestrichen hatte, bevor sie starb? „Ich hätte mir auch nie träumen lassen, dass sie es mir vererben würde. Aber es hat mir mehr geholfen, als sie sich je hätte vorstellen können."

Zac wandte seinen Blick ab. „Sie hatte Krebs. Sie hat es keinem von uns gesagt, bis es zu spät war."

Sie nickte. „Ja, sie war bereits im Stadium IV, als sie die Diagnose erhielt. Ich bin ein paar Mal von Tampa hergekommen, um mit ihr zum Onkologen zu gehen."

Als er ruckartig den Kopf hob, konnte sie nicht anders, als einen Schritt zurückzutreten. „Du warst in der Stadt?"

„Nur für ein paar Tage. Für den Fall, dass Carol irgendwelche Fragen hatte oder etwas nicht verstand, wovon ihr Arzt sprach. Das kann alles ziemlich überwältigend sein."

„Und die Beerdigung?"

„Ich war hier. Aber wieder nur für ein oder zwei Tage." Anne hatte beide Male ein Zimmer außerhalb der Stadt gebucht. Der Gedanke, im Mayors Inn zu übernachten, war zu schmerzhaft gewesen. Sie konnte das Hotel nicht einmal ansehen, ohne dass ihr schlecht wurde.

Und sie ging jedem aus dem Weg, soweit sie konnte, vor allem Zac. Nur für den Fall, dass seine Worte, immer noch galten. Sie versuchte, die Panik herunterzuschlucken, die sie zu überwältigen drohte. Vielleicht dachte er immer noch so, auch wenn er im Krankenhaus nichts gesagt hatte.

„Da." Er zeigte auf sie. „Dieser Ausdruck, der gerade in deine Augen kam. Ich habe ihn schon im Krankenhaus gesehen. Es ist, als hättest du Angst vor mir, Annie." Er machte einen Schritt auf sie zu, und sie wich instinktiv einen zurück. Eine seiner Augenbrauen hob sich und ließ sie wissen, dass sie seinen Standpunkt bestätigt hatte. „Glaubst du, dass ich dir *wehtun* werde?“

„Nein.“ Nicht körperlich. Sie hatte sich nie Sorgen gemacht, dass er sie auf diese Weise verletzen könnte, obwohl er sie mindestens um zehn Zentimeter und wahrscheinlich fünfzig Pfund – reiner Muskelmasse – überragte.

Aber er hatte recht. Sie konnte nicht weiter in Oak Creek leben, wenn sie alles ignorierte, was in jener Nacht geschehen war. Was gesagt worden war. Was getan worden war. Vielleicht hätte sie das versucht und Zac für immer gemieden, wäre er nicht in ihrer Notaufnahme gelandet.

Aber die Wahrheit war, dass es in dieser Stadt gar nicht genug Büsche gab, in die sie hätte springen können. Sie würde Zac über den Weg laufen. Und zwar oft.

Manchmal war alles, was man tun konnte, sich der Vergangenheit zu stellen.

Sie holte tief Luft. „Ich habe keine Angst vor dir. Ich meine, ich weiß, dass du mich nie körperlich verletzen würdest. Um Himmels willen, du hast dein Motorrad zu Schrott gefahren, um einen Hund zu retten.“ Sie bemühte sich darum, ihr Lachen lässig klingen zu lassen, aber stattdessen klang es nur gestelzt. „Aber ja, ich meine, wir können nicht so tun, als hätte es diese Nacht nie gegeben. Als wäre das, was wir getan haben, nie passiert. Und all die Sachen, die du ... die wir gesagt haben.“

Seine Augen wurden schmaler. „Die Nacht nach Beckys Tod, die wir zusammen verbrachten.“

„Ja. Diese Nacht.“ Als hätte es noch eine andere gegeben. „Die Quintessenz ist, ich kann hier nicht weg, Zac. Egal, was du damals gesagt hast, oder ob du jetzt noch genauso denkst.“

Er schüttelte den Kopf, seine Brauen zogen sich zusammen. „Ich erwarte nicht, dass du gehst. Offensichtlich bist du eine geachtete Ärztin und mehr als kompetent. Warum solltest du denken, dass ich möchte, dass du gehst?“

Ein Teil der Anspannung, die sie seit seiner Ankunft in der Notaufnahme mit sich herumgetragen hatte, löste sich langsam. Er hatte recht. Etwas, das er vor sechs Jahren voller Trauer und Wut gesagt hatte, musste nach so langer Zeit nicht mehr unbedingt gelten. Es war dumm von ihr zu denken, dass es das tat. „Okay, nun, es ist gut zu wissen, dass du nicht mehr so fühlst wie damals.“

Geschmeidig wie eine Raubkatze kam er einen Schritt näher, und sie verkrampfte sich wieder. „Habe ich in jener Nacht etwas gesagt, das dich auf den Gedanken brachte, fortgehen zu müssen?“

Sie starrte ihn an, ihr Kiefer klappte nach unten wie bei einem Fisch. „Du weißt nicht mehr, was du gesagt hast?“

Diese Worte, die für immer in ihr Gedächtnis gebrannt waren.

Verschwinde und komm nie wieder zurück.

Er rieb sich die Stirn. „Die ganze Nacht ist für mich ziemlich verschwommen.“

Ich kann es nicht einmal ertragen, dich anzusehen. Du hast gerade den einzigen Menschen verraten, der dich jemals in dieser Stadt haben wollte.

Wie er sie splitternackt auf den Flur hinausgeschickt hatte, um ihr dann ihre Kleider nachzuwerfen.

„Woran erinnerst du dich?“ Ihre Kehle war wie zugeschnürt und ausgetrocknet, die Worte kamen nur mit Mühe über ihre Lippen.

Seine Hand wanderte in seinen Nacken. „Ehrlich gesagt, gar nicht viel. Es ist irgendwie alles verschwommen.“

Wieder wich sie einen Schritt vor ihm zurück. Diese Nacht war die wichtigste Nacht in ihrem Leben gewesen. Die beste. Und die schlimmste. Sie hatte die Grundfeste ihres Wesens verändert.

Und für ihn war es *irgendwie alles verschwommen.*

„Ich meine, wir hatten Sex, oder nicht?" Seine blauen Augen fixierten sie.

Nicht einmal daran konnte er sich genau erinnern.

„Ja." Mehr oder weniger.

Es war alles gut gelaufen, bis er gemerkt hatte, dass sie noch Jungfrau war, und sie war so dumm gewesen, ihm zu sagen, dass sie ihn schon immer geliebt hatte.

Er rieb sich die Stirn. „Und danach haben wir gestritten?"

Seine Hand sank nach unten und er sah sie an, beobachtete sie, offensichtlich in der Hoffnung, sie könne ein wenig Klarheit in seine Unschärfe bringen. Und sie konnte nichts tun, als zu versuchen, die Stücke ihres Herzens davon abzuhalten, in eine Million weitere zu zerspringen, genau hier vor seiner Nase.

Er erinnerte sich nicht.

Diese Sache hatte ihr Leben bestimmt, und er erinnerte sich nicht daran.

Sie hatte sich oft gefragt, ob er seine Worte bereute. Ob er sich Sorgen machte, dass sie sie vielleicht mehr verletzt hatten, als er es wollte. Ob er sich überlegt hatte, sie zu suchen und über das Geschehene und das Gesagte zu reden.

Aber das hatte er nicht. Weil *er sich nicht erinnerte.*

Und jetzt wollte er, dass sie die Lücken füllte.

Den Teufel würde sie tun. Wenn er sich nicht erinnern konnte, würde sie ihm nicht helfen.

Sie zwang sich zu einem Lächeln. „Weißt du was? Wir waren betrunken, Zac. Diese Nacht ist auch für mich ein wenig verschwommen", log sie. „Lass uns vereinbaren, es einfach zu vergessen und nach vorne zu schauen."

Seine Augen verengten sich. „Aber ich habe etwas gesagt, das dich glauben ließ, ich wolle dich nicht mehr in Oak Creek haben."

Ich kann es nicht einmal ertragen, dich anzusehen.

Verschwinde und komm nie wieder zurück.

Anne schloss ihre Augen. Sechs Jahre lang hatte sie gewusst, dass sie Zac für das, was er getan und gesagt hatte, hassen sollte, aber sie war nie dazu in der Lage gewesen. Sie konnte ihn nicht hassen. Was er gesagt hatte, war aus dem unerträglichen Schmerz heraus entstanden, gerade seine Familie verloren zu haben.

Trotzdem hatte es sie zerstört.

Und er erinnerte sich an absolut gar nichts.

Sie gab sich Mühe, das Lächeln auf den Lippen zu behalten. „Ich denke, so ziemlich alles, was wir beide in jener Nacht gesagt haben, ist mittlerweile verjährt. Vor allem, da du dich nicht erinnern kannst."

„Ich will nicht, dass du Angst vor mir hast."

Sie drehte sich um und begann, weitere Bücher ins Regal zu stellen. „Abgemacht. Jetzt, wo ich weiß, dass du nicht sauer auf mich bist, weil ich wieder in die Stadt gezogen bin, werde ich keine Bedenken mehr haben."

„Annie ..."

Gott, sie konnte es nicht ertragen, diesen Ton in seiner Stimme zu hören, der so klang, als sorgte er sich um sie. Sie konnte die Nacht vor sechs Jahren vergessen, den Schmerz verdrängen, der ihr das Herz gebrochen hatte, als er sie zurückgelassen hatte, allein, nackt und blutend - im wörtlichen *und* übertragenen Sinne.

Aber sie konnte ihn nicht um sich herum haben. Nicht als Kumpel. Vielleicht eines Tages, aber nicht im Moment.

„Es ist super-spät. Ich danke dir, dass du mich vor dem Bücherregal des Todes gerettet hast, aber ich glaube, ich gehe jetzt ins Bett", log sie, ohne auch nur zu blinzeln.

Das lenkte Zac zumindest von dem ab, was er sagen wollte. „Ja, ich schätze, es ist spät."

„Wie geht es deinem Kopf und Rücken? Irgendwelche Komplikationen?"

Er betrachtete sie einen Moment lang und zuckte dann mit den Schultern. „Nein. Ein bisschen Kopfschmerzen und mein Rücken ist noch wund. Aber nichts Schlimmes."

„Das ist gut." Mia hatte zweifelsohne dazu beigetragen. „Danke, dass du vorbeigekommen bist."

Zac ging zur Tür, drehte sich aber noch einmal um, bevor er hinaustrat. „Annie."

Nein, nicht heute Abend. Sie konnte nicht mehr über irgendetwas davon reden. Sie ging zur Tür. „Nochmals vielen Dank für deine Hilfe."

Sie schloss die Tür sanft, aber bestimmt vor seiner Nase, dann machte sie eine mentale Notiz.

Sofort das Schloss auswechseln.

Kapitel 7

„VERDAMMT, Mackay. Welcher Furz sitzt dir denn quer?"

Finn duckte sich unter einem Roundhouse-Kick, der den anderen Mann quer über die Sparringmatte geschleudert hätte. Zac hielt sich nicht zurück, aber das brauchte er bei Finn auch nicht. Sein Freund konnte mehr als mithalten. Die waren schon seit ihrer Armeezeit Sparring-Partner. Und sie rangen, seit sie Kinder waren.

Aber das bedeutete nicht, dass Finn falschlag. Zac war in den letzten Tagen sauer gewesen, seit er Mrs. P.s - verdammt, *Annies - Haus* verlassen hatte.

Zac hob die Arme, um sein Gesicht zu schützen, als Finn mit einer Reihe von Schlägen auf ihn zukam. Duchess, diese verdammte schwangere Schäferhündin, lag am Rande des Rings und beobachtete sie träge. Als sie ihren Besitzer nach dem Unfall nicht finden konnten, hatten sie sie mit zu Linear genommen und behalten.

„Was ist denn los?" Finns Worte platzten zwischen den Schlägen hervor. „Kümmert sich Mia nicht so um dich, wie sie es sollte? Hat sie dich rausgeworfen? Denn bei dir hast du sie nicht wohnen lassen, während du dich erholt hast, soviel weiß ich."

Zac trat zur Seite, bevor er Finns Flanke mehrere Hiebe versetzte. „Ich war nicht bei Mia. Ich hatte keine Lust auf Mia."

Finn trat zurück und streckte seine Hand aus, um eine Pause zu signalisieren. Zac hielt inne und beide nahmen ihre schützenden Kopfbedeckungen ab, bevor sie nach ihren Wasserflaschen griffen.

„Okay, Mia also nicht. Das ist nur fair. Ich weiß, dass ihr nichts Festes habt."

„Wir hatten nie wirklich irgendwas."

Finns Augenbraue hob sich. „Okay. Gibt es einen Grund, warum diese Aussage heute besonders deutlich klingt?"

„Sie ist einfach nicht das, was ich will."

Die Augenbraue seines Freundes wanderte noch weiter nach oben, falls das überhaupt möglich war. „Das hat aber nicht zufällig etwas damit zu tun, dass Beckys lang verschollene beste Freundin wieder in der Stadt aufgetaucht ist, oder?"

Alles. „Wusstest du, dass Annie in Mrs. P.s Haus gezogen ist? Ich weiß, sie ist erst seit zwei Wochen in der Stadt, aber sie hat jedes bisschen von Mrs. P. aus dem Haus entfernt. Da sind keine Möbel mehr von ihr, all diese verrückten bunten Wände wurden überstrichen."

Finn nahm einen Schluck Wasser. „Tatsächlich haben Aiden, Dorian und ich es für sie gestrichen, und zwar etwa einen Monat, bevor sie starb. Sie sagte, sie hätte ein Familienmitglied, das dort wohnen würde, und sie wollte sicherstellen, dass diese Person neu anfangen kann."

Er zuckte zusammen. Und er hatte Annie beschuldigt, jede Erinnerung an Mrs. P. ausgelöscht zu haben. Wenigstens konnte er sich dieses Mal daran erinnern, was für ein Arschloch er gewesen war. „Warum habe ich davon nichts gewusst?“

„Du warst zu der Zeit mit Shane Westman in North Carolina, um die Filiale zum Laufen zu bringen. Mrs. P. wollte nicht, dass wir dir sagen, wie schwach sie geworden war. Sie wollte nur, dass wir alles streichen und diese scheußliche Arielle-Tapete im Bad rausreißen.“

Zac konnte sich ein Lächeln nicht verkneifen. „Becky liebte diese blöde Tapete, als sie ein Kind war, aber sie hasste sie als Teenager.“

„Ethan war fast den ganzen Tag dabei. Er hat versucht, sie zu überreden, einen schönen Star-Wars-Druck aufzuhängen.“

Daran zweifelte Zac keine Sekunde. Finns siebenjähriger Sohn war ein Star-Wars- und Lego-Fanatiker.

„An diesem Tag bot mir Mrs. P. Geld an, wenn ich nach ihrem Tod die Möbel entsorge. Natürlich sagte ich ihr, dass ich ihr Geld nicht annehmen würde. Aber sie bezahlte die Miete für eine Lagereinheit für ein Jahr im Voraus, und ich musste alles dorthin bringen, als sie fort war. Ich weiß, dass ein paar von Beckys Sachen vielleicht noch dort sind, also wenn du sie durchsehen willst, sag mir Bescheid. Ansonsten soll das alles an Goodwill gespendet werden.“

Zac wischte sich den Schweiß von der Stirn. Natürlich hatte seine Schwiegermutter das alles getan. Sich um andere zu kümmern, hatte ihr im Blut gelegen. „Wusstest du, dass Mrs. P. das Haus Anne überlassen hat?“

Finn schüttelte den Kopf und nahm einen weiteren Schluck Wasser. „Kumpel, ich konnte mich kaum an Anne erinnern. Ich wäre nicht in der Lage gewesen, sie aus einer Gegenüberstellung herauszusuchen, bevor ich sie im Krankenhaus wiedergesehen hätte. Aber nein, das habe ich nicht gewusst. Was ist mit dir und ihr los? Ich weiß, dass sie und Becky eng befreundet waren, aber ich kann mich nicht erinnern, dass du oft mit ihr abgehangen hast. Und du hast sie definitiv nicht mehr erwähnt, seit wir wieder zu Hause sind."

Natürlich hatte er Zeit mit Annie verbracht. Es war unmöglich, das nicht zu tun, wenn sie Beckys Freundin war. Sie war in jeder Hinsicht das genaue Gegenteil von Becky: Leise im Gegensatz zu Beckys Lautstärke, blass im Gegensatz zu Beckys Bräune, groß und schlank im Gegensatz zu Becky, die klein und kurvig gewesen war. Sie hatte Angst vor ihrem eigenen Schatten, war in den meisten gesellschaftlichen Situationen unbeholfen und für die meisten Leute einfach nur leicht zu vergessen.

Aber nicht für Zac. Niemals für Zac.

Er setzte sich und lehnte sich an einen der Eckpfosten des Sparringrings. „Ich war mit Annie im Bett."

Finn spuckte fast sein Wasser aus. „Oh Scheiße, wann? Gestern?"

„Nein. Ist schon lange her."

Finn setzte sich an den gegenüberliegenden Eckpfosten und schüttelte den Kopf. „*Wie* lange?"

„Gleich nachdem Becky gestorben war. In meiner letzten Urlaubsnacht, bevor ich zurückflog, um den Dienst wieder aufzunehmen. Ich war sturzbetrunken."

Finn lehnte seinen Kopf gegen den Pfosten. „Du trinkst nie."

„Seit dieser Nacht nicht mehr. Ich habe mich seitdem kein einziges Mal mehr betrunken. Ich kann mich an so gut wie nichts erinnern. Hier und da habe ich noch ein paar Momentaufnahmen, aber nichts Ganzes. Ich fühle mich beschissen."

„Alter, du bist nicht der erste Kerl, der sich nach dem Tod seiner Frau betrunken hat und Trost suchte. Zur Hölle, alles, was du tun musstest, um diese Zeit zu überstehen, ist so ziemlich entschuldbar. Du hattest gerade deine Familie verloren."

Ein Teil von Zac wusste um die Wahrheit dieser Worte. Der andere schämte sich zutiefst für das, was er getan hatte. „Ich habe akzeptiert, dass ich ein Arschloch bin, weil ich gleich nach Beckys Tod mit einer anderen geschlafen habe. Das größere Problem ist, dass ich in jener Nacht offenbar etwas zu Annie gesagt habe, das ... nicht sehr nett war. Sie hatte Angst vor mir, Finn. Im Krankenhaus. Ich konnte es sehen."

„Bist du sicher? Sie war schon immer ziemlich schüchtern."

Zac hob eine Hand, um die Verspannung in seinem Nacken zu massieren. „Sie hat etwas in die Richtung gesagt, als ich sie neulich Abend gesehen habe. Sie sagte, wir könnten die Vergangenheit ruhen lassen, solange ich nicht wollte, dass sie die Stadt verlässt."

Seit Annie ihm die Tür vor der Nase zugeschlagen hatte, versuchte er ständig, sich an mehr Einzelheiten zu erinnern. Hatte er ihr wirklich gesagt, er wolle nicht, dass sie in der Stadt blieb? Wenn ja, dann hatte sie ihn offenbar beim Wort genommen.

Er würde alles geben, um sich an mehr aus dieser Nacht zu erinnern. Er erinnerte sich an das Feuer zwischen ihnen, an die Küsse in seinem Hotelzimmer im Mayors Inn.

Er erinnerte sich an Annies Haare, die sich ausnahmsweise aus ihrem Zopf gelöst hatten und über ihren nackten Körper fielen, an ihr hübsches Gesicht, das ihn anlächelte. Und wie er ihr Lächeln erwiderte.

Und dann war etwas passiert. Zac wusste beim besten Willen nicht, was. Sie hatten Sex gehabt - oder etwa nicht? Nicht einmal darüber war er sich ganz sicher. Als ob sie angefangen hätten ... und dann aufgehört. Aber warum?

Und dann der Filmriss. Er konnte sich an nichts erinnern, außer daran, dass er am nächsten Tag völlig verkatert aufgewacht war, einen Knoten im Kopf, an die Wand seines

Hotelzimmers gelehnt. Keine Erinnerung daran, warum Annie nicht da war oder wie es zwischen ihnen weitergegangen war.

Anscheinend nicht gut.

Um ein Haar hatte er seinen Transport nach Colorado Springs verpasst, bevor er zurück nach Afghanistan flog. Und dann war er so angewidert von sich selbst und von dem, was er getan hatte, dass er sich zwang, überhaupt nicht mehr an diese Nacht zu denken. Er verbannte sie komplett aus seinem Gedächtnis.

Aber jetzt konnte er sich nicht mehr vor der Wahrheit verstecken. „Sie hatte *Angst* vor mir. Im Krankenhaus. Das war nicht nur irgendein Unbehagen, sondern echte Angst."

Zac sprang auf, der unerträglichste Gedanke schoss ihm durch den Kopf. Was, wenn Annies Angst nicht auf etwas zurückzuführen war, das er gesagt, sondern auf etwas, das er *getan* hatte?

Himmel, was, wenn Annie den Sex mit ihm nicht gewollt hatte? Was, wenn sie es sich anders überlegt hatte und er es nicht verstehen oder respektieren wollte? Er würde nie eine Frau absichtlich so verletzen – um Himmels willen, schon gar nicht Annie.

Aber es gab so verdammt viel an dieser Nacht, woran er sich nicht erinnern konnte.

Finn stand ebenfalls auf. „Was auch immer du gerade denkst? Die Antwort ist nein. Du würdest einer Frau niemals etwas antun, Zac. Das liegt nicht einmal in deiner DNA, um Gottes willen."

Er wollte glauben, dass das wahr war. Mit allem, was er hatte, wollte er das. Aber er war verdammt sicher, dass er sich nicht auf das Wort seiner löchrigen Erinnerung verlassen würde. Er würde auf der Stelle mit Annie reden und genau verstehen, was in jener Nacht geschehen war.

Aber dann kam Sheriff Nelson durch die Tür der

Scheune, die Linear für alle möglichen Arten von Kampfsport- und Boxtraining ausgestattet hatte. „Aiden hat mir erzählt, dass ihr hier drin seid und euch gegenseitig verprügelt."

„Tut mir leid, Sheriff." Finn ging auf den Mann zu, um seine Hand zu schütteln. „Wenn du zehn Minuten früher gekommen wärst, hättest du sehen können, wie Zac nach seiner Mami schreit."

Der alte Mann lächelte nicht, wie er es für gewöhnlich immer tat. „Nun, ich bin froh, dass ihr fertig seid, denn ich brauche eure Hilfe."

„Was ist los?", fragte Zac.

„Ein weiterer Angriff. Diesmal draußen in Fremont County. Eine Frau hatte eine Autopanne, also beschloss sie, zur Arbeit zu laufen. Unterwegs wurde sie hinter eine verlassene Flaschenfabrik geschleppt und vergewaltigt. Der Sheriff von Lincoln hat gefragt, ob ihr bereit wärt, den Tatort zu untersuchen."

Verdammt noch mal. Zweifellos nicht das, womit Zac sich im Moment beschäftigen wollte, wenn man bedachte, worüber er sich in Bezug auf Annie gerade sorgte. Aber wenn er und die Jungs dabei helfen konnten, einen Vergewaltiger zu fassen, würden Zacs persönliche Probleme warten müssen. „Glauben die, es ist derselbe Typ wie letzte Woche?"

„Sieht so aus. Ich habe keine Zuständigkeit dort drüben, ich helfe Landon Rogers nur in einer völlig inoffiziellen Funktion aus. Aber jetzt gab es in einer Woche zwei sehr ähnliche Angriffe in den Bezirken rund um Oak Creek. Also, ich kann nicht anders, als das verdammt ernst zu nehmen."

„Dorian wäre natürlich am besten dafür geeignet. Aber er ist im Moment nicht verfügbar", sagte Finn mit einem Nicken zu Zac.

Dorian verbrachte manchmal tagelang allein in den

Wäldern. Der Mann litt unter einer schweren PTBS und konnte es oft nicht ertragen, längere Zeit in der Nähe anderer Menschen zu sein. Er war der beste Überlebensspezialist, den sie kannten - der Mann war in der Natur fast wie MacGyver -, aber wenn er weg musste, musste er weg.

Und momentan war Dorian *weg*.

„Ich werde dir helfen, Sheriff." Zac begann, den Sparringring aufzuräumen. „Ich muss sowieso hier raus."

„Ja, bitte nimm Gargamel hier mit. Dann muss ich ihm vielleicht nicht ständig in den Arsch treten, um ihn von seiner schlechten Laune abzulenken." Finn duckte sich, als Zac ihm einen Sparring-Handschuh an den Kopf warf.

Fünfundvierzig Minuten später fuhr Zac hinter Sheriff Nelson zum Tatort. Südlich von Oak Creek, im benachbarten Lincoln County, suchte bereits ein halbes Dutzend Gesetzeshüter nach Spuren, die der Vergewaltiger hinterlassen haben könnte. Sie brauchten nicht noch einen Störenfried, der den Tatort verunreinigen würde.

Das war okay, denn Ground Zero war nicht der Grund, warum Zac hier war. Er musste herausfinden, wohin der Täter nach seiner Flucht gegangen war, oder, sollte sich das als unmöglich herausstellen, wo er sich vor der Vergewaltigung aufgehalten hatte. Wie Zac es in der Army gelernt hatte, wenn er versuchte, einen unbekannten feindlichen Kämpfer aufzuspüren, ging er im Kreis und blickte von innen nach außen.

Wo würde er hingehen, wenn er der Vergewaltiger wäre? Waren das spontane Angriffe? Wurden die Frauen aufgrund eines bestimmten Merkmals ausgewählt, wie Haarfarbe, Größe oder Art, sich zu bewegen? Kannten sie ihren Angreifer oder wurden sie von ihm überrascht? Zac hatte nicht viele Details, und selbst wenn, er war ja kein FBI-Profiler.

Das Gebiet war nicht ländlich, also gab es keine Schuhabdrücke oder irgendetwas anderes, das man finden konnte. Es war eine Ansammlung von Gebäuden und Lagerhäusern am Rande der kleinen Stadt Hillsdale. Die meisten von ihnen waren verlassen, aber selbst bei denen, die es nicht waren, gingen nicht genug Leute ein und aus, um etwas gesehen zu haben.

Zac lief weiter umher und versuchte, wie jemand zu denken, der sich auf einen Angriff vorbereitete. „Die Tatsache, dass es das Gebäude direkt neben der Straße ist, könnte darauf hindeuten, dass es sich um ein Gelegenheitsverbrechen handelt."

Der Sheriff nickte. „Ich stimme zu. Aber in beiden Fällen trug der Kerl eine Maske."

Zac schnitt eine Grimasse. „Die Opfer könnten also ihren Angreifer gekannt haben."

„Könnte derselbe Typ sein oder eine Art Nachahmer."

Zac ging noch ein Stück weiter zu einem Schild, das teilweise von Büschen überwuchert war. Es war etwa zwanzig Meter von der Tür des Lagerhauses entfernt und nur zehn Meter von der Straße.

Würde Zac jemandem auflauern, würde er es von hier aus tun. Er trat näher heran und hatte nach wenigen Augenblicken seine Bestätigung.

„Jemand war definitiv hier." Er deutete auf ein paar Sträucher. „Da liegen frisch abgebrochene Zweige auf dem Boden, also war es erst vor Kurzem. Und es sieht aus, als hätte er sich ein wenig gelangweilt." Er deutete auf einen kleinen Stapel von Steinen, vielleicht zehn oder zwanzig Zentimeter hoch.

„Was ist das?"

„Es scheint, als ob er geistig nicht diszipliniert genug war, um sich nicht zu langweilen, während er auf das Opfer wartete."

„Aber er hat definitiv gewartet?"

Zac sah sich um. „Ja. Und es hat keinen Sinn, einfach auf gut Glück zu warten, ob hier zufällig eine Frau vorbeikommt. Ich bin sicher, wenn Rogers‘ Männer sich das Auto des Opfers genauer ansehen, werden sie feststellen, dass das, was ihre ‚Panne‘ verursacht hat, in Wirklichkeit Absicht war.“

Nelson fluchte. Die nächste Stunde verbrachten sie mit der Suche nach Hinweisen, konnten aber nichts finden.

„Hast du Zeit, in der Kreisklinik vorbeizuschauen?“, fragte Sheriff Nelson. „Rogers ist dort. Er hat vielleicht ein paar Fragen.“

Zac folgte dem Sheriff wieder in seinem Auto und verbrachte die nächsten dreißig Minuten in der Klinik, um den Sheriffs Rogers und Nelson so viel Einblick zu geben, wie er konnte.

Als sich die Tür zu einem der Krankenzimmer mit einem leisen Klicken öffnete und die beiden Polizisten aufhörten zu reden, wusste Zac, dass das Opfer dort drin war.

„Ich schätze, sie sind fast fertig“, sagte Nelson. „Ich muss Dr. Griffin sowieso zurück nach Oak Creek fahren.“

Zac drehte sich um und sah ihn an. „Annie ist hier? Warum?“

„Beide Ärzte, die in dieser Klinik arbeiten, sind männlich, und das Opfer war ziemlich aufgebracht. Ich war im Krankenhaus, als ich den Anruf von Landon bekam, und Dr. Griffin bot an, zu helfen, obwohl ich glaube, dass sie gerade von einer Sechsunddreißig-Stunden-Schicht kam oder so.“

In diesem Moment erschien Annie in der Tür des Zimmers und blieb stehen, um mit den Eltern des Opfers zu sprechen. Die Mutter eilte nach einem Augenblick an ihr vorbei, aber der Vater schien wie angewurzelt zu sein, seine Welt war völlig erschüttert. Annie blieb stehen und sprach leise und bedächtig zu ihm, ihre Stimme war nicht einmal durch den kleinen Raum zu hören. Sie berührte ihn am Arm - seine Verzweiflung war offensichtlich - und bot ihm jede Art von medizinischem Rat und Trost an, den sie zu geben hatte. Der Mann hing an ihren Lippen, an Annies sanfter, beruhigender Präsenz. Sein Gesicht war grimmig, als er schließlich seine Schultern aufrichtete, ihr zunickte und den Raum betrat.

Annie wischte sich mit einer Hand über das Gesicht, ihre Schultern sackten erschöpft in sich zusammen, bevor auch sie ihre Kräfte sammelte und mit den Beweismitteltaschen in der Hand auf die Sheriffs zuging.

Sie zögerte, als sie Zac sah, richtete sich dann aber wieder auf, allerdings hatte sich nun Vorsicht in ihre Erschöpfung gemischt, und sie blickte zur Tür, als rechne sie damit, sich eventuell schnell aus dem Staub machen zu müssen.

Mehrere Reaktionen bekriegten sich in ihm. Er brauchte Antworten auf das, was vor all den Jahren geschehen war, musste wissen, ob er sie auf eine Weise verletzt hatte, die er sich nie hätte vorstellen können.

Aber noch stärker als all das war der Drang, ihr jetzt zu helfen. Sie in seine Arme zu nehmen und sie einfach ruhen zu lassen, bis sie die Last, die auf ihr lag, loslassen konnte. Ihr etwas zu essen zu geben, sie dann ins Bett zu bringen und dafür zu sorgen, dass sie die nächsten zehn Stunden ununterbrochenen Schlaf bekam – oder wie lange es auch immer dauern mochte, bis die Erschöpfung aus ihren Augen gewichen war.

Das war etwas, was er nicht gewohnt war, und von dem er nicht geglaubt hätte, es je für sie zu empfinden. Er war sich nicht sicher, wie er es wieder loswerden konnte.

Oder ob er es überhaupt wollte.

Kapitel 8

Anne liebte ihren Job, das tat sie wirklich. Seit ihrer ersten Anatomiestunde in der Highschool hatte sie gewusst, dass sie Ärztin werden wollte.

Aber manchmal war es einfach ätzend, eine zu sein. Zum Beispiel, wenn man ein verängstigtes neunzehnjähriges Mädchen, das nicht aufhören konnte zu weinen, auf Vergewaltigung untersuchen musste. Kimmy hatte sich immer wieder entschuldigt, egal wie oft Anne ihr versichert hatte, dass es in Ordnung sei.

Gott, war Anne wütend. Kimmy war nur ein Teenager, auf dem Weg zur abendlichen Schicht als Kellnerin in einem der örtlichen Restaurants, weil sie die Stadt, in der sie einen Großteil ihres Lebens verbracht hatte, für sicher hielt. Und trotzdem wurde sie vergewaltigt. Und Anne war so sauer darüber, Kimmys Vater erklären zu müssen, dass er im Moment seine eigene Wut beiseiteschieben und sich auf das konzentrieren musste, was seine Tochter brauchte.

Außerdem war Anne müde. Sie war schon erschöpft gewesen, bevor sie Sheriff Nelson ihre Hilfe angeboten hatte. Jetzt war sie mehr als nur erschöpft. Sie musste diese Beweise

Sheriff Rogers geben, und dann wollte sie nichts mehr, als einfach nach Hause zu gehen. Hoffentlich würde sich unter den Indizien etwas Nützliches finden. Der Vergewaltiger hatte wenigstens ein Kondom benutzt. Das war zwar nicht gut, was die Beweislage anging, aber für Kimmy war es viel besser.

Mit brennenden Augen und verschwommenem Blick - sie musste wirklich diese Kontaktlinsen herausbekommen - wandte sie sich dem Empfangsschalter der Klinik zu und war erleichtert, als sie Sheriff Rogers bereits dort sah. Diese Erleichterung rannte schreiend zur Tür hinaus, als sie eine Sekunde später Zac bemerkte. Sie musste den Rest ihres Körpers zwingen, nicht das Gleiche zu tun.

Was hatte er hier zu suchen? Beide Sheriffs winkten sie heran, und sie ging mit schleppenden Schritten auf sie zu, als führe man sie gerade zur Guillotine.

„Nochmals vielen Dank für Ihr Kommen, Dr. Griffin“, sagte Rogers.

Sie reichte ihm die Beweismitteltüten. „Bitte, nennen Sie mich Anne. Und obwohl ich es sicherlich hasse, unter diesen Umständen hier zu sein, bin ich immer froh, wenn ich irgendwie helfen kann.“

„Wir wissen es wirklich zu schätzen. Ich bin mir sicher, dass es für Kimmy einfacher war, eine weibliche Ärztin zu haben.“

Anne bekämpfte den Drang, sich mit den Fingern ihre trüben Augen zu reiben. „Ich glaube nicht, dass irgendetwas den heutigen Tag für Kimmy leichter machen kann.“

„Ich schätze, da haben Sie recht. Aber wir wissen es trotzdem zu schätzen, dass Sie hergekommen sind.“ Rogers wies mit einer Geste auf Zac. „Kennen Sie Zac Mackay? Er und der Rest der Jungs von Linear Tactical haben ein paar Aufspür- und Beobachtungsfähigkeiten, die bei vielen Tatorten nützlich sind. Er hilft uns auch ab und zu.“

Sie zwang sich, ihn anzusehen. „Ja, wir kennen uns, Zac und ich."

Verdammt seien diese herrlichen blauen Augen. Sie hatten sie schon immer besonders gefesselt. Als Becky noch gelebt hatte, hatte sie sich schuldig gefühlt. Jetzt fühlte sie sich einfach nur dumm.

Aber sie fesselten sie noch immer.

Sie hatten sich auf Abstand geeinigt. Das war das Beste. Das *Klügste*.

„Sie sehen aus wie der wandelnde Tod", sagte Sheriff Nelson. „Ich bringe Sie nach Hause."

„Ich würde Sie gerne mitnehmen, wenn Sie ein paar Minuten warten können, während ich hier alles fertig mache. Vielleicht können wir vorher noch einen Happen essen gehen." Sie spürte, wie sich eine Hand auf ihren Rücken legte, und erkannte, dass es Sheriff Rogers war. Sie löste ihren Blick von Zac und sah den anderen Mann an. Sie hatte ihm nicht wirklich Beachtung geschenkt, als sie angekommen war. Zu sehr war sie darauf konzentriert gewesen, zu Kimmy zu gelangen. Er war nicht annähernd so alt wie Sheriff Nelson, wahrscheinlich nur ein paar Jahre älter als sie selbst mit ihren einunddreißig Jahren. Gelocktes schwarzes Haar, nur ein bisschen zu lang. Freundliche braune Augen. Ein gemeißeltes Kinn.

Und hatte er sie gerade um ein Date gebeten? „Oh. Nun, danke, Sheriff ..."

Er lächelte. „Bitte, nennen Sie mich Landon."

Dieses Lächeln war wirksam. „Landon. Okay, wow, also ..."

„Eigentlich haben Annie und ich schon Pläne für das Abendessen, Landon", schaltete sich Zac ein. Ihr Blick huschte zurück zu ihm. „Sie ist gerade wieder in die Stadt gezogen, und wir wollten uns schon lange mal treffen. Wir sind zusammen zur Highschool gegangen."

Eine Sekunde lang starrten Zac und Landon einander an. Was in aller Welt war hier los? Und warum sagte Zac, dass sie zum Abendessen ausgehen würden?

Anne wollte nach Hause. Sie hatte nicht die mentale Stärke, ein Spiel zu spielen, dessen Regeln sie nicht verstand.

Nach einem Moment nickte Landon matt. „Ich verstehe." Er wandte sich von Zac ab und sah sie an. „Und wir wissen es wirklich zu schätzen, dass Sie hergekommen sind. Ich hoffe, das nächste Mal wird es unter anderen Umständen sein."

Er drehte sich um und ging zurück zu Kimmys Zimmer.

Sheriff Nelson klopfte Zac auf die Schulter. „Wenn es dir nichts ausmacht, Doc Griffin zurück nach Oak Creek zu bringen, kann ich noch ein paar Dinge erledigen." Er lächelte sie sanft an. „Ist das okay für Sie, Doc? Ich weiß, Sie und Mackay waren mal ziemlich eng befreundet."

Das war nicht das Wort, das sie benutzt hätte, aber sie hatte nicht vor, mit ihm zu diskutieren. „Sicher, das ist in Ordnung."

Zac sagte nichts, hielt nur die Tür auf und führte sie hinaus, jetzt lag *seine* Hand auf ihrem Rücken. Er begleitete sie zu seinem Truck und öffnete ihr erneut die Tür. Schweigend begannen sie die dreißigminütige Fahrt zurück nach Oak Creek.

Sie wusste, dass sie etwas sagen sollte. Einfach nur normalen Smalltalk führen. Es hatte Darren immer frustriert, dass sie nie in der Lage gewesen war, unbeschwerte Gespräche zu führen. Und im Moment war sie dazu noch weniger in der Lage als sonst. Die kläglichen Schreie eines Teenagers erfüllten ihren Kopf, prallten mit scharfen Kanten an ihrem Verstand ab und zerfetzten ihre Gedanken. Sie starrte in die vorbeifliegende Landschaft von Wyoming hinaus, die Stirn gegen das Fenster gelegt, und wünschte sich, der Erdboden würde sie verschlucken.

Sie entspannte sich etwas während der Fahrt und legte ihre Hände in den Schoß, als sie merkte, dass Zac keine höfliche Konversation erzwingen würde, nur um die Stille zu füllen. Sie hatte keine Ahnung, warum er Landon gesagt hatte, dass sie zum Essen verabredet waren, aber jetzt war sie froh, dass er es getan hatte. Auf keinen Fall hätte sie ein Abendessen mit einem Fremden überstanden, selbst mit einem so höflichen wie dem Sheriff.

„Willst du Pizza oder Burger?“, fragte Zac nach ein paar weiteren Kilometern. „Und bevor du nein sagst - du musst noch etwas essen, bevor du in das Koma fällst, in das du zu fallen gedenkst. Sonst bekommst du nicht den Schlaf, den du brauchst.“

Das Schlimme daran war, dass er recht hatte. Ohne Essen würde sie bestenfalls unruhig schlafen und dann schwach und mit einem flauen Magen aufwachen. Aber sie konnte es sich nicht leisten, essen zu gehen.

Noch zwei Jahre, in denen sie Gläubiger und Anwaltskosten abbezahlen musste, dann könnte sie anfangen, über ein bisschen Luxus nachzudenken. Aber jetzt noch nicht.

„Mir geht's gut. Ich esse einfach zu Hause.“

Sie spürte seinen Blick auf sich. „Wirklich? Du schickst mich allein irgendwo zum Essen hin? Ich hätte nicht gedacht, dass du so gemein bist.“

Keine Sekunde lang konnte er sie täuschen. „Ja. Ich bin auf der ganzen Welt für meine Grausamkeit bekannt.“

„Annie.“ Einen Moment lang spürte sie seine Hand auf ihrer, ein sanfter Druck, bevor er sie wieder losließ. Ein Zeichen der Freundschaft, das etwas in ihr knackte.

Ja, sie musste essen. Aber, was viel wichtiger war, sie wollte im Moment auch einfach nicht allein sein.

„Pizza“, sagte sie schließlich. „Der Laden unten an der Samuels, wenn das okay ist. Ich habe in der Nähe geparkt.“

Sie wandte sich nicht vom Fenster ab, aus Angst, sie

würde der Versuchung nachgeben, sich wieder in diesen Augen zu verlieren. Und ihn zu berühren. Ihn zu fragen - nur dieses eine Mal -, ob er sie nur für eine Sekunde halten würde. Wenn sie sich an sein Herz drückte, würde sie Kimmys Schreie vielleicht nicht mehr hören. Ihre Brust zog sich immer mehr zusammen.

„Sie lebt, weißt du", sagte er ein paar Augenblicke später, als könne er ihre Gedanken lesen. „Das ist das Wichtigste. Ich weiß, dass es das, was mit ihr passiert ist, nicht wiedergutmacht, aber sie hat jetzt die Chance zu kämpfen."

Er hatte recht. Der morgige Tag würde hart für Kimmy werden, aber wenigstens würde sie ihn erleben. „Hast du etwas gefunden, das helfen wird, den Täter zu fassen?"

„Sieht aus, als hätte er auf sie gewartet. Das schließt wahrscheinlich einen Fremden aus, und, ja, das wird Landon sehr helfen."

„Ich will, dass sie den Kerl fangen und dass er im Gefängnis verrottet."

Er reichte ihr die Hand und drückte sie wieder, ließ sie aber los, bevor sie sich überlegen konnte, was sie sagen oder tun sollte. „Ich weiß. Und das werden sie auch."

Sie hielten bei New Brothers, einer der beiden lokalen Pizzerien in Oak Creek, nur ein paar Blocks vom Krankenhaus entfernt. Oft ging das Krankenhauspersonal hier essen, anstatt die Cafeteria zu besuchen.

Kaum hatte sie die Tür einen Spalt weit geöffnet, war Zac auf ihrer Seite des Wagens und öffnete sie ganz. Sie trug immer noch ihren Kittel, aber vermutlich würde sie nicht der einzige Gast in diesem Outfit sein.

Zacs Hand ruhte die ganze Zeit auf ihrem Rücken, während sie hineingingen und an einem Nischentisch im hinteren Teil des Restaurants Platz nahmen.

„Magst du immer noch Salami und schwarze Oliven?",

fragte er, als die Kellnerin kam, um ihre Bestellung aufzunehmen.

Sie konnte ihre Überraschung nicht verbergen, als sie nickte.

„Was denn? Wir haben das in der Schulzeit immer gegessen."

Sie lächelte immer noch, als sie sich entschuldigte, um auf die Toilette zu gehen. Ein Blick in den Spiegel ließ das Lächeln verschwinden. Sie sah genau so aus, wie sie sich fühlte: Als wäre sie von einem Kipplaster überfahren worden, der dann angehalten und eine Ladung Ziegelsteine über ihr ausgelehrt hatte. Sie flocht ihren Zopf neu, aber das war alles, was sie tun konnte. Sie hatte kein Make-up dabei. Und selbst wenn, wüsste sie nicht so recht, was sie damit anfangen sollte.

Sie rutschte wieder auf die ihm gegenüberliegende Bank am Tisch und nippte dankbar an ihrem Eistee, der ungesüßt war, nicht automatisch gesüßt, wie es in Tampa üblich war. Als die Pizza ein paar Minuten später kam, stürzte sie sich darauf.

Sie hatte fast ein ganzes Stück verschlungen, bevor sie merkte, dass er sie lächelnd betrachtete.

„Es tut mir leid", sagte sie, den Mund immer noch halb voll. Meine Güte, konnte sie noch unbeholfener sein? „Ich war hungriger, als ich dachte."

„Und du hast Pizza schon immer geliebt. Du, und Becky auch. Ich weiß noch, wie sie immer versucht hat, ihre Mutter zu überreden, so oft wie möglich zum Essen hierher zu kommen. Auch bei all unseren Dates." Er zuckte zusammen und sah auf den Tisch hinunter. „Es tut mir leid."

„Weil du Becky erwähnt hast?" Anne konnte nicht anders; sie griff über den Tisch nach seiner Hand. Sie hielt ihren Griff locker, freundlich, kämpfte gegen den Drang an, seine Haut mit den Fingern zu streicheln. „Du musst dich nie dafür entschuldigen, über sie oder Micah zu sprechen. Ich weiß, wie wichtig sie für dich waren. Ich habe sie auch geliebt."

Er nickte knapp. „Ich weiß. Und sie dich auch."

Sie ließ seine Hand los und widmete sich wieder ihrem Essen. „Unglaublich, nicht wahr? Dass sie und ich so gut befreundet sein konnten? Wir waren so verschieden. Ich habe es nie wirklich verstanden." Sie nahm noch einen Bissen von der Pizza.

„Ich schon. Zumindest von ihrem Standpunkt aus."

„Hast du?"

Er legte sein Stück Pizza ab. „Du hattest einen Fokus und eine Entschlossenheit, die Becky immer bewundert hat. Du hattest zu Hause nichts, was für dich sprach - keine Ermutigung, keine Unterstützung -, aber du hast dich davon nicht aufhalten lassen. Nie zweifelte sie auch nur eine Sekunde lang daran, dass du Ärztin werden würdest, und sie bewunderte dich dafür. Du warst das, was sie nie sein konnte."

Das war das Widersinnigste, was sie je gehört hatte. „Machst du Witze? Sie war das, was *ich* nie sein konnte. Schön, aufgeschlossen, charmant."

„Und nie in der Lage, etwas zu beenden, was sie anfing, oft laut und immer rechthaberisch." Zac lachte. „Ich sollte es wissen, ich war ziemlich oft der Leidtragende dieser Eigenschaften."

Sie gluckste. „Gott, sie war laut, nicht wahr? Sie hatte keine Ahnung, was eine *innere Stimme* ist."

Grinsend aßen sie weiter ihre Pizza. Ihre Liebe zu Becky würde immer etwas sein, das sie verband und nicht entzweite.

„Du siehst schon besser aus", sagte er, während er einen weiteren Bissen von seinem Stück nahm.

„Ich fühle mich auch besser. Danke, dass du mich überredet hast. Ich habe vor ein paar Jahren gelernt, dass eine lange Schicht und ein Bett, bevor ich etwas zu essen bekommen habe, für einen ziemlich hässlichen nächsten Tag sorgen. Heute hatte ich einfach keine Lust mehr, mich darum zu kümmern, aber morgen hätte ich das bitter bereut."

„Ich hatte einige ähnliche Situationen bei der Army. Wenn alles vorbei ist, kommt es manchmal vor, dass die körperlichen Bedürfnisse einander bekämpfen: Schlaf oder Essen. Das ist tatsächlich eines der Dinge, die wir in unserem Überlebenstraining bei Linear durchgehen."

Sie hob eine Augenbraue. „Es geht also nicht nur um Pistolen und Messer? Dinge in die Luft zu jagen?" Sie hatte Linear Tactical online nachgeschlagen.

Er grinste. „Davon gibt es natürlich eine Menge. Aber nicht nur."

„Wie bist du dazu gekommen, die Firma zu gründen?"

Er zuckte mit den Schultern, während sie weiter aß. „Eigentlich waren es Finn, Aiden und ich. Finn fand heraus, dass er einen Sohn hatte, der in einer Pflegefamilie lebte, also verließ er die Armee und zog hierher zurück, bevor ich es tat. Aiden und ich kamen ein paar Jahre später nach, da keiner von uns wirklich wusste, was wir im zivilen Leben machen wollten. Dann haben wir noch ein paar andere Partner. Typen, die du noch nicht kennst ... Gavin, Dorian, Wyatt."

„Und am Ende war das dann Linear? Was *macht* ihr denn genau?"

„Vieles von dem, was wir bei der Army gemacht haben, aber wir bringen es anderen bei. Überleben in der Wildnis. Selbstverteidigung. Nahkampf. Verdecktes Waffentraining. Treffsicherheit. Situationsbewusstsein. Im Grunde alles, was man wissen muss, um sich und andere zu schützen. Die Leute kommen aus dem ganzen Land, um bei uns zu trainieren."

Sie legte ihr Pizzastück weg. „Wow. Ich hatte keine Ahnung."

Er zuckte mit den Schultern. „Wir wuchsen so exponentiell, dass wir weitere Ex-Militär-Freunde hinzuziehen mussten. Also, fünf von uns arbeiten hier in Vollzeit, dann noch ein halbes Dutzend in Teilzeit bis Vollzeit."

„Und ihr habt genug Arbeit, um so viele Leute zu beschäftigen?"

„Mehr als das. Ganze Polizeieinheiten trainieren bei uns - insbesondere in unserem Indoor-Waffentrainingszentrum. Es gilt als eines der besten im Land. Wir haben einen stillen Teilhaber, der uns half, das Unternehmen auf die Beine zu stellen, und es uns ermöglicht hat, viel schneller zu expandieren, als wir es sonst gekonnt hätten. Er war nicht in der Armee und macht keine der Schulungen, aber er kommt trotzdem ab und zu vorbei. Cade O'Conner."

„War er nicht auf der Mittelschule, als wir unseren Abschluss gemacht haben? Hatte er das nötige Kapital, um euch bei der Gründung von Linear Tactical zu helfen?"

„Der Großteil der Welt kennt ihn jetzt als Cade Conner, den Superstar der Country-Musik."

Sie schluckte ihren letzten Bissen runter. „Oh. Ich schätze, ich bin nicht gerade auf dem Laufenden, wenn es um Musik geht. Ich hatte keine Ahnung, dass Cade berühmt ist."

„Das würde ihm gefallen. Er kommt hierher, um von der ganzen Verrücktheit seines öffentlichen Lebens wegzukommen und einfach mit Leuten zusammen zu sein, die wissen, dass er unerträglich war. Er liebt es, ein paar Tage lang in den Wäldern ein Survival-Training zu machen, wenn er kann. Normalerweise hält er seinen Aufenthalt hier geheim."

„Wow. Ich erinnere mich, dass er und Finns kleiner Bruder euch in der Schule immer gefolgt sind. Waren sie nicht in der vierten Klasse, als du sie dabei erwischt hast, wie sie mit deinem Quad fahren wollten?"

Er kicherte. „Ja genau. Cade und Baby. Die Kleinen folgten uns echt auf Schritt und Tritt. Baby arbeitet immer noch in der Stadt. Er ist Mechaniker."

„Ich habe seit Jahren nicht mehr an sie gedacht."

„Baby arbeitet ab und zu für uns. Zum Glück sind die Jungs endlich erwachsen geworden. Ich kann mich noch daran erinnern, wie Baby und Cade mir nachgejagt haben, als ich in der Oberstufe war. Sie wollten alles über Sex erfahren."

Sie konnte sich ein Lächeln über Zacs verlegenes Grinsen nicht verkneifen. Sie liebte es, von diesen Leuten zu hören, von dieser Stadt. Sie hatte vergessen - oder völlig verdrängt -, wie sehr sie all das geliebt hatte. Sie war nie so beliebt gewesen wie Zac oder Becky, aber Anne hatte diese Leute immer gekannt, sie beobachtet, sie gemocht.

Und sie mochte es, jetzt hier mit Zac zu sitzen. Vielleicht war es doch nicht nötig, sich von ihm fernzuhalten. Sie konnte ihre Gefühle im Zaum halten. Sie brauchte sich ihm ja nicht an den Hals zu werfen.

Sie könnten einfach Freunde sein. Offensichtlich war das alles, was sie je gewesen waren, so weit er es wusste, denn schließlich hatte er jene Nacht vergessen. Das war alles, was sie je sein würden. Freunde.

Er biss in ein weiteres Stück Pizza. „Da war ich also, und diese beiden Kinder sahen mich an, als wäre ich ein Sexgott oder so etwas, der einen todsicheren Weg wüsste, wie man ein Mädchen dazu bringt, sich auszuziehen. Ich weiß nicht, was sie sich dabei gedacht haben, mich zu fragen. Verdammt, ich war immer nur mit Becky zusammen gewesen, und zu dem Zeitpunkt noch nicht mal sehr lange. Es war für uns beide das erste Mal. Das war schon traumatisch genug. Gott sei Dank musste ich das nie wieder durchmachen. Würde mich wahrscheinlich für immer entstellen ..."

Sie konnte spüren, wie die Farbe aus ihrem Gesicht wich, als er verstummte. Sie versuchte, ihre Fassung wiederzuerlangen, denn sie wusste, dass seine Worte nichts bedeuteten. Er erinnerte sich nicht. Er erzählte nur eine lustige Geschichte. Aber er starrte sie mit zusammengekniffenen Augen an, als würde die Erinnerung an jene Nacht unterbewusst gegen seinen Schädel drücken.

Sie musste von hier verschwinden. Sie hatte sich so geirrt. Sie konnte nicht mit ihm befreundet sein. Konnte nicht in seiner Nähe sein. Konnte es nicht ertragen, wenn er jetzt die Wahrheit herausfand.

„Ich muss gehen."

„Annie ... Kleines …"

„Nein, nenn mich nicht so." Ihre Stimme war tief. Guttural. Wenn sie nachts von ihm träumte, war es die Erinnerung an daran, wie er ihren Namen in ihr Ohr flüsterte, während er ihren Kiefer entlang küsste: *Meine süße Annie.*

Er griff über den Tisch und hielt ihre Hand fest, um sie davon abzuhalten, von der Bank zu rutschen. Besorgnis flackerte in seinen Augen. „Irgendetwas stimmt nicht. Ich weiß, dass ich in jener Nacht etwas getan habe. Sag mir, was es ist, Annie. Habe ich ..." Er schluckte schwer, seine Miene wurde qualvoll. „Habe ich dich vergewaltigt?"

Gott, ganz egal, was in jener Nacht passiert war, wie sehr er ihr auch wehgetan hatte, sie konnte nicht zulassen, dass er so etwas dachte. Sie holte angestrengt Luft. „Nein. Was wir in dieser Nacht getan haben, wollte ich genauso sehr." Und offensichtlich noch viel mehr. „Das würdest du nie tun, Zac."

Erleichterung legte sich über seine Züge, aber er ließ ihre Hand nicht los. „Aber da ist noch etwas. Etwas, das du mir nicht erzählst."

„Wir waren uns einig, es zu vergessen, weißt du nicht

mehr? Das war vor langer Zeit. Es betrifft uns jetzt nicht mehr."

Aber das tat es doch. Es hatte den Verlauf ihres Lebens verändert, und so sehr sie sich auch das Gegenteil wünschte, es nahm noch immer Einfluss auf sie. Alles, was mit Zac zu tun hatte, würde das immer tun.

„Ich muss gehen", sagte sie wieder. „Ich muss mich vor meiner nächsten Schicht etwas ausruhen. Danke für das Essen."

„Ich will, dass du mir sagst, was passiert ist." Seine Stimme war tief und drängend. „Ich kann es nicht wiedergutmachen, wenn ich es nicht weiß."

Er konnte es nicht wiedergutmachen, so oder so. Es war sechs Jahre zu spät. „Manche Dinge kann man nie wieder in Ordnung bringen. Und es hat keinen Sinn, es zu versuchen."

Sie zog ihre Hand unter seiner hervor und ging zur Tür hinaus.

Kapitel 9

ERSCHÖPFUNG LAG SCHWER AUF ANNE, als sie nach Hause fuhr. Wenigstens folgte Zac ihr nicht, obwohl sie das halb erwartet hatte.

Sie wusste nicht, wie lange es dauern würde, bis sie wirklich begriff, dass Zac das *nie* tun würde, jedenfalls nicht so, wie sie es sich ihr ganzes Leben lang gewünscht hatte. Ja, sie hatten Sex gehabt – mehr oder weniger - aber nur einmal und anscheinend nur, weil er so betrunken gewesen war, dass er sogar befürchtete, sie *vergewaltigt* zu haben, um Himmels willen.

Sie würde ihm sagen müssen, was wirklich passiert war. Nicht die tatsächliche Wahrheit - denn wie erbärmlich war das? -, sondern eine leicht abgeänderte Version.

Sobald sie es ihm sagte und ihm versicherte, dass keine Gewalt im Spiel war, würde er die Sache vergessen können. Dann würde er seine Angst loslassen und sie wieder nur als Beckys ruhige und eher bemitleidenswerte Freundin sehen, als einen Schatten der temperamentvollen Frau, die er geheiratet hatte, der Frau, die sein Interesse geweckt hatte, seit sie beide zwölf gewesen waren.

Wenn er überhaupt hin und wieder an Anne dachte.

Sie fuhr unter dem Carport ihres Hauses vor und wünschte sich, Carol wäre hier. Mit ihr könnte sie reden. Natürlich hätte Anne nichts über ihre Gefühle für Zac sagen können, aber Carol hatte ihr immer zugehört und sie ermutigt, mit Männern auszugehen. Während des Studiums hatte Anne weder Zeit noch Lust dazu gehabt. Dann, nach dem, was mit Zac passiert war – während ihrer Zeit als Assistenzärztin –, hatte sie den Gedanken, dass sie jemand berührte, nicht einmal ertragen können.

Als sie endlich wieder auf das Dating-Pferd gestiegen war, hatte sie zu dem ersten Assistenzarzt in ihrem Programm, der sie gefragt hatte, Ja gesagt.

Als Darren ihr sechs Monate später einen Heiratsantrag gemacht hatte, hatte sie ebenfalls mit Ja geantwortet. Es war ihr damals als die beste Option erschienen. Wenigstens wäre sie so nicht allein.

Notiz an sich selbst: Zu heiraten, weil es die „beste Option" war, war auf lange Sicht nie ein guter Plan. Sie hatte früh erkannt, dass sie einen Fehler begangen hatte, aber trotzdem versucht, das Beste daraus zu machen. Als Christina sein Interesse geweckt hatte, war das nicht mehr genug gewesen. Ehrlich gesagt, war es schon lange vorher nicht mehr genug gewesen.

Als Darren fast genau zwei Jahre, nachdem er Anne das erste Mal um ein Date gebeten hatte, sagte, dass er die Scheidung wollte, hatte sie auch dazu nicht Nein gesagt.

Sie legte ihren Kopf auf das Lenkrad. Es war schwer, sich selbst nicht als schwach zu betrachten, wenn sie auf ihre Entscheidungen zurückblickte. Eine Kämpferin war sie wahrhaftig nicht.

Auch keine Liebhaberin, wenn man bedachte, dass sie nur mit zwei Männern zusammen gewesen war, und keine der beiden Erfahrungen ein gutes Ende genommen hatte.

Ihr Mann war ihrer nach nur ein paar Monaten überdrüssig geworden. Was besser war als Zac; er hatte bereits nach wenigen *Stößen* entschieden, dass sie nicht das war, was er wollte.

Also, ja. Keine Liebhaberin. Keine Kämpferin. Sondern einfach nur müde.

Die Dinge würden nicht mehr so trostlos erscheinen, nachdem sie sich etwas ausgeruht hatte. Morgen würde alles besser zu bewältigen sein. Das war es immer. Als Notärztin war man dankbar für das Leben, weil man sich bewusst war, dass es bestenfalls zerbrechlich ist.

Morgen.

Sie schnappte sich ihre Tasche vom Beifahrersitz und machte sich auf den Weg zu der Tür, die mit dem Carport verbunden war. Sie balancierte alles in einer Hand, öffnete die Tür und warf ihre Taschen auf die Waschmaschine in dem kleinen Foyer, das gleichzeitig als Abstellraum diente. Doch als sie auf den Lichtschalter drückte, passierte nichts.

„Großartig."

Wieder nichts, als sie dasselbe im Wohnzimmer versuchte. Sie ging zurück und holte ihr Telefon, um es als Taschenlampe zu benutzen. Wo war der Sicherungskasten? Vielleicht in dem Schrank neben der Küche?

Auf halbem Weg spürte sie es unter ihren Turnschuhen - das Platschen von Wasser. Sie stieß einen zischenden Atemzug aus. Warum war da Wasser mitten in ihrem Wohnzimmer?

Ihre Schritte wurden langsamer, als sie in Richtung Küche ging. Das Wasser schien anzusteigen. Bald hörte sie ein stetiges Tropfen aus dem Schrank unter der Spüle. Sie öffnete ihn und leuchtete hinein.

Wasser strömte heraus.

Es war überall.

Mit der Taschenlampe konnte sie den Schaden nicht

sehen, aber er musste beträchtlich sein, wenn ihre Füße bereits durchnässt waren.

Sie ging zum Sicherungskasten und öffnete ihn. Systematisch begann sie, einen Schalter nach dem anderen zu betätigen, aber die Lichter blieben dunkel.

„Im Ernst?“, flüsterte sie. „Bleibt mir denn absolut gar nichts erspart?“

Sie rieb sich den Nacken und lehnte ihren Kopf an die Wand. Sie wollte die Augen nicht schließen, weil sie sonst vielleicht gleich im Stehen eingeschlafen wäre. Sie patschte zu ihrem kleinen Küchentisch hinüber, zuckte zusammen, als das Wasser um den Stuhl schwappte, den sie hervorzog, und setzte sich, ihre Tränen zurückblinzelnd.

Mit dem kläglichen Internet, das sie auf ihrem nicht ganz so smarten Smartphone empfangen konnte, schaute sie nach, wie man das Wasser eines Hauses abstellt. Ein paar Minuten später war sie wieder auf den Beinen und suchte draußen nach dem Absperrhahn, mit Carols Schraubenschlüssel aus dem Werkzeugkasten in der Waschküche in der Hand.

Wenn das Halten des Schraubenschlüssels sie nicht so viel Kraft gekostet hätte, hätte sie ein kleines Tänzchen hingelegt, als sie den Hahn fand. Sie atmete erleichtert auf, denn das Haus flog nicht in die Luft, als sie das Wasser abdrehte.

Der Ablauf dieses Tages passte genau zu ihrem Glück. Sie stapfte zitternd zurück in die Waschküche, obwohl dieser Maiabend für Wyoming-Verhältnisse nicht besonders kalt war. Vielleicht lag es daran, dass sie so lange in Florida gelebt hatte, wo die Temperatur selten unter sechzehn Grad sank, aber als sie das Haus wieder betrat, war aus ihrem Frösteln regelrechter Schüttelfrost geworden. Alle Muskeln in ihrem Körper verkrampften sich, und ihre Finger begannen zu kribbeln.

Sie lehnte sich schwer gegen die Tür. Verdammt, es war eine Panikattacke. Eine physiologische Reaktion, verursacht durch extreme Angst gemischt mit Erschöpfung. Sie zu diagnostizieren war einfach, sie zu stoppen viel schwieriger. Sie rutschte zur Seite, hielt sich an der Waschmaschine fest und biss die Zähne zusammen, um ihrem Körper zu befehlen, sich einfach zu *beruhigen*.

Sie brauchte eine heiße Dusche und musste mit mehreren Decken auf ihrem Bett einfach schlafen gehen.

Und die wenigen Decken, die sie besaß, hatte sie als Polsterung für ihre Umzugskisten benutzt und dann auf den Boden geworfen, als sie ihre Sachen ausgepackt hatte. Sie dienten also gerade als Schwämme für das Flutwasser.

Ihre Zähne begannen zu klappern, und sie schloss ganz fest die Augen, um ihre Tränen zurückzuhalten. Wenn sie sie jetzt herausließ, würde sie nicht mehr aufhören können zu weinen. Sie würde einen Zusammenbruch erleiden, direkt hier auf dem Boden ihrer Waschküche.

Sie schnappte sich ihre Handtasche und ihren Seesack von der Waschmaschine und ging zurück zu ihrem Auto. Sie hatte keine Kreditkarte, da sie sie zerschnitten hatte, um sich von ihren Schulden zu befreien, aber Bürgermeisterin Dimont kannte sie und würde sie im Hotel bar bezahlen lassen. Anne hatte genug für eine Nacht.

Morgen hätte sie die Kraft, sich um die Sache zu kümmern.

Das hoffte sie zumindest.

Die Fahrt in die Stadt dauerte nicht lange. Das Mayors Inn war eines von zwei Hotels in Oak Creek, das andere gehörte zu einer Kette, und es wurde eröffnet, nachdem Anne weggezogen war.

Ihr Auto stotterte und knallte leise – ein weiteres Problem, um das sie sich zu kümmern hatte -, als sie auf einen der vielen freien Parkplätze fuhr und auf das Schild des Mayors Inn starrte.

Sie wusste, dass Barbara Dimont und ihr inzwischen verstorbener Mann das Hotel gekauft hatten, bevor die Frau Bürgermeisterin von Oak Creek geworden war. Hatte der Name des Hotels sie auf die Idee gebracht? Die Stadtbewohner scherzten, dass das Land jetzt einen anderen Präsidenten hätte, wenn das Hotel stattdessen Presidents Inn geheißen hätte.

Als Teenager hatte Anne hier im Hotel als Mädchen für alles gearbeitet, von der Reinigung der Zimmer bis zum Einchecken der Gäste. Bürgermeister Dimont hatte Annes Zeitplan immer flexibel gestaltet und war geduldig mit ihr gewesen, sodass es der perfekte Job für sie war.

Aber jetzt war es schwer, die Lobby zu betreten. Anne war seit *jener* Nacht vor sechs Jahren nicht mehr hier gewesen. Sie hatte nicht vorgehabt, jemals wieder hierher zu kommen.

Aber sie hatte keine andere Wahl, also ging sie tapfer weiter und war erleichtert, als sie ihre alte Chefin in ihrem Sessel hinter dem Check-in-Schalter sitzen sah, wo sie über eine Sendung im Fernsehen lachte.

„Hey, Bürgermeisterin."

Der Fernseher klickte aus und Barbara stand auf. „Anne Nichols. Na, bist du nicht eine absolute Augenweide?"

Bevor Anne wusste, wie ihr geschah, hatte die kleine, ältere Frau die Thekenabtrennung hochgeklappt, war hindurchgegangen und hatte Anne in ihre Arme gezogen. „Ich hatte natürlich schon gehört, dass du wieder in der Stadt bist. Aber dich nach all den Jahren mit eigenen Augen zu sehen ..." Barbara streckte eine Hand nach oben und streichelte Annes Wangen. „Ich bin so froh, dass du hier bist."

„In Ihrem Hotel oder in Oak Creek? Und jetzt ist es Griffin. Ich habe geheiratet. Und bin wieder geschieden."

„Beides." Sie tippte auf Annes Wangen. „Und beides tut mir leid. Du siehst ein bisschen müde aus. Ist alles in Ordnung? Bist du hier, um deine alte Chefin zu besuchen?"

„Nein, Ma'am, obwohl es schön ist, Sie zu sehen. Ich habe eine Überschwemmung in meinem Haus, und ich brauche nur einen Schlafplatz für die Nacht, bis ich die Kraft habe, mich morgen darum zu kümmern."

„Natürlich, Schätzchen. Wir haben noch viele Zimmer frei."

„Ich habe jedoch keine Kreditkarte." Anne spürte, wie das Frösteln zurückkehrte. Sie unterdrückte das Bedürfnis zu zittern. Hoffentlich würde Bürgermeisterin Dimont nicht zu viele Fragen stellen und annehmen, sie hätte sie zu Hause vergessen.

„Ich weiß, dass du mich nicht beleidigen wirst, indem du versuchst, für ein Zimmer zu bezahlen, wenn du in Not bist. Nicht nach all den Jahren, die du hier gearbeitet hast, und nach allem, was wir beide zusammen durchgemacht haben." Sie steckte sich eine Strähne ihres silbernen Haares hinters Ohr, die Augenbraue hochgezogen, die andere Hand an der Hüfte.

Diese Frau hatte Anne am absoluten Tiefpunkt ihres Lebens gesehen. Das machte es leichter, ihr Angebot anzunehmen. Sie nickte. „Danke, Bürgermeisterin. Es war ein harter Tag. Und ich bin ein bisschen knapp bei Kasse."

Bürgermeisterin Dimont tätschelte ihren Arm. „Wir beide werden uns ein andermal unterhalten. Jetzt wollen wir dir erst einmal ein Bett besorgen, in das du dich fallen lassen kannst." Sie reichte ihr einen Schlüssel für Zimmer 201. Ein echter Schlüssel, keine Schlüsselkarte, wie man sie in den meisten Hotels bekam. Er fühlte sich gut an in Annes Hand. Greifbar. „Nimm eine schöne heiße Dusche, und schlaf gut.

Hier wird dir nichts passieren. Diesmal nicht. Das verspreche ich."

Ihre Blicke trafen sich, ein Fluss von Erinnerungen floss zwischen ihnen. „Danke, Bürgermeisterin."

Wieder tätschelte sie Annes Wange. „Ich bin froh, dass du wieder da bist, Annie. Hier gehörst du hin."

Als sie den Schlüssel nahm und den Flur hinunterging, wünschte Anne, sie könnte sich so sicher sein.

Kapitel 10

ZAC SAH ZU, wie Annie das New Brothers fluchtartig verließ. Er fluchte, Unentschlossenheit - ein sehr ungewohntes Gefühl - übermannte ihn. Er wollte ihr nachlaufen, um herauszufinden, was sie ihm immer noch nicht gesagt hatte. Aber offensichtlich wollte sie nicht, dass er es wusste.

Er glaubte ihr, als sie sagte, er hätte sich ihr nicht aufgedrängt. Gott sei Dank. Aber er wusste, da war noch mehr. Da war *so viel mehr* an dieser Nacht, als sie ihm erzählte.

Er musste es wissen.

Er wartete ungeduldig darauf, dass die überarbeitete Kellnerin ihm endlich die Rechnung brachte und die Reste einpackte, dann ging er, nachdem er bezahlt hatte, zu seinem Wagen. Dort blieb er lange sitzen.

Er hatte Annie in dieser Nacht nicht angegriffen. Dem Himmel sei Dank. Sie hatte es auch gewollt. Daran erinnerte er sich, und er war dankbar, dass dieser Teil seines Gedächtnisses richtig funktionierte. Er erinnerte sich, dass alles gut gewesen war ... bis es sich offenbar zum Schlechten gewendet hatte. Irgendetwas, das er getan hatte, hatte Schatten und Angst in ihre Augen getrieben. Kein körperlicher Angriff, aber ... es musste dennoch etwas Schlimmes sein.

Momentan interessierte ihn nichts anderes, als herauszufinden, was er getan hatte, und wie er diesen Fehler wiedergutmachen konnte.

Er fuhr zurück zu Linear Tactical, dem Ort, der ihm in den letzten vier Jahren so viel Frieden und Sinn gegeben hatte, und zwang sich, die Sache loszulassen. Zumindest für heute Abend. Er würde mit Annie reden, wenn sie nicht mehr so müde war. Die Situation war seit sechs Jahren ungelöst. Sie konnte noch eine Nacht lang warten.

Er war schon bis zu seiner Wohnung am anderen Ende der Stadt gefahren, bevor er den Truck wendete und umkehrte.

Nein, es konnte nicht warten. Er konnte den Gedanken nicht ertragen, dass Annie noch eine Nacht mit dem Wissen schlafen gehen würde, dass er ihr etwas Schreckliches angetan hatte, während er sich nicht einmal daran erinnern konnte. Dass sie die ganze Last allein trug. Fast alle hatten Annie immer behandelt, als wäre sie unsichtbar - ihre Eltern, ihre Mitschüler. Nicht einmal die Leute, mit denen sie im Krankenhaus arbeitete, hatten sie erkannt.

Auf dieser Liste wollte er nicht stehen. Er schuldete Annie eine Entschuldigung für etwas, und er wollte seinen Fehler ausbügeln. *Heute Abend*. Wäre es jemand anders gewesen, der Annie verletzt hätte, hätte Zac auf ihn eingeprügelt, bis er sich entschuldigt hätte. Sie hatte es verdient, jemanden auf ihrer Seite zu haben, auch wenn das hieß, dass er sich in diesem Fall selbst in den Hintern treten musste.

Es dauerte eine ganze Weile, bis er bei ihr zu Hause ankam. Wahrscheinlich schlief sie schon. Wenn nicht, würde er ihr als Erstes die übrig gebliebene Pizza anbieten, die sie so sehr liebte. Mal sehen, ob sie ihm so wenigstens die Tür öffnen würde. Und wenn sie schon schlief, na gut. Dann würde er verdammt noch mal bis zum Morgen im Truck warten und beim ersten Anzeichen, dass sie wach war, an ihre Tür klopfen.

Vergiss die Pizza, er würde Frühstück besorgen und es ihr bringen. Sie überraschen. Es wäre das erste Mal, dass er das Frühstück für eine Frau holte, ohne die Nacht in ihrem Bett verbracht zu haben, aber das wäre es wert.

Vielleicht hatte irgendwo ein Geschäft offen, wo er Blumen kaufen konnte. Der 24-Stunden-Laden könnte welche haben. Wenn er sich entschuldigen wollte, konnte er es genauso gut richtig machen.

Sobald sie ihm sagte, was er getan hatte. Ganz offensichtlich hatte er etwas Grausames zu ihr gesagt. Damals hatte er gerade Becky verloren, aber das änderte die Tatsache, dass er sich entschuldigen musste, kein bisschen. Eine Entschuldigung, die Annie niemals einfordern würde.

Sie brauchte wirklich jemanden, der auf ihrer Seite war. Becky und Mrs. P. hatten das schon vor Jahren erkannt und für sie getan, was sie konnten. Und Becky würde wollen, dass auch Zac tat, was er konnte. Das hatte er immer gewusst.

Enttäuschung überschwemmte ihn, als er sah, dass in ihrem Haus kein Licht brannte. Ja, er wollte ihr Frühstück und Blumen bringen, aber viel mehr wollte er, dass dieser Blick aus ihren Augen verschwand, mit dem sie ihn manchmal ansah.

Aber das konnte bis zum Morgen warten. Ihre Bedürfnisse waren wichtiger.

Aber als er anhielt, bemerkte er, dass ihr schrottreifer Mazda nicht unter dem Carport stand. War sie nicht direkt nach Hause gefahren? Hatte sie einen Notfall im Krankenhaus?

Er wollte gerade wieder gehen, als er sah, dass die Haustür nicht ganz geschlossen war. Er hielt an und sprang aus seinem Wagen.

„Annie?“ Er klopfte an die Tür, woraufhin diese sich öffnete. Im Haus war alles dunkel. „Annie, du bist doch nicht hier drin, oder?“

Er griff hinüber, um das Licht einzuschalten, und runzelte die Stirn, als nichts geschah. Er ging weiter ins Haus.

„Annie?“

Sie war nicht hier, aber warum funktionierte das Licht nicht? Er versuchte es mit einem anderen Schalter. Wieder nichts. So oder so brach er gerade in ihr Haus ein; er könnte genauso gut ihren Sicherungskasten zurücksetzen, wie er es im Laufe der Jahre ein Dutzend Mal für Mrs. P. getan hatte, damit Annie, wenn sie nach Hause kam, kein dunkles Haus vorfand.

Ein paar Sekunden später fluchte er, als er bemerkte, dass der Teppich im Wohnzimmer durchnässt war und sich in der Küche ein kleiner See gebildet hatte. Er joggte zu seinem Wagen, um seine Taschenlampe zu holen, und stellte innerhalb weniger Minuten fest, wo das Problem lag. Ein Rohranschluss unter der Küchenspüle hatte sich gelockert und den ganzen Raum überflutet. Das Wasser war irgendwie in eine Steckdose gelaufen und hatte das gesamte Haus kurzgeschlossen, was in einem alten Haus mit einer ebenso alten Verkabelung manchmal vorkam. Als er sah, dass das Wasser draußen abgestellt worden war, wusste er, dass Annie getan haben musste, was sie konnte.

Verdammt noch mal. Sie war schon so müde und überwältigt gewesen. Nach Hause zu kommen und all ihre Sachen durchnässt vorzufinden, ohne die Möglichkeit, sie zu trocknen oder das Problem im Dunkeln zu lösen ... Wäre er hier gewesen, hätte er ihr helfen können. Nicht viel, aber zumindest wäre sie nicht auf sich allein gestellt gewesen.

So wie sie immer auf sich allein gestellt war.

Er wischte sich mit der Hand über die Augen und ging

zurück zu seinem Truck. Jetzt, da das Wasser gestoppt war, konnte er bis zum Morgen nichts tun, denn erst dann konnte er einen Klempner und einen Elektriker rufen. Er sollte nach Hause gehen. Er könnte ihr am Morgen immer noch das Frühstück bringen und ihr helfen, alles aufzuräumen.

Aber als er aus der Einfahrt zurücksetzte, fuhr er stattdessen in die Stadt - zum Mayors Inn. Konnte es sein, dass sie dort war? Am Tatort, sozusagen? Verdammt, vielleicht wäre es hilfreich, wenn er sich an irgendetwas erinnern könnte.

Obwohl das wahrscheinlich offiziell als Stalking galt, ihr vom Restaurant nach Hause zu folgen, und jetzt vielleicht sogar zum Hotel.

Aber er fuhr trotzdem dorthin. Nur um zu sehen, ob sie da war und ob es ihr gut ging.

Als er anhielt, sah er ihren Mazda - und hatte seine Bestätigung, dass sie eine Unterkunft für die Nacht gefunden hatte. Er sollte heimfahren. Aber stattdessen parkte er und trat in die Lobby, bevor er es sich ausreden konnte.

Er schnitt eine Grimasse, als er Bürgermeisterin Dimont hinter dem Tresen sah. Er kannte sie schon lange, aber sie mochte ihn nicht. Sie hatte versucht, ihren Einfluss im Stadtrat zu nutzen, um die Genehmigungen zu blockieren, die sie für die Eröffnung von Linear Tactical brauchten. Trotz der Tatsache, dass viele der Jungs von hier waren und sie in Oak Creek großen Zuspruch fanden, war die Abstimmung aufgrund ihres Widerstands recht knapp ausgefallen.

Zac hatte keine Ahnung, warum sie ihn nicht mochte. Er konnte sich nicht erinnern, dass das bereits in der Schulzeit so gewesen war. „Hi, Bürgermeisterin Dimont."

Ihr Blick wurde eisig. „Mackay."

Er streckte eine Hand aus, Handfläche nach oben, in einer Geste des Friedens. „Ich bin hier, um nach Annie zu sehen. Bei ihr zu Hause stand die Tür offen, und es gab eine

Überschwemmung. Ich weiß, sie hatte schon einen schlimmen Tag ..."

Die Augen der Bürgermeisterin verengten sich. „Du dachtest also, du würdest hier vorbeikommen und sehen, ob du ihr auf deine sanfte Mackay-Art irgendwie helfen kannst?"

Er zuckte zusammen. „Nun, ich weiß nicht genau, was das heißen soll, aber ja, ich habe mir Sorgen um sie gemacht. Sie und ich haben zusammen zu Abend gegessen, und sie war schon ein wenig durch den Wind, bevor sie wusste, dass sich ihr Haus in Atlantis verwandelt hatte."

Sein Versuch, Humor zu zeigen, ging der Bürgermeisterin völlig ab. „Das Mädchen ist süßer als Jesus, wenn sie dich nach allem, was du ihr angetan hast, noch in ihre Nähe lässt."

Zac trat einen Schritt näher heran, sein Blick konzentrierte sich auf die ältere Frau. „Wovon reden Sie?"

„Diese Nacht, vor sechs Jahren. Ich weiß, Annie sagt, du kannst nicht verantwortlich gemacht werden, weil du so am Boden zerstört warst von der Trauer über den Tod deiner Frau und deines Babys. Ich weiß, das war tragisch, aber du musst mich entschuldigen, wenn ich nicht ganz so nachsichtig bin wie sie."

Sie wusste es. Seine Hände ballten sich an seiner Seite zu Fäusten. „Aber wissen Sie denn, was passiert ist?"

„Ich weiß genug. Was du dem Mädchen angetan hast, ist unentschuldbar, Mackay. Du solltest dich schämen."

Er wollte sich die Haare ausreißen. „Verdammt, Bürgermeisterin. Ich kann mich nicht erinnern, aber ich weiß, dass es schlimm ist. Annie will es mir nicht sagen. Ich will das wieder in Ordnung bringen. Es wiedergutmachen. Aber sie sagt es mir einfach nicht."

„Die süße Annie ist niemand, der jemand anderen beschuldigt oder ihm ein schlechtes Gewissen einredet. Das ist nicht ihre Art. Sie hält sich für schwach, weil sie nicht schimpft und tobt wie die meisten anderen, wenn ihnen jemand Unrecht tut."

„Nein, sie absorbiert", flüsterte er. „Hält aus. Überlebt. Das erfordert mehr Kraft als alles Schimpfen und Toben der Welt. Aber nur weil sie ruhig ist, macht sie das noch lange nicht schwach."

Die Augen der Bürgermeisterin verengten sich weiter, ihr Kopf neigte sich zur Seite. „Sie bedeutet dir etwas."

Er fuhr sich mit der Hand durch die Haare. „Das hat sie schon immer. Auch wenn es für mich nicht in Ordnung war. Ich habe nie danach gehandelt - nie etwas getan, was mich Becky gegenüber untreu gemacht hätte -, aber sie hat mir immer etwas bedeutet."

„Und du wusstest, was Annie für dich empfand?"

Er erstarrte. „Für *mich*? Anne duldete mich nur wegen ihrer Freundschaft mit Becky - wir waren sozusagen ein Gesamtpaket. Aber mehr war da nie." *Oder doch?* Irgendetwas juckte noch in den Ecken seiner Erinnerung an jene Nacht. „Anne hielt immer Abstand zu mir. Wir waren nie allein miteinander."

„Bis du nicht mehr mit ihrer besten Freundin verheiratet warst." Bürgermeisterin Dimont lehnte sich an den Tresen zurück. „Erzähl mir, woran du dich erinnerst."

„Wir haben uns in jener Nacht irgendwie im Eagle's Nest getroffen; ich hatte schon zu viel getrunken. Am nächsten Tag war mein Urlaub vorbei und ich wollte zurück zur Armee. Ich konnte es nicht ertragen, bei Carol zu bleiben - zu viele Erinnerungen in diesem Haus -, also hatte ich mir hier ein Zimmer genommen." Er schloss die Augen und versuchte, sich zu konzentrieren. „Henry vom Eagle's Nest, der Dummkopf, hat mir eine Flasche Jacky verkauft oder vielleicht geschenkt. Annie und ich beschlossen, uns nach draußen zu setzen und den Whiskey zu trinken. Wir haben stundenlang geredet. Über Gott und die Welt. Sie hatte ihr Medizinstudium beendet und war im ersten Jahr ihrer Facharztausbildung, arbeitete im Grunde achtzig Stunden die Woche. Wir sprachen über die Armee und dass ich schon in ganz Europa und im Nahen Osten stationiert war. Sie sagte, sie sei noch nie außerhalb von Wyoming gewesen, dass sie vielleicht eines Tages reisen wolle, aber dass sie nie vorhabe, dauerhaft von hier wegzugehen."

Oh Gott. Daran erinnerte er sich genau. Dass sie Oak Creek nie hatte verlassen wollen.

„Aber dann ist sie doch gegangen", sagte Bürgermeisterin Dimont ruhig.

Ein flaues Gefühl breitete sich in Zacs Magen aus, als er die Bürgermeisterin ansah. „Wann?"

„Sie wechselte sofort nach Beckys Tod in ein medizinisches Programm in einem anderen Bundesstaat." Sie gönnte ihm keine Pause. „Erzähl mir, woran du dich noch erinnerst."

„Sie hat mir geholfen, in mein Zimmer zu kommen. Sie war wahrscheinlich nicht annähernd so betrunken wie ich. Ich nahm sie mit rein, und sie war so schön. So gertenschlank und groß. So abgeklärt und ruhig, wie immer. Aber so *lebendig*. Und ich wollte nur ihre Lebendigkeit schmecken. Das war falsch. Ich habe sie benutzt. Ich habe sie geküsst."

Aber Gott, das Geräusch ihres schweren Atems war so verdammt sexy gewesen. *Daran* erinnerte er sich sonnenklar. Er war betrunken gewesen, und sie vielleicht auch, aber als er sie durch die Tür gezogen und geküsst hatte, hatte es sich magisch, heiß und überwältigend angefühlt.

„Als wir in dem Zimmer waren ..." Er erinnerte sich daran, wie er sich von der Stelle löste, an der er sie gegen die Wand gedrückt und geküsst hatte, als hätte sein Körper jahrelang auf die Gelegenheit gewartet und es dann endlich gekonnt. „Haben wir wieder eine Weile geredet. Sie wollte mich nichts mehr trinken lassen. Sie half mir ins Bett und wollte gehen. Küsste mich so zärtlich."

„Verlass mich nicht, süße Annie. Ich brauche dich."

Dieses Lächeln. Gott, sie war umwerfend. „Du brauchst nur Schlaf."

„Ich brauche dich. *Bleib bei mir."*

„Zac. Ich sollte nicht ..."

Selbst im fast stupiden Rausch hatte er gemeißelte Reflexe. Er packte sie am Handgelenk und zog sie an sich, schlang einen Arm um sie und rollte sich mit ihr auf die Seite. Dann küsste er sie wieder. Er musste das Geräusch ihres Atems hören. Es war so verdammt sexy.

Seine Finger wanderten von ihrer Hüfte hinauf, unter ihr Hemd, zu der samtweichen Haut ihres Bauches. Seine Zunge tauchte in ihren Mund, lud ihre schüchterne Zunge zum Spiel ein und lächelte, als sie mit ihm zu tanzen begann.

Seine Hand glitt über ihre Brust, der Daumen strich über eine erregte Brustwarze, und sie keuchte, dann stöhnte sie auf.

„So ist es gut, Süße", sagte er gegen ihren Mund. „Gib dich mir hin."

Er zog sich zurück, sodass er ihr in die Augen sehen konnte. Diese großen Schokoladenaugen, die ihn schon immer so gefesselt hatten.

„Ja", flüsterte sie.

Und mehr brauchte es nicht. Innerhalb weniger Minuten lagen ihre Kleider auf dem Boden, und ihm wurde immer schwindeliger, während er ihren Körper mit Küssen bedeckte.

Sie stöhnte wieder. Tief, heiser und sanft. Ihre Hände lagen zaghaft auf seinen Schultern.

Da fing das Problem an. Jetzt, wo er wie benommen in der Lobby des Hotels stand, erkannte er es so deutlich als das, was es war. Aber damals hatte er es nicht gesehen. Zu betrunken. Zu traurig. Zu dumm. Er wollte sein vergangenes Ich anschreien, sich auf der Stelle von ihr zu entfernen.

Annie war anders als Becky. Becky war immer so direkt, selbstsicher und laut gewesen. Hatte nie gezögert. Mit jeder Minute, die er mit Annie verbrachte, konnte er nur noch die Unterschiede zwischen den beiden Frauen zählen. Er erkannte, dass Becky die einzige Frau gewesen war, die er je gehabt hatte, und dass er nie wieder mit ihr zusammen sein würde.

Was tat er da?

Annie stöhnte wieder und schlang ihre Arme um seinen Hals. „Ich will dich, Zac. Ich wollte dich schon immer."

Was? Er musste sich verhört haben. In seinem Kopf drehte sich wieder alles. „Annie, vielleicht sollten wir ..." Seine Worte verstummten, als eines ihrer langen, geschmeidigen Beine sich um seine Hüften schlang und ihre nackten Körper näher zusammenbrachte. Jetzt war er es, der stöhnte.

„Ja, du hast recht", flüsterte sie. „Das sollten wir. Ich hätte nie gedacht, dass du es sein würdest, der ..." Jetzt verstummten ihre Worte, als sie ihr Gesicht an seinen Hals schmiegte. Ihre Finger wanderten seine Taille entlang, dann weiter hinunter, gruben sich in seine Hüften und zogen ihn dichter zu sich heran.

Also machte er weiter. Er ignorierte die Stimmen in seinem Kopf, die ihm zuriefen, aufzuhören, und hörte stattdessen auf seinen Schwanz, der kräftig in ihre Mitte stieß.

Mit ihrem Schmerzensschrei erstarrte seine Welt. Alles erstarrte. War sie noch Jungfrau?

„Annie? Was zum Teufel ..."

„Es ist okay. Mir geht's gut. Ich habe nur ... Ich habe noch nie ..." Sie wischte sich eine Träne aus dem Gesicht. „Ich bin froh, dass du es warst, Zac. Ich wollte, dass du mein Erster bist. Ich habe dich schon immer geliebt."

Und in dieser Sekunde änderte sich alles. Was tat er da? Becky war noch keine zwei Wochen tot, und er vögelte schon eine andere Frau?

Er glitt aus ihr heraus und rollte sich zur Seite. Nein, nicht irgendeine Frau, sondern Annie.

Die beste Freundin seiner Frau. Ein noch schlimmerer Verrat. Und sie sprudelte nur so vor Liebesbekundungen, als hätten sie nicht gerade den abscheulichsten aller Verrate begangen.

„Zac, ich …“ Sie streckte die Hand nach ihm aus, große braune Augen starrten ihn an.

„Fass mich nicht an.“ Die Worte platzten aus ihm heraus, als er sich vom Bett stürzte und in der Hocke landete, als wollte er einen Angreifer abwehren. Er konnte es nicht ertragen, Annie im Bett zu sehen. Konnte den Gedanken an sie nicht ertragen. Den Gedanken an sich selbst. An das, was er getan hatte. „Du hast gerade Becky verraten. Du hast den einzigen Menschen verraten, der dich jemals in dieser Stadt haben wollte.“

„Zac, es tut mir leid. Ich wollte nicht …“

Er konnte seinen Blick nicht von dem Blut an ihren Schenkeln abwenden. „Du warst noch Jungfrau? Warum tust du mir das an?“

Verdammt, das war es nicht, was er meinte. Er meinte nur, warum sollte sie ihre Jungfräulichkeit ausgerechnet ihm schenken? Aber sie antwortete, bevor er sich korrigieren konnte.

„Ich … ich wollte dich einfach. Ich dachte, du wolltest mich auch.“

Und das hatte er auch. Oh Gott, nicht nur heute Nacht, sondern schon seit Jahren. Er schüttelte den Kopf. „Ich kann nicht glauben, dass du ihr das antust.“

Er rieb sich mit beiden Händen die Augen. Nein, er konnte nicht glauben, dass er *Becky das angetan hatte.*

Er musste raus. Er musste raus und durfte nicht mehr zurückkommen. Nein, das war sein Zimmer. Annie musste gehen. „Geh einfach. Verschwinde und komm nie wieder zurück.“

„Zac …“

Sie musste verschwinden. Er packte ihren Arm und zerrte sie aus dem Bett und zur Tür. Dann öffnete er sie. Sie weinte jetzt. Er hatte sie zum Weinen gebracht. Er war so ein Arschloch. Gott, das Zimmer drehte sich.

„Bitte“, flüsterte sie. „Meine Kleider.“ Er schnappte sich ihr Kleid vom Boden und warf es ihr zu, als sie nackt auf dem Flur stand.

Gott, sie weinte. Sie musste weg, bevor er sie wieder reinholte und alles noch schlimmer machte. „Ich kann es nicht einmal ertragen, dich anzusehen.“ Denn täte er das, würde er sie wieder ins Zimmer holen und immer wieder mit ihr schlafen. Und am nächsten Morgen würden sie sich beide noch mehr hassen. Sie würden einander nie wieder in die Augen sehen können. Er schüttelte den Kopf. „Komm nicht zurück. Nie mehr.“

Ihre großen Augen starrten ihn an, sie drückte das Kleid fest an ihren Oberkörper. Er schloss die Tür und stolperte zurück ins Zimmer, die Welt schwankte um ihn herum, bevor er gegen den kleinen Schreibtisch stürzte und sich den Kopf stieß. Schwärze.

Er hielt sich jetzt den Kopf, konnte sich noch an den riesigen blauen Fleck erinnern, den er am nächsten Morgen an der Schläfe hatte.

„Oh Gott, Bürgermeisterin.“ Er fühlte sich, als müsste er sich übergeben.

Bürgermeisterin Dimont öffnete den Tresen und führte ihn zu einem Stuhl auf der anderen Seite. „Setz dich, bevor du umfällst, Mackay.“

„Was ich getan habe ...“ Es gab keine Worte. „Sie haben recht. Sie sollte nie wieder mit mir reden.“

„Ich habe nur das Ende mitbekommen. Ich kam zufällig am Flur vorbei und war sehr überrascht, eine nackte Annie zu sehen, bis ihr das Kleid aus der Tür entgegenflog. Ich hörte ein paar harte Worte.“

Was er gesagt hatte, ging weit über harte Worte hinaus. „Sie verließ Oak Creek wegen mir. Wegen dem, was ich gesagt habe. Was ich getan habe.“

„Aber jetzt ist sie wieder da. Und du weißt wieder, was in jener Nacht geschah. Also, ich schätze, die eigentliche Frage ist ... was wirst du dagegen tun, Mackay?“

Kapitel 11

„Gehst du endlich nach Hause?" Riley fing Anne auf dem Flur ab, als sie gerade ihre Bürotür hinter sich schloss. „Wie lange bist du schon hier? Ich habe bereits eine Zwölf-Stunden-Schicht begonnen und beendet, und du warst die ganze Zeit da."

„Ja, ich wurde gebraucht, also habe ich eine Extraschicht übernommen." Vor allem, weil sie bis zur Fertigstellung ihres neuen Vertrags für jede zusätzliche Schicht bezahlt wurde. Und weil sie zu feige war, nach Hause zu gehen und sich dem Wasserschaden zu stellen. „Irgendein Rohr ist in meinem Haus gebrochen, also kann ich mich jetzt darauf freuen, den Schaden zu reparieren. Ich habe mir in meinen Pausen Reparaturvideos angeschaut."

Sie hatte bereits geduscht und sich im Umkleideraum umgezogen, da sie keinen Strom und kein Wasser in ihrem Haus hatte. Sie würde ein paar Tage ohne auskommen müssen, was zu dieser Jahreszeit durchaus machbar war, wenn auch nicht optimal. Aber hoffentlich würde sie in der Lage sein, so viel wie möglich aufzuräumen und vielleicht das Problem herauszufinden, ohne einen teuren Klempner oder Elektriker hinzuziehen zu müssen.

„Ja, ich habe von dem Wasserschaden in deinem Haus gehört."

Sie musste mit Bürgermeisterin Dimont gesprochen haben. Anne verdrehte die Augen. „Ich hatte ganz vergessen, wie das in einer Kleinstadt ist. Aber ich hätte gedacht, ein kaputtes Rohr wäre nicht der Rede wert." Es sei denn, es gäbe Gerüchte darüber, dass Anne nicht genug Geld hatte, um den Schaden sofort reparieren zu lassen. Oje. Sie musste dieses Haus einfach nur wieder bewohnbar machen.

Riley neigte den Kopf und musterte sie. „Nein, was Gerüchte anbelangt, ist ein Rohrbruch nicht der Rede wert."

Die junge Krankenschwester öffnete den Mund, schloss ihn dann aber wieder, sodass Anne einfach weiterging. Sie musste nach Hause kommen, solange es draußen noch hell war. Sie arbeitete seit fünf Uhr morgens, aber wenigstens hatte sie nicht vor, einen emotionalen Zusammenbruch zu erleiden, wie gestern. Sie hatte befürchtet, dass das Schlafen im Mayors Inn all die Albträume der Vergangenheit zurückbringen würde, aber offensichtlich war selbst ihre Psyche zu erschöpft gewesen, denn nach einer Dusche war Anne direkt in den Tiefschlaf gefallen.

Sie gingen an Mia auf der Schwesternstation vorbei, und die andere Frau warf Anne giftige, mörderische Blicke zu, bevor sie sich ganz abwandte.

„Wow, was habe ich denn jetzt schon wieder angestellt?", murmelte Anne. Vielleicht hatte sich auch herumgesprochen, dass sie gestern Abend mit Zac zu Abend gegessen hatte.

„Ich glaube nicht, dass du irgendetwas angestellt hast", antwortete Riley. „Ignoriere sie einfach. Das tun wir alle."

Das würde kein Problem sein. Anne hatte echte

Schlachten zu schlagen; kosmetische waren ihre Energie nicht wert.

Sie winkte Riley zum Abschied, als sie sich auf dem Parkplatz trennten, und sprach dann ihr normales Gebet, als sie ihr Auto startete. Beim ersten Versuche funktionierte die Zündung nicht, aber das war nichts Ungewöhnliches. Beim zweiten Mal geschah allerdings wieder nichts.

Sie umklammerte ihr Lenkrad. „Komm schon, Baby. Nicht diese Woche.“ Vorzugsweise nicht irgendwann im kommenden Jahr, wenn man das finanzielle und buchstäbliche Chaos bedachte, das zu Hause auf sie wartete. Aber heute durfte ihr Auto definitiv nicht den Geist aufgeben.

Beim dritten Mal startete die Zündung. „Braves Mädchen. Danke, Baby.“ Sie küsste das Lenkrad.

Als sie nach Hause fuhr, versuchte sie, sich an alles zu erinnern, was sie in den YouTube-Videos des Klempner-Einmaleins gelernt hatte, sowie an Informationen darüber, wie man mit Wasserschäden umging. Ihr Teppich und wahrscheinlich ein Großteil der Dielen darunter waren wahrscheinlich futsch. Sie zu ersetzen, würde einen großen Batzen Geld kosten. Es wäre besser gewesen, mehr zu unternehmen, als der Schaden frisch gewesen war, hatte sie nach ihrer Recherche festgestellt, aber sie musste respektieren, dass sie am Ende ihrer Kraftreserven gewesen war.

Sie war sich nicht sicher, ob ihr Zustand sich wesentlich gebessert hatte, aber sie würde es schaffen. Wenn Weitermachen die einzige Option war, fand man irgendwie einen Weg, das zu tun.

Sie wusste, dass etwas ganz und gar nicht stimmte, als sie ihr Haus erreichte und sah, dass zwei Lastwagen und ein Auto vor dem Haus geparkt waren. Was um alles in der Welt war denn nun schon wieder los?

Ihre Haustür und der Seiteneingang zum Carport standen offen. Sie konnte hören, wie sich Männer drinnen unterhielten, als sie sich näherte. Sie lachten und scherzten gutmütig miteinander. Ihr Seesack fiel auf den Boden, als sie die Szene betrachtete, die sie vor sich hatte.

Alle ihre Kisten und Möbel waren auf die Seite gerückt, die nicht vom Wasser betroffen war. Kleidung, Handtücher und Decken, die letzte Nacht klatschnass gewesen waren, hingen nun an der Wäscheleine hinterm Haus. Bis zur Unkenntlichkeit durchnässte Kisten lagen nun auf einem Stapel auf einer Plane neben ihrer Tür.

Ein halbes Dutzend großer, lächerlich gutaussehender Kerle arbeiteten überall in ihrem Haus und warfen sich gegenseitig so lässig Beleidigungen an den Kopf, wie sie Werkzeuge austauschten.

Und sie sahen alle aus, als wären sie von Linear Tactical. Einige erkannte sie. Finn arbeitete in ihrem Wohnzimmer, an seiner Seite ein niedlicher Junge von etwa sechs oder sieben Jahren, der so tat, als schwinge er einen Hammer. Aiden und Baby, Finns *kleiner* Bruder - obwohl er ein oder zwei Zentimeter größer und genauso breit wie Finn war - halfen ebenfalls.

Sie wusste nicht viel über Reparaturen, aber alle Männer waren damit beschäftigt, Dinge zu tun, für die sie allein Stunden gebraucht hätte.

Zwei andere Kerle, die sie nicht kannte, besprachen etwas in der Küche, ein weiterer steckte mit dem Kopf unter der Spüle und hatte überall Sanitärzeug verteilt.

Drüben an der Seite trällerte ein iPod mit Lautsprechern etwas über das Besoffensein in einem Flugzeug. Anne war weder betrunken noch in einem Flugzeug, aber sie verstand die Stimmung, als sie einen Schritt weiter ins Haus trat.

Alle hörten auf zu reden und zu scherzen. Die Musik verstummte. Einer der unbekannten Typen in der Küche streckte sein Bein aus und stupste mit seinem Fuß den sexy jeansbedeckten Hintern an, der unter ihrem Waschbecken heraushing.

„Zac“, sagte er.

Natürlich gehörte der sexy Arsch Zac.

„Hey, Annie.“ Vom Wohnzimmer aus grinste Finn und winkte ihr zu, stand auf und schob seinen Hammer in den Werkzeuggürtel, dann wischte er sich die Stirn ab. Der Junge neben ihm folgte seinen Bewegungen genau.

„Ähm, ich ... ich ... ich ...“ Die vielen Blicke, die auf ihr lagen, brachten sie zum Stottern. Sie schluckte und fing noch einmal an. „Ich bin mir nicht sicher, was genau hier los ist.“

Zac robbte schließlich mit dem Rest seines sexy Körpers unter dem Waschbecken hervor. „Hey, Annie“, echote er. „Lass uns nach draußen gehen und reden. Hier drin ist es zu laut.“

Mit dieser Bemerkung ging das Hämmern und Scherzen wie auf Knopfdruck wieder los, sodass es tatsächlich zu laut war, um sich im Haus zu unterhalten.

Sie versuchte immer noch, alles zu verarbeiten, was sie gerade gesehen hatte - verlegten die Männer etwa einen Hartholzboden in ihrem Haus? -, als Zac direkt vor ihr stehen blieb. Sie musste sich zur Seite lehnen, um hinter ihn blicken zu können.

„Was tun sie da ...?“

Er griff nach ihrem Ellbogen, die Berührung war sanft, fast zaghaft. „Komm mit mir nach draußen, dann erkläre ich es dir, okay?“

Sie konnte nur nicken, als sie sich umdrehte, und seine Hand glitt in die Mitte ihres unteren Rückens, als sie zu ihrem Auto gingen. Er nahm sie erst wieder weg, als sie auf der Motorhaube ihres Autos saß. Sie sah ihn nicht an, sondern starrte weiter auf das Haus.

„Ich muss mich entschuldigen.“

Jetzt riss sie ihren Blick vom Haus los. „Wirklich?“

„Die Jungs und ich haben Carol vor etwa einem Jahr versprochen, dass wir ihr bei den Klempnerarbeiten helfen würden. Immer wieder planten wir es, aber dann wurde sie krank und hatte dringendere Bedürfnisse, und Klempnerarbeiten schienen nicht wichtig zu sein. Also ist es nie dazu gekommen."

„Oh."

Sie wollte über ihre Antwort die Augen verdrehen. Sie hatte zwei Uni-Abschlüsse und eine sechsjährige medizinische Ausbildung, und das war das Beste, was ihr einfiel?

Ihre Gedanken zerstreuten sich weiter, als Zac sich neben ihr an das Auto lehnte und sie beinahe mit seinem Bein berührte. „Ich war gestern Abend hier, um dir die Reste deiner Pizza zu bringen. Deine Seitentür stand offen. Als ich hineinging, um mich zu vergewissern, dass alles in Ordnung war, bemerkte ich die Überschwemmung und den Stromausfall. Und es hat mich getroffen. Das ist meine Schuld, weil ich mich nicht darum gekümmert habe, als Carol mich das erste Mal darum bat."

„Aber ..."

„Die Jungs waren alle derselben Meinung. Und da wir heute bei Linear nichts zu tun hatten, kamen sie und halfen. Mit uns sechs und natürlich dem kleinen Ethan dauert die Arbeit nicht lange. In ein paar Tagen, wenn alles getrocknet ist, können wir den neuen Boden fertig verlegen. Es ist nur Laminat - also kein echtes Parkett - aber es sieht schön aus, und ich denke, es wird dir gefallen."

„Oh, aber ..."

„Carol hat es ausgesucht und bezahlt, also hoffe ich, dass es in Ordnung ist. Es war nur im Büro eingelagert. Ihre Böden rauszureißen, als sie so krank war, hätte sie zu sehr gestört."

Was genau sollte sie mit dieser Information anfangen?

Sich darüber zu beschweren, wäre einfach nur unhöflich und undankbar von ihr. „Oh."

Schon wieder? Um Gottes willen. „Natürlich", fügte sie schnell hinzu.

Er stieß sich vom Auto ab und stellte sich vor sie. „Aber ich hätte fragen sollen. Ich wollte etwas Nettes für dich tun. Nenn es ein ‚Willkommen-zu-Hause-ich-bin- froh-dass-du-hier- bist-Geschenk'."

Wie zur Hölle schaffte er es, dass 1,80 m und 100 kg reine Muskeln so jungenhaft und charmant wirkten? Sein enges schwarzes T-Shirt schmiegte sich an seinen Bizeps und um seine schlanke Taille. Diese blauen Augen blickten sie nicht mit ihrer üblichen eisigen Effizienz an, sondern mit sanftem Zögern. Als erwartete er, dass sie aus der Haut fahren und ihn deswegen anschreien würde.

Was sie vielleicht auch sollte. Weil er sozusagen bei ihr eingebrochen war. Aber ... das war ohne Zweifel das Netteste, was irgendwer jemals für sie getan hatte.

„Du musst mir sagen, wie viel ich euch für die Arbeit und das Material schulde." Irgendwie würde sie ihm bezahlen, was sie schuldig war, auch wenn etwas anderes dafür warten musste.

„Nichts."

Sie konnte ihre Augenbraue nicht mehr höher ziehen. Er grinste, das kleine Grübchen in seinem Kinn wurde tiefer. „Ich verspreche, dass alles schon bezahlt wurde. Und die Jungs würden nie im Leben Geld von dir annehmen. Sie hatten das für Carol tun wollen. Und Carol hätte gewollt, dass du den Bodenbelag bekommst, den sie gekauft hat. Der Rohrschaden war keine große Sache. Ich habe es repariert, und wir können dein Wasser bald wieder aufdrehen. Das Rohr ist einfach zur falschen Zeit gebrochen, wahrscheinlich unmittelbar nachdem du zur Arbeit gegangen warst. Dann hast du eine Doppelschicht gemacht und Kimmy geholfen, also hatte das Wasser genug Zeit, sich in Ruhe auszubreiten."

Ein neuer Song ertönte und die Jungs sangen schief mit Tom Petty. „Und der Strom?"

„Ich gebe zu, der Gedanke, einen Stromschlag zu bekommen, hat mich davon abgehalten. Aber ich hatte einen Kumpel, der in seiner Mittagspause vorbeikommen konnte. Er sagte, seine Reparatur sei nicht dauerhaft - die Verkabelung in diesem Haus ist ziemlich alt -, aber sie sollte ein oder zwei Jahre halten."

„Das muss doch Geld gekostet haben. Ich kann dich bezahlen ..." Er streckte seine Arme zu ihren Seiten aus, fing so ihren Körper zwischen sich und dem Auto ein und brachte sie zum Schweigen.

„Nein, Annie." Alles, was sie sehen konnte, waren seine Augen. Sie wollte ihren Blick abwenden, das wollte sie wirklich, aber sie konnte es nicht. Seine Augen hielt sie gefangen. Fesselten sie. „Du wirst mir nichts bezahlen. Ich wollte das tun. Als Geschenk."

„Warum?" Sie erkannte das leise Flüstern nicht, das aus ihrem eigenen Mund kam.

Seine Lippen berührten ihre mit dem federleichtesten, süßesten Kuss. Einmal. Zweimal. Dann ein drittes Mal. „Weil man manche Dinge nie wiedergutmachen kann. Aber man kann es verdammt nochmal versuchen."

Kapitel 12

Zu einem Tatort zu fahren, war nicht Zacs schönste Vorstellung von gemeinsamer Zeit mit Annie, aber er würde nehmen, was er bekommen konnte.

Sie hatten sich im letzten Monat tatsächlich oft gesehen, seit er mit seinen Kumpels den Wasserschaden in ihrem Haus behoben hatte. Alles, was er an diesem Tag gesagt hatte, war die Wahrheit gewesen. Die Jungs hatten Carol zugesagt, dass sie gerne den Boden für sie verlegen würden. Und er lag seit Monaten im Lagerbereich der Scheune. Verdammt, es stimmte sogar, dass es ein Willkommen-zurück-in-der-Stadt-Geschenk war.

Er hatte also nicht gelogen, aber er hatte ihr auch nicht die ganze Wahrheit gesagt - dass er sich jetzt daran erinnerte, was in jener Nacht zwischen ihnen geschehen war. Dass er alles tun würde, was in seiner Macht stand, um ihre Eingewöhnungszeit hier so einfach wie möglich für sie zu machen. Wie er kurz vor dem Kuss gesagt hatte, konnte man manche Dinge nicht wiedergutmachen, aber das bedeutete nicht, dass man es nicht versuchte.

Und er hatte ihr definitiv nicht gesagt, dass er eine Personensuche nach ihr durchgeführt hatte. Verdammt, er war nicht stolz darauf, aber er weigerte sich, noch mehr Fehltritte zu begehen, wenn es um Annie ging und um Dinge, mit denen er ihr vielleicht helfen konnte. Und aufgrund der Natur seiner Arbeit bei Linear führten sie solche Suchen oft durch – sie waren kein richtiger Background Check, zeigten aber alle öffentlich verfügbaren Informationen über eine bestimmte Person an.

Sie war seit zwei Jahren geschieden und hatte vor vierzehn Monaten Privatinsolvenz nach Chapter 11 angemeldet. Wenn sie nicht eine Art Kaufsucht entwickelt hatte, während sie verheiratet war, sah es so aus, als wäre sie mit einer Menge Schulden sitzengelassen worden. Einiges davon stammte aus der Zeit, als ihre Eltern gestorben waren, vieles lag an der Scheidung. Nichts davon war durch ihre Entscheidung gemildert worden, den Staat mitten in ihrer medizinischen Ausbildung zu verlassen, eine Entscheidung, die direkt mit dem zusammenhing, was in jener Nacht zwischen ihnen passiert war.

Geh einfach. Verschwinde und komm nie wieder zurück.

Oh Gott. Er hatte nicht gemeint, sie solle aus dem Staat verschwinden, sondern nur aus dem Zimmer, bevor sie einen riesigen – *noch* riesigeren – Fehler machten. Aber woher hätte sie das wissen sollen? Er konnte ihr nicht verübeln, wie sie es aufgenommen hatte. Er konnte ihr nichts verübeln, was sie nach dieser Nacht getan hatte.

Ihre öffentliche Akte zeigte, dass sie ihre Gläubiger kontaktiert und versucht hatte, individuelle Vereinbarungen zu treffen, die alle zufriedenstellten und sie davor bewahrten, den kompletten Bankrott zu erklären. Respekt.

Er hatte nichts als Respekt für alles an Annie. Jetzt musste er es ihr nur noch zeigen.

Sie hatte praktisch kein Geld gehabt, als sie hierhergezogen war. Jeder Penny ging an die Gläubiger. Deshalb war er dankbar, dass er die Reparaturen in ihrem Haus durchführen konnte, ohne dass es sie etwas kostete.

Er hatte den letzten Monat damit verbracht, so viel wie möglich zu tun, alles zu tun, um ihr zu helfen, ohne es zu offensichtlich aussehen zu lassen. Und er hatte jeden in seinen Plan eingebunden.

Er hatte sich bei Riley erkundigt, wann Annie arbeitete, und war dann drei Tage später mit Aiden und Finn zu ihrem Haus zurückgekehrt, um die Böden zu verlegen und die Trockenbauwände zu reparieren. Am Tag darauf hatten sie gestrichen und alle ihre Möbel aufgebaut. Sie hatte protestiert, aber sie hatten ihr schnell erklärt, dass sie es zum Wohle der Stadt taten, um sicherzustellen, dass die Ärztin der Notaufnahme sich bei so schwerer Arbeit nicht verletzte. Widerwillig stimmte sie zu und zeigte ihnen, wo sie jedes Stück hinstellen sollten.

Auf Zacs Bitte hin war Dorian ein paar Tage später vorbeigekommen und hatte gefragt, ob er Feuerholz hacken könne, da die sich ständig wiederholende Bewegung seinem PTBS helfe. Annie hatte natürlich nicht abgelehnt.

An Rileys freiem Tag, als Annie eine Achtzehn-Stunden-Schicht arbeitete, hatte sie darum gebeten, Annies schrottreifes Auto ausleihen zu dürfen, und Annie hatte sofort zugestimmt. Riley hatte es zu Baby in die Werkstatt gebracht, der die schlimmsten Übeltäter repariert hatte. Wenigstens würde Annie jetzt nicht mehr mitten in der Nacht auf dem Parkplatz festsitzen, weil ihr Auto nicht ansprang.

Verdammt, er hatte sogar Finn zu ihr geschickt, um die Veranda und die Fliegengittertür zu reparieren, und seine Geheimwaffe mitzubringen: Ethan. Niemand konnte Ethan mit seinem kleinen Werkzeuggürtel widerstehen. Er wollte nur mit seinem Dad rumhängen und Sachen reparieren. Annie war keine Ausnahme gewesen.

Obwohl alle von ihnen jede Art von Bezahlung abgelehnt hatten, weil sie ihrer Bekannten und Nachbarin gerne halfen, hatten sie Zac wegen seiner Aktionen und Pläne aufs Unbarmherzigste gehänselt.

Und es war ihm völlig egal.

Die Vergangenheit konnte nicht geändert werden. Selbst sein kleines Team emsiger Helfer konnte das nicht. Alles, was Zac jetzt inszenierte, konnte unmöglich wiedergutmachen, was er in dieser Nacht getan und gesagt hatte, aber es fiel ihm kein anderer Weg ein, es wenigstens zu versuchen.

Was er also tat, geschah, bis zu einem gewissen Grad, aus Schuldgefühlen. Denn wie könnte er sich nicht schuldig fühlen, weil er der Bastard war, der ihr die Jungfräulichkeit genommen und sie dann im nächsten Augenblick eiskalt rausgeschmissen hatte?

Aber da war mehr als das. Sich um Annie zu kümmern, auch wenn es durch Dritte geschah, fühlte sich für ihn *richtig* an. Es hatte weniger mit Schuldgefühlen zu tun als mit dem Wunsch, bei ihr zu sein. Um sich die *Möglichkeit* zurückzuverdienen, in ihrer Nähe zu sein.

Er wollte nicht, dass sie sich ihm gegenüber verpflichtet fühlte. Er wollte sie nur unterstützen.

Bei dem Gedanken verdrehte er die Augen. Mensch, als Nächstes würde er Sonette ausspucken. Die Kerle lagen nicht weit daneben, wenn sie sagten, er stünde unter dem Pantoffel.

Aber er konnte nichts dagegen tun – es waren einfach seine Gefühle.

Annie hatte offensichtlich andere Gedanken, und keiner davon hatte damit zu tun, sich Zac anzunähern. Sie war immer höflich zu ihm, freundlich, so wie sie es bei allen anderen war. Sie hatte Kekse und Kuchen für ihn und die Jungs gebacken, um sich bei ihnen zu bedanken, und sie ins Linear-Büro gebracht. Und Zac war ihr ein paar Mal in der Stadt begegnet. Aber sie schien immer bemüht, ihm nicht zu nahe zu kommen und nicht mit ihm allein zu sein. Es hatte keine zarten Küsse mehr gegeben.

Aber ein paarmal hatte er gesehen, wie sie ihn anstarrte, wenn sie sich unbeobachtet fühlte, und wie Leidenschaft in ihren Augen aufflammte. Sie war nicht immun gegen ihn. Misstrauisch, ja, was er ihr nicht vorwerfen konnte, aber nicht immun.

Also, ja. Wenn die Fahrt mit ihr zu und von einem Tatort die einzige Möglichkeit wäre, Zeit mit ihr zu verbringen, würde Zac sich damit zufriedengeben.

Aber eine weitere gottverdammte Vergewaltigung. Wieder in Lincoln County, diesmal aber in der größeren Stadt Kingston, und nicht wie letzten Monat im ländlichen Hillsdale. Kingston war nicht so groß wie Reddington City oder Oak Creek, aber mit über zwanzigtausend Einwohnern immer noch eine recht große Stadt.

„Ich weiß, wie dankbar Rogers für deine Hilfe ist", sagte er zu ihr, als sie auf dem Beifahrersitz saß.

Es war ihm nicht entgangen, dass Landon speziell Annie angefordert hatte. Zweifellos, weil sie eine ausgezeichnete Ärztin war und den Fall bereits kannte. Aber das war definitiv nicht der ganze Grund. Und als Sheriff Nelson es erwähnt hatte, hatte Zac dafür gesorgt, derjenige zu sein, mit dem sie fuhr.

„Ich bin froh, wenn ich helfen kann. Aber ich wünschte, es wäre nicht nötig. Was wirst du tun?"

„Dasselbe wie letztes Mal. Mich umsehen. Nach etwas suchen, das sie übersehen haben könnten."

„Hättest du etwas dagegen, wenn ich mitkäme?"

Wiederum nicht die Art, wie er gehofft hatte, Zeit mit ihr zu verbringen, aber er würde nehmen, was er bekommen konnte. „Absolut nicht. Du kannst gern mit."

Zac wartete in der Lobby der Klinik, während Annie hineinging, um nach dem Opfer zu sehen und mit der Krankenschwester und dem weiblichen Deputy aus Lincoln County zu sprechen. Er wartete dort immer noch, als etwa dreißig Minuten später Landon Rogers durch die Tür joggte.

Die Männer starrten einander an. Nicht unfreundlich, aber auch nicht freundlich.

„Hätte nicht erwartet, Sie heute hier zu sehen, Mackay. Ihr Mann Dorian Lindstrom ist bereits am Tatort. Nelson hat ihn direkt hingeschickt."

Zac schüttelte die ausgestreckte Hand des Mannes. „Ja, und er ist der Beste, wenn es um die Spurensuche geht. Wenn es eine physische Spur gibt, der man folgen kann, wird Dorian sie finden."

Landon nickte. „Der Angriff erfolgte heute früh, kurz vor Sonnenaufgang. Veronica arbeitet in der Tierarztpraxis. Jeder dort kommt abwechselnd früh morgens rein und lässt die Tiere raus, die über Nacht dort sind. Veronica war an der Reihe. Sie parkte hinter dem Gebäude und wurde, kurz bevor sie hineinging, gepackt und hinter einen Lagerschuppen geschleift."

„Diesmal also keine Autopanne?"

„Nein. Und keine Beziehung zwischen den beiden Opfern - abgesehen davon, dass sie in diesem Bezirk leben -, obwohl das sicherlich noch nicht ganz ausgeschöpft ist. Wir weiten unsere Suche auch auf andere Bezirke und sogar bis nach Colorado aus. Die Sache könnte viel größer sein, als wir denken."

„Das würde mich nicht wundern. Glaubst du, der Täter hat sie beobachtet wie beim letzten Mal?"

„Ich hoffe, dass Ihr Mann mir mehr Einblick geben kann." Landon sah zur Tür, wo Anne und das Opfer sich befanden. „Ich will ehrlich sein, ich hatte nicht erwartet, dass Sie mit Dr. Griffin auftauchen."

„Ich dachte, ich könnte auch ein wenig Einblick gewinnen, da ich den letzten Tatort gesehen habe. Ich versuche nicht, Ihnen auf die Füße zu treten. Ich will nur helfen, diesen Bastard zu fangen."

Landon neigte den Kopf und hob eine Augenbraue. „Was Lincoln County zu schätzen weiß. Und ich nehme an, mit meinen ausgeprägten detektivischen Fähigkeiten sind Sie auch hier, um mich davon abzuhalten, Anne zum Abendessen einzuladen."

Zac schaffte es kaum, nicht mit den Zähnen zu knirschen. „Anne steht es natürlich frei, auszugehen, mit wem sie will." Der Gedanke daran brachte die übelsten Flüche auf seine Lippen, aber er sprach sie nicht aus. Verdammt, es *stand* Annie frei. Wenn sie jemanden wollte, mit dem sie keine Vergangenheit hatte, war Landon Rogers eine ausgezeichnete Wahl.

Aber wenn Zac eine Möglichkeit sah, es ihr auszureden, dann würde er es versuchen.

„Okay, wir sind fertig da drin." Annie ging auf die beiden Männer zu, ihre Haltung war ein Echo der Situation vor einem Monat. „Das Team hat hervorragende Arbeit mit den Indizien geleistet. Es gibt nichts, was ich anders gemacht hätte, obwohl ich leider nicht glaube, dass es von großem Nutzen sein wird. Veronica konnte den Täter nicht kratzen, es war also nicht viel unter ihren Nägeln. Der Vergewaltiger hat wieder ein Kondom benutzt. Toll für Veronica, weniger toll für die DNA-Spurensammlung."

„Sind Ihnen irgendwelche Ähnlichkeiten oder Unterschiede aufgefallen, die Aufschluss über den Fall geben könnten?", fragte Landon.

Ihre Lippen waren zusammengekniffen, aber sie sah nicht ganz so emotional angeschlagen aus wie noch vor einem Monat. „Veronicas physische Wunden sind nicht so ausgeprägt wie die von Kimmy. Definitiv nicht so viele kraniofaziale Schäden."

„Das heißt also, er hat sie nicht so oft geschlagen“, sagte Zac.

„Genau. Ich weiß nicht, warum. Vielleicht hat ihn jemand oder etwas erschreckt und er ist abgehauen, oder etwas an Kimmy hat ihn dazu gebracht, ihr wehtun zu wollen, jedenfalls hat Veronica diese Reaktion nicht hervorgerufen. Ich habe keine Ahnung. Und verstehen Sie mich nicht falsch, es ist trotzdem noch grauenhaft. Aber wenigstens wird sie nicht ganz so lange brauchen, um sich körperlich zu erholen.“

Landon streckte eine Hand aus und berührte ihren Arm. „Danke nochmal, dass Sie gekommen sind, Dr. Griffin.“

Das freundliche Lächeln, das Annie dem anderen Mann schenkte, war wie ein Schlag in Zacs Magen. „Ich tue, was ich kann, um zu helfen. Ehrlich. Und bitte nennen Sie mich Anne. Ich gehe jetzt mit Zac, um mir den Tatort anzusehen, bevor ich mich wieder an die Arbeit mache. Vielleicht kann ich anhand von Veronicas Verletzungen weitere Erkenntnisse liefern.“

Zac schluckte ein Lächeln hinunter, denn ihre Worte wiesen alle Annäherungsversuche von Landon ab, bevor er sie überhaupt anstellen konnte. Einen Moment lang traf der Blick des Sheriffs seinen, und Zac wusste, dass der andere Mann genau dasselbe dachte.

„Wir halten Sie auf dem Laufenden, wenn es etwas zu berichten gibt“, sagte Zac.

„Tun Sie das. Danke nochmal, dass Sie gekommen sind.“ Er tippte sich an den Hut und lächelte Annie an, die nur rot wurde und zu Boden sah. Wie würde Landon wohl aussehen, wenn ihm ein paar Zähne fehlten?

Wenn Zac ein besserer Mann wäre, würde er ihr Freiraum geben und sie entscheiden lassen, was sie wollte. *Wen* sie wollte. Er würde Landon die Chance geben, mit ihr auszugehen und ihr zeigen, dass sie Optionen hatte, wenn sie

sie wollte, und würde sie nicht unter Druck setzen, sich für ihn, statt für Landon, zu entscheiden.

Aber als er seine Hand auf ihren Rücken legte - ein Kribbeln durchfuhr ihn, als sie dieses Mal endlich näher kam, statt sich zu entfernen - musste er den Tatsachen ins Auge sehen. Er war kein besserer Mann.

Kapitel 13

Der Tatort der Vergewaltigung hatte eine Menge Ähnlichkeiten mit dem letzten. Es gab eine Reihe von Orten, an denen der Täter Veronica hätte auflauern können, wenn er gewusst hatte, dass sie kam. Außerdem hatte der Schuppen am hinteren Ende des Parkplatzes Deckung geboten, wie die verlassene Lagerhalle im letzten Monat.

Aber nicht alles war gleich. Dieser Tatort war nicht annähernd so verlassen, was bedeutete, dass der Vergewaltiger viel mutiger wurde.

„Woran denkst du?“, fragte Annie ihn, als sie sich weiter von dem Schuppen entfernten, der immer noch abgesperrt war, obwohl das Untersuchungsteam bereits Feierabend gemacht hatte.

„Ich versuche, mich in die Lage dieses Typen zu versetzen. Herauszufinden, wo ich mich versteckt hätte.“

Sie nickte. „Ist dir irgendein Ort besonders aufgefallen?“

Er sah sich wieder um. „Es gibt eine Reihe von Orten, an denen er gewartet haben könnte, wenn es so passiert ist. Es besteht immer die Möglichkeit, dass es nicht derselbe Typ war, aber ich glaube, er war es.“

„Diese Gegend kommt mir so belebt vor. Als sollte es gar nicht möglich gewesen sein, Veronica einfach vom Parkplatz zu verschleppen, ohne dass es jemand bemerkt."

Er nickte, während er sich weiter umsah. „Aber es ist jetzt Mittag, da ist viel mehr los. Um fünf Uhr heute Morgen war es vermutlich viel ruhiger." Er nahm sanft ihre Hand. „Willst du es mit mir abgehen? Es wird uns beiden helfen, den Angreifer ein wenig besser zu verstehen."

„O-okay."

Sie gingen hinüber zu Veronicas Auto und gaben acht, es nicht anzufassen.

„Sie hat hier geparkt, wahrscheinlich jeden Tag am selben Platz, zumindest wenn sie die Frühschicht hatte. Das ist ein kleiner Teil von dem, was die Jungs und ich lehren - und ein großer von dem, was wir in unserer Ausbildung bei den Special Forces gelernt haben: Situationsbewusstsein und taktische Wahrnehmung."

„Ich bin nicht sicher, ob ich weiß, was das genau bedeutet."

„Sich einfach der potenziellen Bedrohungen um sich herum bewusst zu sein. Ich mache das jetzt automatisch, aber wir versuchen, den Leuten beizubringen, wie sie für sich selbst ein Situationsbewusstsein entwickeln können."

„Wie zum Beispiel was? Sag mir, was du siehst."

Zac schloss die Augen und stellte sich die Szene in seinem Kopf vor. „Vor dem Gebäude sind zwei Autos geparkt, beide leer. Wir werden von mindestens zwei verschiedenen Orten aus beobachtet. Einer im Osten" - er streckte seinen Arm nach rechts aus - „aber ich würde annehmen, dass das Dorian ist, der sich auf den Rückweg macht, nachdem er die Spuren des Täters so weit wie möglich verfolgt hat. Das andere Augenpaar ist weiter südlich. Um ehrlich zu sein, bin ich mir nicht sicher, ob es eine Bedrohung darstellt oder nicht. Das, was heute morgen passiert ist, hat sich inzwischen sicher herumgesprochen. Die Leute sind neugierig. Es ist also wahrscheinlich jemand, der herausfinden will, warum wir uns hier aufhalten, wenn wir keine Polizisten sind." Er drehte sich noch ein Stück weiter. „Die Sicherheitslampe über der Tür wurde vor Kurzem zerbrochen."

Er öffnete seine Augen und sah, dass sie ihn verwundert anstarrte. „Oh mein Gott, das war unglaublich. Woher wusstest du, dass uns jemand beobachtet?"

„Irgendetwas reflektierte einen Sonnenstrahl. Wahrscheinlich ein Fernglas, weiter oben im Block. Oder es könnte ein Zielfernrohr sein." Nicht unüblich in Wyoming.

„Und die Sicherheitslampe? Woher wusstest du, dass die kaputt ist?"

Er nahm wieder ihre Hand und führte sie zur Tür. „Das Glas liegt auf dem Boden. Veronica hat aus Gewohnheit hier geparkt und ist dann ein paar Schritte weit gegangen." Sie bückten sich, und er zeigte ihr einen etwas tieferen Fußabdruck im Kies. „Genau hier ist sie stehengeblieben, wahrscheinlich, weil sie gemerkt hat, dass das Licht nicht so angeht, wie es das normalerweise tut. Und zu deiner Information: Wenn wir Mustern folgen, wie Veronica es wahrscheinlich getan hat, machen wir dem Bösewicht die Arbeit leichter."

Sie gingen noch ein paar Meter weiter und gingen dann in die Hocke. „Sie ging hastig weiter, vielleicht ein wenig erschrocken, und blieb dann hier wieder stehen, vielleicht, als sie das Glas unter ihren Füßen knirschen hörte." Der nächste Fußabdruck im Kies war deutlich ausgeprägter. „Siehst du, wie tief der hier ist? Sie hat ihr ganzes Gewicht auf einem Fuß gehalten, wahrscheinlich, weil sie den anderen gehoben hat, um zu sehen, ob sie Glas unter der Sohle hat."

„Sie wollte es nicht hineinschleppen und die Tiere damit verletzen."

Er konnte sich ein Lächeln nicht verkneifen. Sie war schon immer so verdammt schlau gewesen. „Das würde mich nicht überraschen."

Annie untersuchte den Boden. „Und er hat sie hier gepackt."

Sie hatte recht. „Ja, woher weißt du das?"

„Keine weiteren Fußspuren. Er wartete, bis sie abgelenkt war, aus dem Gleichgewicht, dann schlug er zu."

„Ja, genau so ist es wahrscheinlich passiert. Sag mir Bescheid, wenn du bei Linear arbeiten willst."

Sie standen beide auf. „Ich weiß nicht, was danach passiert ist."

Er zeigte auf den Schuppen. „Der Tatort verrät es uns. Ich könnte mir vorstellen, dass er sie mit einem Schlag auf den Kiefer betäubt und dann wahrscheinlich in den Schuppen getragen hat, da es hier keinerlei Spuren mehr gibt."

„Er musste stark sein. Veronica ist wie ich. Keine von uns beiden könnte jemals als zierlich oder hilflos bezeichnet werden."

„Jeder kann mit dem richtigen ersten Schlag betäubt werden. Und was dich angeht. Wie groß bist du, eins siebzig? Es würde nicht viel brauchen, um dich zu überwältigen. Besonders, wenn sonst niemand in der Nähe wäre. Du solltest wirklich mal zu Linear kommen. Ich könnte dir ein paar Tricks beibringen, die dir helfen würden, falls du in Schwierigkeiten gerätst."

Ihr Lächeln war sanft. „Das würde mir gefallen. Danke."

„Es wäre mir ein Vergnügen." Er drehte sich ein wenig zur Seite. „Du kannst rauskommen, Dorian. Wir sind fertig mit dem Rundgang."

Dorians große Gestalt bewegte sich lautlos durch den

Schuppen. „Ich wollte nicht stören." Er nickte ihr zu. „Ma' am."

„Hi. Ich hatte keine Ahnung, dass du da bist", flüsterte sie.

Die meisten Leute konnten nicht glauben, wie leise sich Dorian bewegte, wenn man bedachte, wie groß er war.

„Ihr wisst, dass wir von Süden aus, etwa eine halbe Meile entfernt, beobachtet werden?", fragte er leise. „Wer auch immer es ist, beobachtet mich schon, seit ich hier bin."

„Ich habe vor ein paar Minuten die Reflektion gesehen. Wahrscheinlich jemand, der neugierig ist. Solche Dinge erschüttern eine kleine Stadt."

Dorian grunzte bestätigend, ohne seinen Blick abzuwenden. „Wer auch immer es ist - er benutzt ein Zielfernrohr."

Scheiße. „Höchstwahrscheinlich ein übermäßig besorgter Vater. Jeder wird heute Nacht mit seinem Gewehr schlafen." Aber er wollte trotzdem nicht, dass Annie hier draußen war. „Hast du irgendwelche Spuren gefunden?"

Dorian zeigte auf das Gebäude am anderen Ende des Parkplatzes. „Er war dort oben. Ich habe einen weiteren Steinhaufen gefunden, so wie du ihn vom anderen Tatort beschrieben hattest. Er hat gewartet. Wahrscheinlich sah er sie heranfahren und hatte dann noch genug Zeit, das Licht auszuschalten und es da runter zu schaffen, bevor sie aus dem Auto gestiegen war."

Annie sah sich immer noch um. Zac berührte ihren Rücken. „Bist du bereit zu gehen? Ich weiß, du musst wieder zur Arbeit."

Sie nickte.

„Ich werde eine Meile nach Süden gehen und mich umsehen", sagte Dorian. Wenn irgendjemand herausfinden konnte, wer sie durch das Zielfernrohr beobachtete, dann war er es. Ohne ein weiteres Wort war er verschwunden.

Annie füllte die Fahrt zurück ins Krankenhaus mit

Fragen über die Armee und welche spezielle Ausbildung er dort bekommen hatte, die es ihm ermöglichte, sich Dinge bewusst zu machen, über die die meisten Menschen ihr ganzes Leben lang nicht nachdachten. Er erzählte ihr von seinen Einsätzen in Afghanistan, wo Situationsbewusstsein immer den Unterschied zwischen Leben und Tod bedeutet hatte.

Was er ihr nicht erzählte, war, dass manchmal selbst die schärfsten Instinkte einen nicht in Sicherheit bringen konnten. Wie ihn in den afghanischen Bergen eine Kugel am Kopf gestreift hatte und er jetzt nicht hier wäre, wenn ihn nicht ein paar seiner Armeebrüder aus dem Gefecht geschleppt hätten.

Dann wollte sie mehr über die Firma und die Arten von Kursen wissen, die sie anboten. Was war am beliebtesten? Wer kam zu den verschiedenen Kursen? Wie sorgten die Leute dafür, dass sie in Form blieben, nachdem sie bei Linear gewesen waren?

Gott, er liebte ihren scharfen Verstand, wie schnell sie Informationen verarbeitete und trotzdem aufmerksam alles aufnahm, was er sagte.

„Indem sie es so häufig wie möglich in ihrem Alltag anwenden", sagte er ihr, nachdem er alle anderen Fragen beantwortet hatte. „Es nützt nichts, das Training zu absolvieren, wenn man es nicht anwendet."

Sie schüttelte den Kopf, während sie das Gesagte auf sich wirken ließ. „Ich werde nie wieder an der gleichen Stelle parken."

Er fing sich nur eine Sekunde, bevor er ihr sagte, dass ein Auto, das jetzt richtig funktionierte, viel mehr für ihre Sicherheit tun würde, als den Parkplatz zu wechseln.

Das hätte eine Menge Fragen aufgeworfen.

„Was unterrichtest du am liebsten?" Ihre Frage rettete ihn.

„Eigentlich gefallen mir viele verschiedene Dinge. Wir haben alle unsere eigenen Spezialgebiete, aber wir sind auch ziemlich vielseitig. Ich werde zum Beispiel nie so gut wie Dorian im Fährtenlesen oder Überleben in der Wildnis sein, aber ich weiß trotzdem viel mehr darüber als die meisten Leute. Ich kann es tun und auch lehren. Dasselbe gilt für ihn beim Nahkampftraining. Dorian - Gott segne ihn mit seiner Größe von eins achtzig - kann es unterrichten, aber ehrlich gesagt, schüchtert er die Leute ein."

Sie lachte leise, ein schöner Klang. „Das kann ich mir vorstellen."

„Außerdem mag Dorian es nicht besonders, so nah an Menschen zu sein. Also macht er nicht viel von dieser Art von Training, obwohl er es könnte. Aber um deine Frage zu beantworten, darin und im Nahkampf bin ich wahrscheinlich am besten."

„Nicht nur wegen deiner Ausbildung, sondern weil du schnelle Reflexe und ein geradezu lachhaft gutes räumliches Vorstellungsvermögen hast." Sie sagte es ganz sachlich, dann grinste sie. „Frustriert es dich, dass du langsamer machen musst, um es Normalsterblichen beizubringen?"

Er lächelte zurück. „Früher schon, denn natürlich würde ich mich von Sterblichen lieber fächeln und mit Trauben füttern lassen."

Da war es wieder - ihr leises Lachen. Gott, er liebte diesen Klang.

„Aber das erste Mal, als ein Typ ein paar Wochen nach meinem Kurs zurückkam und mir erzählte, wie das bei mir Gelernte ihm das Leben gerettet hatte, weil zwei Typen bei einer Kneipenschlägerei auf ihn losgingen? Da wurde mir klar, dass es wichtiger ist, anderen zu zeigen, was ich kann, als es nur selbst zu können."

Sie kamen am Krankenhaus an und er fuhr langsam über den Parkplatz, in der Hoffnung, dass kein Platz mehr frei war, weil er nicht wollte, dass sie schon ging. „Hör mal, warum kommst du nicht mal bei Linear vorbei? Wir können die Grundlagen der Selbstverteidigung durchgehen.“ Und dann könnte er sie überreden, mit ihm essen zu gehen.

Sie nickte ihm freundlich zu. „Das ist eine gute Idee. Ich werde im Internet nachsehen, wann der nächste Anfängerkurs stattfindet.“

Und natürlich war hier ein Platz in der vordersten Reihe. Er konnte nicht daran vorbeifahren, ohne dass es auffiel, also fuhr er hinein. „Eigentlich meinte ich, ich würde dir gerne persönlich ein paar Nahkampftricks zeigen.“ Mist, das klang viel schmutziger, als er es gemeint hatte.

Obwohl, zum Teufel, er würde auch die schmutzige Version nehmen.

Ihr Lächeln wurde ein wenig unbeholfen. „Nein, das ist schon okay. Ich möchte deine Zeit nicht in Anspruch nehmen, Zac. Ich bin sicher, Linear bietet einen Kurs an, an dem ich teilnehmen kann. Danke fürs Mitnehmen.“

Er griff nach ihrer Hand, bevor sie sie auf den Türgriff legen konnte. „Annie, ich würde dir gerne ein paar Selbstverteidigungstechniken beibringen, denn ja, es ist gut für dich, sie zu kennen. Aber was ich wirklich möchte, ist Zeit mit dir zu verbringen.“

Sie schenkte ihm ein schiefes Lächeln. „Wir haben gerade den ganzen Morgen zusammen verbracht, und eine ganze Menge anderer Zeit im letzten Monat.“

Bei jeder anderen würde er denken, dass sie nur schüchtern ist. Eine Art Spielchen spielte, um seine Aufmerksamkeit zu erregen. Nicht, dass Annie noch mehr von seiner Aufmerksamkeit bekommen könnte, als sie bereits hatte.

Aber sie spielte keine Spielchen. Das war noch nie ihre Art gewesen.

Die meisten Frauen wollten Spiele spielen, mochten sanftes, unverbindliches Flirten, wenn eine Beziehung begann.

Aber Annie und ihr riesiges, computerähnliches Gehirn arbeiteten immer am besten mit Absoluten und nicht mit Nuancen.

„Annie, ich habe es genossen, heute Zeit mit dir zu verbringen, obwohl ich wünschte, es wäre nicht unter diesen Umständen gewesen. Und ich habe es genossen, als wir in den letzten Wochen zusammen sein konnten, auch wenn wir immer einen Haufen Leute um uns herum hatten. Aber was ich damit sagen will, ist, dass ich dich gerne zu einem Date einladen würde.“

Ihre Augen flogen zu seinen, ihr Mund öffnete sich zu einem kleinen O wie bei einem Goldfisch im Wasser. „I-I-Ich muss zur Arbeit.“

Damit stieg sie aus dem Auto, und wenn er nicht einige seiner Kampftechniken anwenden wollte, wäre er nicht in der Lage, sie aufzuhalten. Er sah zu, wie sie über die Straße zum Gebäude joggte, und zuckte zusammen, als sie fast vor ein fahrendes Auto rannte.

Er sollte sie gehen lassen. Sie wollte nicht, dass ihr jemand hinterherlief.

Er umklammerte das Lenkrad und schloss die Augen. Nein. Das war das Problem. Sie war es gewohnt, dass man sie in Ruhe ließ. Das war ihr ganzes Leben lang so gewesen.

Er stieg aus dem Auto und lief auf die Krankenhaustüren zu, dann zuckte er abermals zusammen, als auch er fast vor ein fahrendes Auto sprang.

Wenn sie ihn eiskalt abwimmelte und ihm sagte, er solle sich verpissen - natürlich auf ihre höfliche Annie-Art -, dass sie nie in Betracht ziehen würde, mit ihm auszugehen, nachdem was er getan hatte, dann hatte er das nur verdient.

Aber verdammt noch mal, er würde es wenigstens versuchen.

Er konnte sie auf dem Hauptflur sehen. „Annie!“

Okay, damit hatte er nicht nur ihre Aufmerksamkeit

erregt, sondern auch die aller anderen. Aber sie blieb stehen und drehte sich um. Er joggte den Rest des Weges zu ihr, so nah wie möglich, ohne sie zu sehr zu bedrängen.

„Ähm, hi.“ Sie sah überall hin, nur nicht zu ihm.

„Du hast meine Frage nicht beantwortet.“

Die braunen Augen blickten zu ihm auf, bevor sie sich wieder abwandten. „Ich glaube nicht, dass du mir eine Frage gestellt hast.“

Sein Mundwinkel zog sich nach oben. Sie war schlauer, als ihr guttat. „Dann erlaube mir, meine Ausdrucksweise zu ändern. Wirst du mit mir ausgehen, Annie?“

Da waren Leute, die zusahen. In einer Stadt der Größe von Oak Creek gab es immer Leute, die bereit waren, Klatsch zu verbreiten.

Das war ihm egal.

„Zac ...“

„Es ist keine schwere Frage, Dr. Griffin. Ein einfaches Ja oder Nein reicht aus.“

„Du willst doch nicht wirklich mit mir ausgehen.“

Jetzt machte er ganz bewusst einen Schritt in ihren persönlichen Raum und senkte seine Stimme, sodass nur sie ihn hören konnte. „Du kannst mir sagen, ich soll zur Hölle fahren, wenn du willst. Ich würde dir das nicht verübeln. Aber du hast nicht das Recht, mir zu sagen, dass ich nicht mit dir ausgehen will. Und weißt du auch, warum?“ Er legte einen Finger unter ihr Kinn und neigte ihr Gesicht nach oben.

Jetzt waren diese großen braunen Augen auf seine gerichtet. „Warum?“, flüsterte sie.

„Weil es nichts gibt, was ich mehr will. Sag ja, Annie.“ Sein Gesicht war nur Zentimeter von ihrem entfernt.

„Warum?“, flüsterte sie wieder.

Es gab so viele Gründe. Weil er sich rehabilitieren wollte. Weil er ihr zeigen wollte, wie leid es ihm tat, was vor sechs

Jahren geschehen war. Weil er sie daran erinnern wollte, dass sie wirklich nach Oak Creek gehörte, und dass es ein wunderbarer Ort war. Weil er nicht wollte, dass sie an einem freien Abend mit all ihren Büchern zu Hause blieb, wenn sie ausgehen wollte.

Aber eigentlich gab es nur einen, der wichtig war.

„Ich möchte, dass wir uns kennenlernen. Die ‚Jetzt'-Versionen. Nicht unsere Highschool-Ichs oder die von vor sechs Jahren. Diese Leute sind weg, und was übrig ist, sind du und ich von *heute*. Dieser Zac" - er berührte seine Brust - „will diese Annie kennenlernen." Er berührte ihre Wange.

„Aber ..."

Seine Lippen trafen auf ihre. Er wollte sie mit dem Rücken gegen die Wand drücken und sie küssen, bis keiner von ihnen mehr klar denken konnte, aber jetzt war nicht die Zeit dafür. Noch ein sanfter Kuss also. „Sag ja, Annie."

„Ja."

Kapitel 14

Anne konnte Zacs Finger noch lange an ihrer Wange spüren, nachdem er gelächelt und gesagt hatte, er würde sie später anrufen, um etwas Genaues auszumachen.

Und warum war es eigentlich so heiß im Krankenhaus? Normalerweise hielten sie die Temperatur viel geringer, um sicherzustellen, dass sich Patienten und Mitarbeiter wohlfühlten.

„Die Temperatur hier drin hat sich nicht verändert“, sagte Riley grinsend.

Hatte Anne das laut gesagt?

„Zac hat dich gerade nur ganz heiß gemacht“, fuhr sie fort.

Anne drehte sich auf dem Absatz um und ging zurück in ihr Büro. Hatte Zac sie wirklich um ein Date gebeten? Hatte sie wirklich ja gesagt?

„Ja, das hat er“, antwortete Riley und beeilte sich, Anne einzuholen. „Und ja, du hast es getan.“

Ernsthaft, Anne musste anfangen, ihren inneren Monolog für sich zu behalten.

„Ich habe es gesehen, und ein Haufen anderer Schwestern auch. Das war schon fast ohnmachtswürdig, wie er dir so hinterhergestürmt ist."

Oh, großer Gott. „Schau, es ist keine große Sache, okay? Kein richtiges Date. Zac mag mich nicht auf diese Weise."

Riley sah ihr ins Gesicht und brach in Gelächter aus. Nein, in schallendes Gelächter. So laut, dass alle um sie herum stehen blieben. Anne packte sie beim Arm, zog die jüngere Frau in ihr Büro und schloss die Tür hinter ihr.

„Es tut mir leid." Riley hielt sich den Bauch und versuchte, ihr Kichern unter Kontrolle zu bekommen. Anne schlüpfte hinter ihren Schreibtisch und stand dort mit verschränkten Armen. „Es ist nur, du bist so klug, Anne. Wie kannst du nur denken, dass Zac dich nicht mag?"

„Sagen wir einfach, unsere Vergangenheit ist schlecht genug, um mich an der romantischen Ernsthaftigkeit seines Angebots zweifeln zu lassen."

Eine Vision von ihm, wie er ein Kleid nach ihrem nackten Körper warf, während sie im Flur stand, erfüllte ihren Geist. Aber dann kämpften diese zärtlichen Küsse von vor ein paar Minuten dagegen an.

Riley hörte endlich auf zu lachen. „Schau, ich war noch ein Kind, als Becky starb, noch in der Highschool. Ich war traurig, weil, Hölle, das waren wir doch alle. Aber ich kannte sie nicht wirklich. Ehrlich gesagt, kannte ich auch Zac nicht, bis vor ein paar Jahren."

Sie hatte keine Zeit für so etwas. „Riley, ich genieße deine Gesellschaft, aber meine Schicht fängt an."

„Zac mag dich."

Sie seufzte. „Zac ist ein freundlicher Kerl. Er mag jeden."

Riley schüttelte den Kopf. „Nein, er *mag* dich."

„Obwohl ich den Eindruck zu schätzen weiß" - und mir wünschen würde, dass es wahr wäre - „kann ich mit ziemlicher Sicherheit sagen, dass Zac das nicht tut."

„Hör zu, ich weiß nicht, was in der Vergangenheit

zwischen euch beiden vorgefallen ist, aber ich habe noch nie erlebt, dass Zac so sehr versucht hat, die Aufmerksamkeit einer Frau zu bekommen, während er sich gleichzeitig völlig im Hintergrund hielt. Es ist einfach unfassbar."

„Ich habe absolut keine Ahnung, wovon du redest."

„Er hat deine Böden repariert."

„Ja, und ich weiß das wirklich zu schätzen."

„Er hat die Jungs geholt, um deine Möbel zu verrücken, damit du dich nicht verletzt."

„Ja, das ist auch wahr. Und ich ..."

Riley hob eine Augenbraue und neigte ihren Kopf, ihr Pixie-Haarschnitt umrahmte ihr kleines Gesicht perfekt. „Ist sonst noch etwas Gutes passiert in den letzten Wochen? Ich weiß nicht, funktionieren deine Waschmaschine und dein Trockner besser als früher? Dein Schornstein ist gereinigt? Genug Brennholz für den Fall, dass wir ein paar super-kalte Nächte haben? Läuft dein Auto besser?"

Anne sank langsam in ihren Bürostuhl. „Ach du meine Güte."

„Zac. Entweder direkt oder weil er einen Gefallen einforderte oder seinen Kumpels mit seinen hübschen blauen Augen zuzwinkerte. Keiner der Jungs hatte etwas dagegen, zu helfen, aber Zac hat es auf die Beine gestellt. Es war Zac, der in den letzten Monaten ununterbrochen an dich gedacht hat."

War das überhaupt möglich? „Aber ..."

„Zac ist ein ziemlich aufrichtiger Kerl, aber ich würde an deiner Stelle trotzdem die Schlösser austauschen lassen."

Das waren sie bereits. Finn und der kleine Ethan waren vor ein paar Tagen aufgetaucht, mit einem neuen Schloss in der Hand. Finn hatte ihr zugezwinkert und gesagt, er würde auch nicht wollen, dass Zac einen Schlüssel zu seiner Wohnung hätte. Die Niedlichkeit seines Sohnes hatte sie so abgelenkt, dass sie nicht auf Einzelheiten geachtet hatte.

Wie hätte Finn überhaupt wissen können, dass Zac den Schlüssel hatte, außer von Zac selbst?

„Es könnte immer noch sein, dass er nur freundlich ist."

Riley lächelte. „Ich hänge die ganze Zeit mit den Linear-Jungs rum. Nicht wegen der Waffen und Kämpfe, sondern wegen der Abenteuersachen, die sie manchmal auf dem Grundstück machen: Klettern, Drachenfliegen, all dieses Zeug. Die Jungs vergessen einfach, dass ich da bin. Und lass mich dir sagen, dass sie Zac für all die Sachen, die er für dich getan hat, ganz schön schikaniert haben."

„Oh." Das war nicht gut. Sie wollte nicht, dass er sich mit seinen Freunden stritt.

„Zuerst ignorierte er sie. Verdammt, es braucht mehr als Beschimpfungen, um Cyclone aus der Fassung zu bringen."

„Cyclone?"

„Das war sein Rufzeichen in der Armee. Offensichtlich, weil Zac während eines Einsatzes von einem Wirbelsturm umgeben sein kann und trotzdem nicht den Kopf verliert. Also ja, er hat sie ignoriert. Bis Finn schließlich fragte, warum er dir eigentlich so viel hilft."

„War es wegen Becky?", flüsterte sie. Es war das Einzige, was Sinn ergab.

„Zac sagte nur, dass er dich endlich sehen könne. Dass er dich die meiste Zeit deines Lebens gekannt hat, aber jetzt könnte er dich *sehen*." Riley zuckte mit den Schultern. „Ich gebe zu, ich wusste nicht, wovon zum Teufel er sprach, und war gerade dabei, mich von einer Klippe abzustoßen, also war es mir egal. Aber als ich ihn heute mit dir gesehen habe, verstand ich es endlich. Er hatte nur Augen für dich in diesem Flur. Wir hätten alle nackt herumlaufen oder in Flammen stehen können, und er wäre trotzdem nur an dir interessiert gewesen."

Ihre Brust schmerzte. Vor ein paar Tagen hatte sie erkannt, wie viel leichter ihr Leben in letzter Zeit geworden war. Das Auto ... es lief. Das Haus ... ein entspannender Ort, an den sie nach einem anstrengenden Arbeitstag zurückkehren konnte, wo sie sich ausruhen und entspannen konnte, anstatt ihre ganze Freizeit mit Reparieren, Umziehen und Auspacken zu verbringen. All ihre Rechnungen waren leichter zu bezahlen gewesen, weil sie kein Geld mehr aufbringen musste, um Dinge zu reparieren.

Eine Menge Stress war von ihr abgefallen. Offensichtlich hatte sie das Zac zu verdanken. Wie Riley sagte, wären wahrscheinlich alle Jungs bereit gewesen, zu helfen, wenn sie gefragt hätte. Aber das hätte sie nie getan.

Zac hatte ihre Bedürfnisse gesehen - sie gesehen - und war einfach eingesprungen und hatte getan, was getan werden musste.

„Hör zu, wage es ja nicht, ihm zu sagen, dass ich die Katze aus dem Sack gelassen habe, oder ich werde von den lustigen Sachen ausgeschlossen, okay? Und wir wollen nächsten Monat in Colorado Gleitschirmfliegen gehen, das wäre also scheiße. Aber du bedeutest diesem Mann wirklich etwas, Anne."

Sie nickte und winkte mit der Hand in Richtung Tür. „Okay, ich verspreche, dich nicht zu verpetzen. Und jetzt raus mir dir, damit ich an die Arbeit gehen kann."

Arbeit war das, was sie brauchte, was sie verstand.

Zac Mackay? Weniger.

WÄHREND DER NÄCHSTEN Tage weigerte sich Anne, auch nur an ihr bevorstehendes Date am Freitagabend zu denken. Das war die einzige Möglichkeit, wie sie mit heiler Haut davonkommen konnte.

Am Freitagmorgen war es egal, denn es war soweit.

Sie war in der Lage gewesen, sich auf ihren Job im

Medizinstudium zu konzentrieren, als sie nicht genug Geld gehabt hatte, etwas zu essen. Sie war dazu in der Lage gewesen, als Darren sie abserviert und ihr gesagt hatte, sie sei nicht der Typ Frau, den ein Arzt mit seiner Zukunft an seiner Seite haben wolle.

Man sollte meinen, sie könnte sich während einer sechsstündigen Schicht konzentrieren. Ein Date war nicht lebensverändernd. Sie kannte Zac schon seit Jahrzehnten. Es gab wirklich keine Entschuldigung dafür, eine Akte in den letzten zwei Stunden dreimal falsch abzulegen.

Riley hatte den Tag frei, wollte aber um sechs, also in zwei Stunden, zu Anne nach Hause kommen, um ihr zu helfen, sich für ihr Date um sieben fertig zu machen. Sie brachte Wavy Bollinger mit - Finns Schwester, die im Frontier Diner arbeitete.

Sie wollten Anne mit ihren Haaren helfen und auch „ein bisschen“ mit ihrem Make-up. Riley wollte sogar ein paar ihrer eigenen Outfits mitbringen, aber was würde das bringen? Riley war mindestens fünf Zentimeter kleiner als Anne. Jeder Rock, den sie mitbrachte, würde an Anne obszön aussehen.

Außerdem hatte sie vor ein paar Stunden eine SMS geschrieben und nach Annes Schuhgröße gefragt. Irgendwie beruhigte sie das nicht im Geringsten. Riley war viel zu aufgeregt wegen des Projekts „Wir machen eine Puppe aus Anne und werfen sie den Wölfen zum Fraß vor“.

Oder einfach nur dem *Wolf*.

Warum hatte sie dazu überhaupt ja gesagt? Nicht nur mit Zac auszugehen, sondern auch noch ins „Eagle‘s Nest“? Es war Freitagabend. Alle würden da sein.

Sie versuchte, die Daten eines Patienten in ihr Stations-iPad einzutippen, legte es dann auf den Tisch der Schwesternstation und rieb sich ihre pochenden Schläfen. „Susan, warum funktioniert das nicht?“

Die ältere Schwester blickte zu dem Gerät hinüber, dann drückte sie einen Knopf. „Weil Sie versuchen, es im Archiv abzulegen. Mal wieder."

Anne stieß einen Atemzug aus. „Sie halten mich für eine Idiotin. Ich *bin* eine Idiotin."

Susans Lächeln war freundlich, als sie Annes Arm tätschelte. „Ich glaube, Sie sind nicht die erste Frau, die ein wenig durch den Wind ist, weil einer dieser Typen von Linear Tactical sie ausführt."

Wusste das jetzt jeder im ganzen Krankenhaus?

Wenn ihr ein Grund einfiele, das Date abzusagen, würde sie es tun. Das konnte unmöglich gut gehen. War es falsch, um einen Busunfall zu beten? Natürlich nicht mit ernsthaften Verletzungen, nur verstauchte Knöchel und Prellungen - genug, um für die nächsten sechs bis acht Stunden hierbleiben zu können.

Um fünf Uhr übergab sie die Zügel der Notaufnahme an Dr. Lewis. „Sind Sie sicher, dass ich nicht bleiben soll? Das wäre kein Problem für mich." Man konnte es Anne nicht verübeln, wenn eine medizinische Notwendigkeit bestand, oder? Zac würde es verstehen. Riley vielleicht nicht so sehr.

„Nein, nein." Dr. Lewis schüttelte den Kopf und lächelte. „Schwester Wilde hat erwähnt, dass Sie Pläne haben und dass Sie auf keinen Fall bleiben dürfen, es sei denn, es handelt sich um einen Notfall. Also, gehen Sie und amüsieren Sie sich, denn Sie haben heute Abend und den größten Teil von morgen frei. Genießen Sie Ihr Junggesellenleben."

Verdammte Riley. Das war der Grund, warum Anne keine Freunde hatte. Sie fielen einem immer in den Rücken und brachten einen dazu, mit dem Kerl auszugehen, in den man schon sein ganzes Leben verliebt war.

Sie ging den Flur entlang zu ihrem Büro, um ihre Handtasche und ihre Schlüssel zu holen. Vor ihrer Tür wartete Mia Stevenson.

Wenn Anne hätte gehen können, ohne vorher in ihr Büro zu müssen, hätte sie es getan. Mia hatte die ganze Woche über versucht, Anne in die Enge zu treiben. Dieses Gespräch würde nicht schön werden.

Anne straffte die Schultern und setzte ihr bestes „Chefarzt“-Gesicht auf. „Schwester Stevenson? Gibt es irgendeine Krankenhausangelegenheit, die noch erledigt werden muss?“

Mias Augen verengten sich. Offensichtlich hatte sie erwartet, von Anfang an die Oberhand in diesem Gespräch zu haben, aber Anne hatte sie aus dem Konzept gebracht, indem sie die Dinge sachlich hielt.

„Nein. Es hat nichts mit dem Krankenhaus zu tun, *Anne*.“

„Ich verstehe. Nun, ich bin gerade dabei zu gehen, also ist jetzt kein guter Zeitpunkt.“

„Ich weiß, dass du heute Abend mit Zac ausgehst.“

Anne steckte den Schlüssel in ihre Bürotür, schloss sie auf und trat ein. „Ich bin sicher, dass viele Leute Pläne für das Wochenende haben.“

„Ich habe schon davon gehört, dass du dich neulich im Flur auf ihn gestürzt hast.“

Anne drehte sich um und sah Mia an. Die Leute begannen, die Köpfe in ihre Richtung zu drehen - was vielleicht genau das war, was Mia wollte; eine Szene. Anne hatte nicht vor, sie ihr zuzugestehen. Sie öffnete die Tür zu ihrem Büro, ließ die Frau eintreten und lehnte die Tür dann an.

„Mia, wir beide kennen einander nicht wirklich, du und ich. Wir sind keine Freunde. Ich bin mir nicht sicher, inwiefern dich das, was ich tue oder mit wem ich es tue, etwas angeht.“

„Du bist lange weg gewesen aus Oak Creek.“

Niemand war sich dessen mehr bewusst als Anne. „Ja, das ist richtig.“

„Die Dinge haben sich verändert, seit du weggegangen bist.“

Es schien nicht wirklich so, als hätten sich die Dinge wesentlich verändert. Mia war immer noch das hinreißende Mädchen, das Hof hielt, wann immer sie wollte. Anne tat etwas, was Mia nicht gefiel, also wurde sie vor den Thron geschleppt.

Anne ging zu ihrem Schreibtisch und holte ihre Handtasche aus der unteren Schublade. Sie hatte nicht vor, sich mit Mia zu streiten - erstens, weil sie keine Ahnung hatte, wie man zwischenmenschliche Kämpfe austrug, die keine Regeln hatten, und zweitens, weil sie, selbst wenn sie es täte, gegen jemanden wie Mia keine Chance hätte.

„Ich hoffe sehr, dass wir uns seit der Schulzeit alle verändert haben.“

Mia pustete sich mit einem Atemzug eine perfekte Locke aus der Stirn. „Hör zu, ich versuche nicht, hier reinzukommen und mich wie eine *Furie* aufzuführen, okay?“

„Okay“, sagte sie langsam. Mit einer vernünftigen Mia umzugehen, war nicht so einfach, wie die aufgeblähte Ballkönigin Mia zu ignorieren.

„Zac ist nicht mit mir zusammen. Ich hab‘s verstanden. Wir sind nur ein paar Mal ausgegangen und er hat mir nie etwas versprochen, also kann ich ihm das nicht übelnehmen.“

„Okay“, sagte Anne wieder und wartete auf die Ohrfeige.

„Jeder mag Zac, und das zu Recht. Er ist der Goldjunge der Stadt, was durch die Tragödie um Becky und das Baby noch verstärkt wurde.“

„Micah. Sein Name war Micah.“

Mia verdrehte die Augen. „Natürlich weißt du das sogar nach all den Jahren noch. Ich bin mir nicht sicher, ob es daran liegt, dass du superschlau bist oder in ihn verliebt. Oder beides."

Sie wusste es, weil Becky und Micah für sie und Zac wichtige Menschen gewesen waren. „Worauf willst du hinaus, Mia?"

„Ich möchte nur, dass du vorsichtig bist." Sie streckte eine Hand aus, Handfläche nach oben. „Ich weiß, das klingt lächerlich, denn schließlich kommt es von mir, und ich bin ein Miststück. Aber wie du gesagt hast, wir haben uns alle verändert seit der Highschool, seit Beckys Tod. Ich weiß nicht, ob Zac emotional noch in der Lage ist, sich an jemanden zu binden. Vielleicht ist diese Fähigkeit mit Becky gestorben."

Mia strich ihr perfekt sitzendes Haar zurück. „Zac geht zwar mit Frauen aus, hält aber einen Teil von sich selbst auf Distanz. Dafür ist er berüchtigt."

Anne trat einen Schritt nach vorne. Sie wollte das wirklich nicht hören. „Danke für die Warnung."

„Ich versuche nicht, dich zu verärgern. Ich dachte nur, jemand sollte es dich wissen lassen, okay? Damit du nicht blind in diese Situation gehst. Du bist neu und aufregend, also will er spielen. Aber sieh zu, dass du dein Herz da raushältst."

Anne biss die Zähne zusammen. „Nochmals danke für den Rat."

Sie schüttelte den Kopf. „Jetzt habe ich dich wütend gemacht. Das wollte ich nicht. Ich will nur nicht, dass du verletzt wirst, dass du wieder in eine Situation gerätst, in der alle hinter deinem Rücken reden, wie in Florida."

Als wollte sie ihre letzte Aussage unterstreichen, drehte sich Mia daraufhin um und ging.

Anne nahm ihre Brille ab und rieb sich die Augen. Mia hatte sich im Krankenhaus in Tampa nach ihr erkundigt. Sicher war es für sie nicht schwer gewesen, Details von

Annes früherer Arbeitsstelle zu erfahren. Jeder kannte das Drama um die beiden Dr. Griffins. Der eine machte Karriere, die andere blieb zurück.

Vielleicht war es wirklich eine freundliche Warnung oder schlecht vertuschte Eifersucht. Aber Mia wollte ihr klarmachen, dass Zac für sie unerreichbar war. Und das würde Anne einfach ignorieren.

Immerhin hatte sie sich ihr ganzes Leben lang genau das Gleiche eingeredet.

Kapitel 15

Zac saß an einem Nischentisch im Eagle's Nest. Ein Bier, von dem er nicht mehr als zwei Schlucke genommen hatte, wurde auf dem Tisch immer wärmer. Er blickte zum zehnten Mal in ebenso vielen Minuten zur Tür.

„Sieht dir nicht ähnlich, vor einem Date so nervös zu sein." Finn saß ihm gegenüber, grinste wie ein Idiot und trank von seinem eigenen Bier. „Natürlich sieht es dir nicht ähnlich, eine Frau für ein Date zu treffen, anstatt sie abzuholen. Hast du dir dein Motorrad nicht eigens zu diesem Zweck zugelegt? Um Frauen zu beeindrucken?"

„Sich hier zu treffen, war nicht meine Entscheidung." Er respektierte es, aber er hatte auch ein wenig Angst, dass Annie nicht auftauchen würde. Hätte er gewusst, dass Finn sich zu ihm setzen und ihm das Leben schwermachen würde, wäre er nicht dreißig Minuten früher gekommen.

„Ich gehe davon aus, dass du alle Probleme, von denen du mir erzählt hast, mit ihr klären konntest, sonst würde Annie einem Date mit dir ja nicht zustimmen."

Sein Blick wanderte von der Tür zu seinem Freund. „Ja,

am Ende war ich definitiv ein kolossaler Bastard, aber ich habe sie in dieser Nacht nicht angegriffen."

Er erzählte Finn, woran er sich erinnerte und hielt die hässlichen Details nicht zurück, obwohl ihm der Gedanke daran immer noch Übelkeit verursachte.

„Verdammt." Finn schüttelte den Kopf und nahm einen großen Schluck Bier. „Du wirst noch mehr für uns finden müssen, was wir in Annies Haus erledigen können."

„Ich bin mir ziemlich sicher, ich könnte ihr eine Villa von Grund auf bauen und es würde nicht wiedergutmachen, was ich getan habe. Das Verrückte ist aber: Ich weiß, wenn Becky hier wäre, würde sie mir in den Arsch treten, und zwar nicht dafür, dass ich mit Annie Sex hatte, sondern dafür, wie ich sie danach behandelt habe." Nicht für diese monströsen Dinge, die er vergessen hatte, sondern auch, weil er nicht mit ihr in Kontakt geblieben war. Nie nach ihr gesucht hatte. Er hatte seine Frau verloren, aber Annie ihre beste Freundin. Er hatte Freunde, Familie und seine Kumpanen in der Armee, die ihm beistanden. Annie hatte niemanden mehr gehabt, schon gar nicht, nachdem sie weggezogen war.

„Also, was ist das? Eine Art Mitleidsdate? Versuchst du, vergangene Sünden wiedergutzumachen?"

Es gab nichts, was er je tun konnte, um diese Nacht wiedergutzumachen. Und Mitleid? „Zum Teufel, nein. Seit sie mein Zimmer im Krankenhaus betreten hat, ist sie mir nicht mehr aus dem Kopf gegangen. Wenn überhaupt, dann hat sie aus Mitleid mit mir zugestimmt. Ich will einfach nur mit ihr zusammen sein, weißt du?"

Auf jede erdenkliche Art und Weise. Körperlich, ja. Oh Gott, ja, er hoffte, dass er sie irgendwann dazu bringen konnte, ihm noch eine Chance zu geben. Aber wenn nicht, war es so, wie er es ihr im Krankenhaus gesagt hatte. Er wollte, dass der *jetzige* Zac die *jetzige* Annie kennenlernte.

Finn nickte feierlich. „Ich hab‘s kapiert, Mann. Die Liebe ist ein Schlachtfeld.“

Zac konnte sich ein Grinsen nicht verkneifen. „Hast du mir gerade Pat Benatar um die Ohren geworfen, du Trottel? Wollen wir jetzt einen Tanzwettbewerb veranstalten?“

Finn lachte. „Du weißt, dass ich dich total fertigmachen würde. Ich habe Moves drauf, von denen du nicht mal träumst.“

„Das hättest du wohl gerne. Ich ...”

Er verschluckte fast seine Zunge. Annie war gerade durch die Tür gekommen.

„Heilige Scheiße“, flüsterte Finn. „Das war wirklich kein Mitleidsdate. Viel Glück, Kumpel.“ Finn verließ die Nische, aber Zac konnte seine Augen nicht von Annie losreißen.

Ihm wurde sofort klar, dass er mehrere taktische Fehler gemacht hatte. Für jemanden, der dafür bekannt war, eine Situation einzuschätzen und sofort die Stärken und Schwächen der verschiedenen Schachzüge zu erkennen, war das ein ungewohntes Gefühl. Er hätte nicht diese Bar für ihr Date wählen sollen.

Es hatte sich bereits herumgesprochen, dass sie ausgehen würden. Die Leute sahen Annie an, und sie verfiel in Panik. Er hätte sich einen ruhigeren Ort aussuchen sollen, einen intimeren.

Und die Leute - die Männer - starrten sie an, um endlich zu erkennen, was er schon immer gewusst hatte: Sie war verdammt *schön*. Sie spielte ihre Schönheit die ganze Zeit herunter, weil sie nicht wusste, wie sie mit der Aufmerksamkeit umgehen sollte, die sie ansonsten auf sich zog. Aber heute Abend versteckte sie sich nicht.

Wunderschön.

Er stand sofort auf und machte sich auf den Weg zu ihr. Erstens, weil sie aussah, als würde sie jeden Moment kehrtmachen und aus der Tür rennen. Zweitens, weil ihm einer der anderen Kerle zuvorkäme, wenn er auch nur zehn Sekunden wartete.

„Hi“, murmelte er und beugte sich zu ihr, um sie auf die Wange zu küssen. „Du siehst fantastisch aus.“

Schwarzes Tanktop unter einer Jeansjacke, schwarzer Jeansminirock, der ihre langen Beine zeigte, bevor sie in roten Cowboystiefeln endeten.

Von denen würde Zac noch lange träumen.

Sie schnitt eine Grimasse. „Ich wurde zu Wavys und Rileys Wissenschaftsprojekt.“

„Gott sei Dank für die Wissenschaft“, murmelte er, nahm ihren Arm und führte sie zum Tisch.

„Man könnte meinen, ich würde nicht in einen von Rileys Röcken passen, wenn man bedenkt, dass sie fünf Zentimeter kleiner ist als ich.“

Er blickte wieder auf ihre Beine hinunter und widerstand dem Drang, sich den Mund abzuwischen, falls er sabberte. „Das könnte man in der Tat meinen.“

Sie setzten sich an den Tisch. Ihr Rücken war kerzengerade. „Alle s-s-starren uns an.“

Er nahm ihre Hände auf dem Tisch und strich mit dem Daumen über ihre Knöchel. „Du weißt doch, wie es in Kleinstädten zugeht: Sie tratschen kurz über etwas, dann kümmern sie sich wieder um andere Dinge. Es ist Freitag, also werden bald alle trinken und Line Dance tanzen und uns nicht mehr beachten.“

Sie nickte und atmete tief durch. „O-o-okay.“ Sie biss die Zähne zusammen, ihre Frustration mit sich selbst war offensichtlich.

Er ließ ihre Hände nicht los. „Ich hätte dich nicht hierher bringen sollen. Ich dachte, es wäre gut, an einem vertrauten Ort zu sein, aber ich habe deine Ängste nicht berücksichtigt. Ich weiß, dass du nicht gerne im Mittelpunkt stehst.“

Sie schloss ihre Augen, atmete tief durch die Nase ein

und dann durch den Mund wieder aus. Dann wiederholte sie den Vorgang. Ihre Hände entglitten seinen und er ließ sie los, weil er erkannte, dass sie dieses Ritual brauchte, um sich zu beruhigen. Sie berührte ihre Daumen mit jedem ihrer vier Finger, dann wiederholte sie die Bewegung.

Als sie die Augen wieder öffnete, sah sie besser aus. Das war offensichtlich eine Taktik, die sie schon früher angewandt hatte. „Ich mag eigentlich keine Menschenmengen, in denen von mir erwartet wird, dass ich mich unter die Leute mische und Smalltalk mache oder, Gott bewahre, eine öffentliche Rede halte. Solange die Band hier laut spielt und mich alle ignorieren, ist alles in Ordnung."

Ihre Hände berührten wieder seine. Er drehte eine um und fuhr mit dem Finger sanft über ihre Handfläche, dann lächelte er, als sie leicht erschauderte. „Nicht jeder wird dich ignorieren."

Er hatte das Gefühl, dass das niemand tun würde. So sehr er auch den Anblick ihrer Beine in diesem Rock und diesen Stiefeln liebte und wie groß ihre braunen Augen aussahen, ohne dass die Brille ihr halbes Gesicht verdeckte, ganz zu schweigen von ihren Haaren, die ihr um die Schultern fielen ... irgendwie wünschte er sich, sie wäre wieder in Kittel und Brille.

Die Kellnerin kam herüber, und sie bestellten ihr Essen und unterhielten sich, so gut es in dem Lärm möglich war. Zac war schon unzählige Male hier gewesen, um mit den Jungs abzuhängen. Und manchmal auch für Dates. Er hatte nie bemerkt, wie voll es war. Oder wie laut.

Wahrscheinlich, weil er nie wirklich versucht hatte, mit jemandem ein sinnvolles Gespräch zu führen.

Ihre Burger und Pommes kamen. Er genoss es, Annie dabei zuzusehen, wie sehr sie ihr Essen genoss.

Sie ertappte ihn dabei, wie er sie beobachtete, hörte auf

zu kauen und hielt sich eine Hand vor den Mund, die Augen besorgt. „Esse ich zu schnell? Das tue ich immer."

„Nein, ganz und gar nicht. Ich bin mir sicher, den ganzen Tag im Krankenhaus zu arbeiten, regt den Appetit an."

Sie sah erleichtert aus. „Ja. An manchen Tagen hat man keine Zeit für eine Pause. Man isst einfach ein oder zwei Bissen, wenn man kann."

„Ja, das passierte mir auch oft, als ich bei der Armee war."

„Ich dachte, sie geben euch drei anständige Mahlzeiten am Tag." Langsam entspannte sie sich. Er würde mit ihr reden, worüber sie wollte und solange sie wollte, wenn es bedeutete, dass ihr Lächeln auf ihn gerichtet war.

„Das taten sie oft, vor allem im Ausbildungslager und während des regulären Trainings danach. Aber später ... sobald ich bei den Green Berets war, war es ein Luxus, sich mal hinzusetzen und eine richtige Mahlzeit zu genießen. Bei den meisten unserer Einsätze waren EPa an der Tagesordnung."

„Essfertige Mahlzeiten", sagte sie. „Wir haben eine Studie über ihren Nährwert durchgeführt, als ich an der medizinischen Fakultät war. Ernährungsphysiologisch sind sie hervorragend."

„Hast du schon mal eine probiert?"

Er wollte sich hinüberlehnen und das bestürzte Gesicht küssen, das sie machte. „Ja, und sie war grässlich. Ich schätze, der Nährwert zählt nicht, wenn man das Essen nicht bei sich behalten kann."

„Glaub mir, in den meisten Fällen hat es uns nichts ausgemacht." Bei manchen Missionen hätten sie alles dafür gegeben, eine EPa zur Verfügung zu haben.

Sie musterte ihn, drängte aber nicht auf Details. Zac wusste das zu schätzen. Es hatte nicht lange gedauert, nachdem Linear erfolgreich geworden war, bis die Jungs und er gemerkt hatten, dass einige Frauen - und verdammt, auch Jungs wie Frank - Soldaten-Groupies waren. Der Special Forces-Hintergrund von Zac und seinem gesamten Team war auf der Firmenwebsite aufgeführt. Einige Leute wollten von der Gewalt und den Gefahren hören, die sie durchlebt hatten. Zur Hölle, einige Frauen wollten ihn genau deswegen in ihrem Bett haben.

Zac hatte ein paar Geschichten, die er immer erzählte, ziemlich zahme insgesamt, und meist nur, um die Neugierde des Fragenden zu befriedigen. Den Rest würde er mit ins Grab nehmen.

Die beliebteste Frage, die ihm Männer und Frauen stellten, die wussten, dass er ein Green Beret gewesen war: Hatte er jemals jemanden getötet?

Zacs Antwort: Ja. Dann Themawechsel.

Er hatte getötet. Mehrere Male und auf verschiedene Arten. Und es hatte ihn jedes Mal ein Stück seiner Seele gekostet. Es hatte alle Jungs viel gekostet, ihrem Land zu dienen, auf eine Art und Weise, die sie manchmal nicht einmal verstanden hatten, bis sie nach Hause zurückgekehrt waren. Aber über solche Dinge redete man nicht mit Zivilisten.

Annie hob ihr Bierglas. „Auf die Zeiten, in denen wir uns nicht zum Essen hinsetzen konnten, weil man sich darauf verließ, dass wir unsere Arbeit taten, und zwar richtig, auch wenn es schwer war."

Es war, als hätte sie sich in seine Gedanken eingegraben und das herausgeholt, was er hatte sagen wollen. Er hob sein Glas und stieß mit ihr an. „Und auf die, die noch immer leiden."

Er dachte an Dorian und wie der Mann immer wieder schreiend aufwachte - wenn er überhaupt schlafen konnte - wegen der Dinge, die ihm in Afghanistan passiert waren.

Und er dachte an die armen Vergewaltigungsopfer, denen Annie geholfen und die sie behandelt hatte.

Eine Ärztin der Notaufnahme war in vielerlei Hinsicht ähnlich wie ein Soldat der Special Forces. Aber heute hatte sie sich eine Auszeit davon verdient. Das hatten sie beide.

Heute war Annie nur eine verdammt heiße Frau, mit der er ein Date hatte. Und er hatte vor, das zu genießen.

Sie musste den räuberischen Blick hinter seinem Lächeln erkannt haben, denn sie legte den letzten Bissen ihres Burgers ab. „Was?"

„Nichts. Ich bin nur froh, mit dir hier zu sein. Aber nächstes Mal führe ich dich in ein Restaurant aus, wo man einander nicht anschreien muss, um sich zu verstehen."

„Nächstes Mal?"

„Oh, ja, Ma'am. Es wird ganz bestimmt ein nächstes Mal geben."

Die Band wurde immer lauter und die Leute begannen zu tanzen. Die Kellnerin kehrte zurück, räumte ihre Teller ab und brachte Annie noch ein Bier, aber Zac wechselte zu Wasser.

Annies Augenbraue hob sich, als sie mit ihrem Kinn auf sein Glas deutete. „Hast du Angst, unachtsam zu werden?"

Es war an der Zeit, es ihr zu sagen. Tatsächlich war es schon überfällig. „Ich trinke eigentlich nicht mehr. Ein Bier, das war's. Keine Ausnahmen."

Sie nickte. „Als Medizinerin kann ich das nur befürworten. Obwohl die Vorteile eines einzigen Glases Rotwein erwiesen sind ..."

Er unterbrach sie. „Das ist schon seit sechs Jahren meine Regel. Seit jener Nacht mit dir im Hotel, Annie. Seit ich am nächsten Morgen aufgewacht bin, nachdem ich mir den Kopf an der Ecke des Schreibtisches gestoßen hatte, als ich ohnmächtig wurde, und feststellte, dass eine ganze Nacht meines Lebens fehlte."

„Zac ..." Die Anspannung hatte sich wieder über ihr Gesicht und ihre Stimme gelegt, aber er musste weitersprechen.

„Aber ich wusste, auch ohne mich zu erinnern, dass ich etwas Schreckliches getan hatte. Ich versprach mir selbst, nie wieder so außer Kontrolle zu geraten. Als ich vor ein paar Wochen nach der Überschwemmung im Mayors Inn nach dir suchte, traf ich die Bürgermeisterin, und sie legte sich mit mir an."

Sie kniff die Lippen zusammen. „Das hätte sie nicht tun sollen."

„Oh, das hätte sie sehr wohl, und zwar schon viel früher."

„Ich weiß ja nicht, was sie dir erzählt hat, aber ..."

Er griff über den Tisch und legte seine Hand auf ihre. „Sie brauchte nichts zu sagen. Ich trat in dieses Foyer und erinnerte mich. An alles, was ich getan und gesagt habe. Es war unverzeihlich."

Sie schüttelte den Kopf. „Du warst betrunken. Becky und Micah waren gerade gestorben."

„Du bist zu gütig für dein eigenes Wohl, Annie Nichols Griffin."

Ihre Hände verkrampften sich noch mehr unter seinen. „Ist das der Grund, warum du mit mir unterwegs bist? Warum hast du im Lauf des Monats all diese freundlichen Dinge für mich getan?"

Es war ihm sogar egal, wie sie es herausgefunden hatte. „Es gibt nichts, was ich basteln, reparieren, streichen oder bauen könnte, was diese Nacht jemals ändern würde. Ich würde keinen von uns beiden beleidigen, indem ich das auch nur versuche. Aber ich möchte dir das Leben leichter machen. Du kümmerst dich um eine Menge Leute ..."

„Das ist mein Job."

„... aber du lässt selten, wenn überhaupt, zu, dass sich

jemand um dich kümmert. Ich würde gerne dieser Mensch sein. Und das hat nichts mit Mitleid oder Schuld zu tun. Sondern nur mit der Tatsache, dass du eine erstaunliche, schöne Frau bist, ob in deinem kurzen Rock und den roten Stiefeln - die mich übrigens gleich von den Socken gehauen haben - oder in deinem Laborkittel. Beides ist schön und sexy."

„Zac..."

„Gib dem Zac von heute eine Chance, die Annie von heute kennenzulernen. Das ist alles, worum ich bitte."

„Okay." Sie hielt inne, dann breitete sich ein langsames Lächeln auf ihrem Gesicht aus. *„Cyclone."*

Er konnte sein Stöhnen nicht unterdrücken. „Oh, verdammt, nein. Ich kann nicht glauben, dass das zu dir durchgedrungen ist." Es wurde zu laut zum Reden, also stand Zac auf, setzte sich auf ihre Seite der Nische und schob sie mit seinen Beinen hinüber.

Er kam ihr zu nah und kümmerte sich nicht im Geringsten darum. Sie schien ein wenig überrascht, wich aber nicht zurück.

„Ich habe immer noch das Gefühl, dass uns alle beobachten", flüsterte sie, nachdem sie sich umgesehen und einen Schluck von ihrem Bier genommen hatte.

Sie zogen tatsächlich mehr Aufmerksamkeit auf sich als andere Leute hier. „Alle schauen das heiße Mädchen an. Die Jungs fragen sich, ob sie vielleicht eine Chance bei ihr haben."

„Zugegeben, ich sehe ein bisschen besser aus als im Krankenhaus. Aber ich glaube nicht, dass mich jemand mit einem *heißen Mädchen* verwechseln würde."

Zac stützte seinen Ellbogen auf den Tisch und lehnte sich darauf, ihr zugewandt, um ihr die Sicht auf den Rest des Raumes zu versperren. Er grinste. „Ich liebe es, wie du das sagst. Als ob das eine Beleidigung wäre oder so."

„Nein. Es ist nichts falsch daran, attraktiv zu sein. Ich habe nur ..." Sie zuckte mit den Schultern.

„Du hast nur was?"

Sie wies mit einer Geste auf sich selbst. „Das ist nicht das, was ich wirklich bin."

Er griff hinüber und stupste ihre Nase. „Fühlt sich für mich ziemlich echt an. Es sei denn, du hast dein riesiges Gehirn benutzt, um einen lebensgroßen Roboter von dir zu bauen, den du von zu Hause aus steuerst." Er legte einen Arm um ihre Schulter und zog sie näher an sich. „Ich mag diesen Look: Rote Stiefel, Rock und zerzaustes Haar. Aber weißt du was? Mir gefällt der Look von Dr. Griffin in ihrem Kittel genauso gut."

Sie drehte sich zu ihm um, ihr Haar fiel ihr über die Schulter. „Ich denke nicht, dass ..."

Er schloss die Lücke zwischen ihren Gesichtern und küsste sie. Nur für den Bruchteil einer Sekunde. Und er versprach sich, dass dies die letzte der kurzen Berührungen wäre. Ihr nächster Kuss würde weder kurz noch unschuldig sein. „Wie wäre es, wenn wir heute Abend nicht denken? Nur fühlen." Er rutschte zum Rand der Nische und nahm ihre Hand. „Und tanzen."

Kapitel 16

Ihr BH juckte, ihr Rock war zu kurz, und es fühlte sich an, als ob jeder sie anstarrte, während sie tanzten. Anne ignorierte das alles – die Blicke waren tatsächlich leichter zu ignorieren als der rote Spitzen-BH, auf den Wavy und Riley bestanden hatten.

Sie konnte nicht ignorieren, dass sie in Zacs Armen tanzte. Sie hatte nie gedacht, dass das je passieren würde.

Am Anfang hatten sie sich etwas unbeholfen bewegt, schwankend zu Dobie Grays „Drift Away". Steif, unsicher, wie sie genau zusammenpassen sollten. Sie versuchten auf eine ungelenke Weise, einen angemessenen Abstand zueinander zu halten.

Aber dann hatte Zac reumütig gelacht, seinen Arm um ihre Taille gelegt und sie fest an sich gezogen. Ihre Hände klammerten sich an seine Schultern, um das Gleichgewicht nicht zu verlieren, und blieben dann dort. So nah, da war kein Platz mehr für Steifheit oder Unbeholfenheit.

„Besser", murmelte er an ihrer Schläfe, während er sie fest an sich gedrückt hielt.

Es war besser. Und noch so viel mehr als das. Das

nächste Lied, das davon handelte, liebestrunken zu sein, war immer noch langsam, und Zac hielt ihre Körper in Bewegung. Das war mehr als nur ein Tanz. Sie wusste es, und er wusste es auch.

Das war ein Neuanfang.

Seine Lippen bewegten sich wieder an ihrer Schläfe, die Finger seiner Hand wanderten ihren Rücken auf und ab. Anne wollte nicht versuchen zu verstehen, was das alles bedeutete, wohin das alles führte, all die Dinge an sich selbst, die sie nicht schützen konnte, wenn es um Zac ging.

Wie er gesagt hatte - heute Nacht würde sie nicht denken. Sie wollte nur fühlen. Wenn sie später Scherben aufsammeln musste, dann würde sie das tun - und hoffen, dass sie einen ausreichend großen Besen hatte.

Als das Lied endete, sah sie zu ihm auf, unsicher, was sie sagen sollte. Wenn überhaupt etwas gesagt werden musste.

„Es ist Zeit für Line Dance!", rief jemand durch das Mikrofon. „Ihr Jungs müsst eure Ärsche von der Tanzfläche befördern, damit die Mädels richtig anfangen können."

Anne lachte und schüttelte den Kopf. Sie war gerade dabei, sich mit den Männern aus dem Staub zu machen, als Wavy und Riley - die Terror-Zwillinge - jeweils einen ihrer Arme nahmen und sie wieder zurückzerrten.

Ein breites Grinsen breitete sich auf Zacs Gesicht aus. „Viel Spaß."

Sie zeigten ihr die Grundschritte des Cowgirl Twist und schon bald bewegten sie sich alle zusammen lachend durch den Raum.

„Ich werde gar nicht erst fragen, ob du dich amüsierst", sagte Riley zwischen den Drehungen. „Dein Grinsen sagt alles."

„Sie hat nicht gegrinst, als Zac sie an seinen Körper gedrückt hat", rief Wavy. „Was supersexy war, denn offensichtlich will dieser Mann dich, und jeder hier weiß es. Aber auch irgendwie eklig, weil Zac im Grunde mein Bruder ist."

„Ich amüsiere mich *tatsächlich.*" Anne drehte sich und begann eine weitere Reihe von Schritten, verpatzte sie und kam dann wieder hinein. Die Drehung brachte sie an die Bar, wo Zac mit Finn und Aiden saß. Sie verpatzte es vor Zacs Augen wieder, grinste ihn einfach an und zuckte mit den Schultern.

Er hielt seine Limonade in einem kleinen Toast hoch, zwinkerte ihr zu und lächelte.

Oh, großer Gott. Es war schwer genug, ihm zu widerstehen, wenn er nicht gerade seinen Charme spielen ließ. Jetzt begann der rote Spitzen-BH *wirklich* zu jucken. Ihr ganzer Körper juckte. Und sie wusste genau, was sie brauchte, um diesen Reiz zu stillen.

„Weißt du", sagte Wavy, als sie sich noch einmal drehten und Anne Zac nicht mehr sehen konnte, ohne es offensichtlich zu machen. „Das Eagle's Nest ist jedes Wochenende geöffnet. Es ist nicht nur etwas, das sie für Zacs Dates eingerichtet haben. Wir drei müssen öfter zusammen ausgehen."

„Zur Hölle, ja, das werden wir!" Riley stieß einen Schrei aus, der alle anderen Frauen auf der Tanzfläche ebenfalls in Wallung brachte.

Anne brauchte Freunde, das wurde ihr klar. Sie war immer zu sehr in ihren Zielen gefangen: Vorbereitung auf das Studium, Medizinstudium, Assistenzzeit, Überleben der Demütigung, mit einem Mann zu arbeiten, der sie wegen einer anderen Frau verlassen hatte.

Line Dance mit Freundinnen war nie wirklich eine Option gewesen. Freundinnen genauso wenig. Ihr einziger Fokus hatte immer dem schieren Überleben gegolten.

Aber jetzt war sie zu Hause. Sie hatte einen guten Job, grub sich aus ihrem finanziellen Loch heraus und schloss

Freundschaften. Und sie konnte niemandem außer sich selbst die Schuld geben, wenn sie das nicht genoss.

Auch wenn sie kurze Röcke und juckende BHs tragen musste.

Das Lied endete, und Anne streckte die Hand aus und zog Riley und Wavy in ihre Arme. „Ihr hattet recht. Bei allem. Ich danke euch."

Riley kicherte. „Du wirst heute Abend sowas von flachgelegt!"

Sie wusste nicht, ob das stimmte oder nicht. Sie wusste nicht einmal, ob sie wollte, dass es stimmte. Egal, was heute Abend passierte, es konnte nicht schlimmer sein als das letzte Mal, als sie mit Zac eine Bar verlassen hatte.

„Aber hör zu, Annie", sagte Wavy mit ernstem Blick. „Sei vorsichtig mit deinem Herzen, okay? Zac ist ein guter Kerl, und ich liebe ihn wie einen Bruder, aber er war noch nie jemand, der sich ernsthaft mit einer Frau einlässt. Ich will nicht, dass du verletzt wirst."

Sie nickte, nicht überrascht, dass Wavy Mias Warnung wiederholte. Ein Neuanfang bedeutete nicht notwendigerweise eine Beziehung, sondern nur, dass sie nach vorne blickten.

Die Männer gesellten sich zu den Damen, als der Line Dance wieder aufgenommen wurde. Sie war überrascht, Zac, Finn und Aiden auf der Tanzfläche zu sehen. Allerdings hätte es sie nicht überraschen sollen, dass Zac wusste, wie man sich bewegte. Er brachte ihr neue Tänze bei und beide lachten, als sie manchmal in die entgegengesetzte Richtung wie alle anderen ging. Nach einer weiteren Stunde hatte sie den Dreh raus und Spaß daran, mit Zac entspannt den Abend zu genießen. Fühlen, nicht denken.

Zac entschuldigte sich, um auf die Toilette zu gehen. Anne wollte sich gerade irgendwo einen Tisch oder einen Sitzplatz suchen - ihre Nische war jetzt besetzt -, als Riley und Wavy sie zu einem Damentanz wieder auf die Tanzfläche zerrten.

Frank Jenkins pfiff ihr zu, als der Tanz sie näher zu ihm und seinen Freunden brachte, die mit Schnäpsen in der Hand an einer Wand standen. Natürlich hatte er gewartet, bis Zac nicht mehr im Raum war, um das zu tun. Zwei seiner Kumpels lachten. Der dritte gab Frank einen Klaps auf den Hinterkopf und sagte „Entschuldigung" zu Anne.

Es war gut zu wissen, dass Frank wenigstens einen anständigen Freund hatte, obwohl er ihn jetzt mit einer Hand schubste und mit der anderen auf seinen halb verschütteten Schnaps deutete.

Als das Lied endete, war Anne fest entschlossen, sich hinzusetzen und ihren Beinen eine Pause zu gönnen. Außerdem konnte sie nicht ignorieren, wie voll die Tanzfläche wurde. Menschenmengen waren noch nie ihre Stärke gewesen, aber sie wollte keine Szene machen.

Sie fand einen Platz am Ende der Bar und machte die Atemübungen, die ihr ein Dozent während ihres Psychiatriepraktikums im Medizinstudium gezeigt hatte. Sie berührte ihren Daumennagel an jedem ihrer Finger und konzentrierte sich auf den winzigen Punkt, an dem es wehtat, nicht auf den Raum um sie herum. So ließ sie sich von Sauerstoff und physischem Gefühl zurück in ihre Mitte bringen.

Die Musik wechselte wieder, wurde langsamer, die Lichter wurden schwächer. Die Tanzfläche lichtete sich, aber das machte die Bar noch voller. So ein Mist. Sie würde bald von hier verschwinden müssen. Irgendwann würde ihr Organismus an seine Grenzen stoßen. Zac würde nicht wissen, wie er sie finden sollte und –

„Ein letzter Tanz?", fragte er, sein großer Körper verdeckte den Rest der Bar.

Sie nickte erleichtert, nahm seine Hand und ließ sich von ihm auf die Tanzfläche führen. Ihre Panik verflog, als sie die

Menge hinter sich ließen. Als seine Arme sich um sie legten, schmolz der Rest ihres Unbehagens dahin.

„Ich schätze, ich bin nicht in der Stimmung für einen ganzen Abend voller Tänze“, sagte sie an seiner Schulter. „Alle anderen fangen gerade erst an, und ich bin schon auf der Suche nach der Tür.“

Er gluckste und legte die Arme fester um sie. „Für eine Bar in einer Kleinstadt mitten in Wyoming kann das Eagle‘s Nest an den Wochenenden ziemlich wild werden. Wie ich schon sagte, das nächste Mal an einem ruhigeren Ort.“

Das nächste Mal. „Das wäre schön.“

Sein Kopf neigte sich, und seine Lippen schwebten einen Zentimeter über ihren, ihre Körper bewegten sich kaum noch. Sie konnte kaum atmen, so stark war das Bedürfnis, ihn zu küssen.

„Ich möchte das so langsam angehen, wie du es brauchst“, murmelte er und strich ihr sanft eine Haarsträhne hinter das Ohr. „Ich will dich zu nichts drängen.“

Sie stellte sich auf die Zehenspitzen, sodass ihre Lippen seine berührten. „Was ist, wenn ich es will?“

Er schloss seine Augen, und als er sie wieder öffnete, waren sie düster. „Was früher zwischen uns war ...“

Sie hob ihre Hand von seinem Nacken und legte ihm einen Finger auf die Lippen. „Was früher passiert ist, war nicht nur schlecht.“

Er küsste ihren Finger. „Ich hoffe, du gibst mir eine Chance, dir zu zeigen, dass es auch *nur gut* sein kann.“

Oh Gott. „*Ja*. Heute Nacht.“

Er küsste sie. Es war nicht wie die federleichten Küsse Anfang der Woche oder an ihrem Auto vor einem Monat. Dieser Kuss war besitzergreifend. Heiß. Voller Verlangen.

Und völlig unpassend für eine Tanzfläche.

„Scheiße“, sagte er, als er sich von ihr löste und dabei

genauso benommen aussah, wie sie sich fühlte. „Ich bringe dich nach Hause, und zwar jetzt sofort."

Riley und Wavy machten Kussmünder und zeigten mit ihren Daumen nach oben, während er sie zur Bar führte, um die Rechnung zu bezahlen, den Arm sicher um sie gelegt. Noch mehr Leute schauten jetzt zu. Zur Hölle, wahrscheinlich jeder einzelne Gast. Frank sprach jetzt mit Mia. Beide grinsten sie an, aber als Zac zurückkam und ihr half, ihre Jacke anzuziehen, gelang es ihr einfach nicht, sich dafür zu interessieren, was sie oder sonst irgendjemand in dieser ganzen verdammten Stadt von ihr dachte.

„Lass uns von hier verschwinden", flüsterte Zac, Hitze loderte tief in seinen blauen Augen. Er klemmte sie in seinen Arm und ging auf die Tür zu.

Anne dachte nicht daran, sich zu wehren. Es gab niemanden, mit dem sie lieber zusammen gewesen wäre.

Kapitel 17

Zac fuhr mit Annies Auto, da er für sein Motorrad nur einen Helm hatte. Er hatte sich ehrlich gesagt nicht träumen lassen, dass sie ihn noch einmal so nah an sich heranlassen würde, schon gar nicht heute Abend. Am liebsten wäre er auf die Knie gefallen und hätte jeder nur erdenklichen Macht des Universums gedankt.

Er wollte diesmal verdammt nochmal alles richtig mit ihr machen.

Während der fünfzehnminütigen Fahrt zu seiner Wohnung behielt er beide Hände am Lenkrad. Denn tat er dies nicht, so wusste er, würden sie ihr Ziel womöglich nie erreichen. Er konnte sich nicht erinnern, jemals dieses allumfassende Bedürfnis nach einer Frau verspürt zu haben. Selbst mit Becky war es anders gewesen. Er hatte sie immer in seinem Leben gehabt. Sie hatten den sexuellen Teil ganz natürlich angehen lassen. Und mit den Frauen, die er seit ihr gehabt hatte, hatte er es nie ernst gemeint. Sondern nur Spaß gehabt. Aber nie war es so gewesen wie jetzt, mit diesem brennenden, schmerzenden Bedürfnis.

Jeder im Eagle's Nest würde darüber reden. Zacs

Auftreten - seine offensichtliche Besitzergreifung von Annie - waren ungewöhnlich für ihn. Öffentliche Zärtlichkeiten, dramatische Abschiede ... alles Futter für die Gerüchteküche, und Dinge, die er früher nie getan hätte. Er wollte nicht, dass sich die Leute in seine Angelegenheiten einmischten. Aber bei dieser Sache schenkte er der Gerüchteküche keinen zweiten Gedanken. Sollten sie doch reden. Er hatte nicht vor zu verbergen, was er für Annie empfand.

Als sie vor seinem Haus hielten, drehte sie sich zu ihm um. „Zac ..."

Er streckte eine Hand nach ihr aus und küsste sie, der Kuss war tief und voller Versprechen. Als Vorbereitung auf den Akt, der später folgen würde, stieß seine Zunge leidenschaftlich in ihren Mund.

Beide stöhnten.

Er löste sich von ihr, sprang aus dem Auto, ging zu ihrer Tür und öffnete sie für sie. Dann griff er nach ihrer Hand und zog sie die Treppe hinauf zu seiner Haustür.

Weiter schaffte er es nicht, ohne sie erneut zu küssen.

Seine Hände umfassten ihr Gesicht. Als er seinen Kopf zu ihrem hinunterbeugte, atmete er ihren Duft ein. Sie roch nach Lavendel. Nicht zu aufdringlich – subtil und sanft. Etwas, das man übersehen würde, wenn man nicht aufpasste. Genau wie die Frau selbst.

Sein ganzer Körper spannte sich an. Versteifte sich.

Ihre Hände fanden seine Taille, zogen sein Hemd aus der Hose und kratzten mit ihren Nägeln über das zarte Fleisch. Stöhnend drückte Zac sie mit seinem Körper gegen die Tür. Jeder Zentimeter ihrer Körper berührte sich.

Sie keuchte, und er machte sich über ihren leicht geöffneten Mund her. Seine Zunge glitt hinein, der schwache Geschmack des Zimtwhiskeys, den sie getrunken hatte, steckte jede Faser seines Körpers in Brand.

„Verdammt, Frau, ich schaffe es nicht mal bis ins Haus, wenn wir jetzt nicht aufhören.“

Er konnte spüren, wie sie lächelte. Dann ließ er seine Zunge wieder zwischen ihre Lippen gleiten. Mit einer Hand griff er nach seinem Schlüssel und hatte Mühe, ihn in die Tür zu bekommen, ohne hinzusehen. Nach ein paar Augenblicken stöhnte er frustriert.

Sie zog ihren Kopf ein wenig zurück, lächelte und griff hinunter, um ihm den Schlüssel abzunehmen. Dann drehte sie sich in seinen Armen um und steckte ihn ins Schloss.

Was dazu führte, dass ihr ganzer Rücken an seinen Körper gedrückt wurde. Er versuchte nicht einmal, sein Stöhnen zu unterdrücken, als Annie sich ein wenig bückte, um das Schloss besser sehen zu können. Stattdessen packte er ihre Hüften und zog sie mit dem Rücken fest an sich.

Dieses Mal stöhnten sie beide.

Als die Tür sich öffnete, stolperten sie in den Raum. Zac schloss sie mit dem Fuß und schob Annie weiter, bis ihr Körper gegen die Wand seines Flurs stieß. Er streifte ihr die Jeansjacke vom Körper und warf sie über das Geländer.

Seine Hände wanderten ihren Rücken hinauf und über ihre Schultern, streichelten die Haut, die ihr Tank-Top frei ließ, und fuhren mit einer federleichten Berührung ihre Arme hinunter bis zu ihren Handgelenken. Dann griff er nach ihren Händen und hielt sie an der Wand über ihrem Kopf fest.

„Lass sie genau da“, murmelte er an ihrem Hals. Er glitt mit seiner Nase und seinen Lippen an ihrem Kiefer und ihrem Haaransatz entlang bis zu ihrem Ohr. „Ich will nur, dass du hier stehen bleibst und fühlst. Es gibt so viele Dinge, die ich mit dir machen werde, süße Annie. Wir werden heute Abend erst fertig sein, wenn wir beide zu müde sind, um uns zu bewegen. Und du ganz heiser bist, weil du so oft meinen Namen geschrien hast.“

Ihr erregtes Keuchen war das Schönste, was er je gehört hatte. Er fuhr mit seinen Händen ihre Arme hinunter und wieder hinauf zu ihren Schultern. An ihrer Seite ließ er sie wieder hinuntergleiten, die Berührung kaum spürbar, um sie nicht zu kitzeln, dann spreizte er seine Finger und packte ihre Hüften.

Sie keuchte wieder, als er ihren Hintern gegen sein hartes Glied zog. Sie hatte keine Ahnung, wie sehr er sie seit ein paar Wochen begehrte. Verdammt, Zac hatte nicht einmal gewusst, dass es möglich war, eine Frau so sehr zu wollen.

Er beugte seine Knie ein wenig und strich mit seinen Fingern an ihren Oberschenkeln hinunter, bis zum Saum ihres Rocks, dann weiter über ihre nackte Haut.

„Als du heute Abend in die Bar gekommen bist, wollte ich sofort wieder mit dir gehen."

„Warum?" Ihre Stimme war heiser.

„Weil heute Abend alle herausgefunden haben, was ich bereits wusste." Seine Hände fuhren ihre Kniekehlen entlang, dann wanderten sie an den Innenseiten ihrer Oberschenkel hinauf.

Ihr Atem stockte. „Und was war das?"

„Dass du jemand bist, den alle bemerken sollten. Jeder Kerl im Eagle's Nest hat sich heute Abend geärgert, dass er dich nicht zuerst um ein Date gebeten hat. Eine heiße Ärztin, die rote Cowboystiefel trägt? Zur Hölle, sie ärgern sich darüber, dass sie dich nicht schon in der Highschool gefragt und vor Jahren an sich gebunden haben."

Er ließ seine Finger wieder auf ihre Hüften gleiten, dann tauchte er sie unter ihr Tank-Top und streichelte ihren Bauch.

„Aber ich bin egoistisch, Annie. Ich will der Einzige sein, der dich bemerkt. Und ich will ganz sicher der Einzige sein, den du bemerkst." Er flüsterte die Worte in ihr Ohr, bevor er seine Lippen in die Kuhle zwischen ihrem Hals und ihrer Schulter wandern ließ und sanft hineinbiss.

Gleichzeitig griffen seine Hände nach oben, um ihre Brüste durch ihren BH hindurch zu massieren. In seinem Griff zogen sich ihre Brustwarzen zu harten Knospen zusammen, während seine Lippen sich weiter um ihren Hals kümmerten.

„Du bist so verdammt sexy", flüsterte er. „Davon habe ich schon so lange geträumt."

Und das hatte er tatsächlich. Obwohl er sich nicht an diese Nacht erinnern konnte - er hatte sich nicht erlaubt, überhaupt daran zu denken -, hatte er davon geträumt, sie so in seinen Armen zu halten.

Er zog an einer steifen Brustwarze, dann bedeckte er sie mit einer warmen Hand. Seine andere Hand ruhte auf ihrem geschmeidigen Bauch, und er zog sie wieder dichter an seine Hüfte. Ihr Atem kam jetzt stoßweise.

Er konnte es keine weitere Sekunde aushalten, ohne sie zu küssen. Er wirbelte sie herum und drückte sie mit dem Gewicht seines Körpers gegen die Wand. Seine Lippen trafen auf ihre, ihre Arme legten sich um ihn und zogen ihn fester an sich.

Verdammt, das war nicht das, was er wollte. Er schuldete ihr mehr. Mehr. Er hatte geplant, dieses erste Mal stundenlang auszudehnen, aber jetzt wollte er sie einfach nur verschlingen. Was war mit der berühmten Cyclone-Selbstbeherrschung geschehen? Bei den Special Forces war er immer bei der Sache geblieben, auch im Kugelhagel und wenn um ihn herum Explosionen die Erde beben ließen.

Aber der Kuss dieser Frau löste seinen Fokus blitzschnell in Luft auf.

„Mein Gott, Annie." Seine Stimme war so kratzig, dass er sie kaum wiedererkannte. „Ich weiß nicht einmal, ob ich es bis zum Bett schaffe."

Ihre Hände glitten über seine Jeans nach unten, griffen nach seinem Hintern und zogen ihn heran. „Dann lass es."

~

DASS ZAC sich kaum zusammenreißen konnte, war das Anziehendste überhaupt. „Nimm mich genau hier."

Sie meinte jedes Wort. Ja, sie wollte es langsam. Wollte es zärtlich. Wollte die ganze Nacht mit ihm zusammen in einem Bett verbringen. Und das würden sie auch. Aber im Moment wollte sie nur ihn. Punkt. Wand. Boden. Treppe. Wo auch immer. Mit einem tiefen Atemzug gelang es ihm, sich ein wenig unter Kontrolle zu bringen. Aber er schwitzte immer noch, und sie liebte es.

Er kniete sich vor sie, um ihr die Stiefel auszuziehen. „Falls ich es noch nicht oft genug erwähnt habe, ich liebe diese Stiefel."

Sie war froh, dass sie an der Wand lehnte, als er begann, ihre Knie und Oberschenkel zu küssen, während er ihre Stiefel auszog. Als er sich wieder aufrichtete, schlüpfte er aus seinen eigenen Schuhen.

Angestachelt von der Hitze in seinen Augen, packte sie sein Hemd und zog es ihm über den Kopf, dann griff sie nach ihrem Oberteil und tat dasselbe. Schließlich streifte sie ihren Rock ab.

Als er sie in dem roten BH und passendem Tanga sah, zischte ein Atemzug zwischen seinen Zähnen hervor, und sie wünschte sich, die Zeit zurückdrehen zu können, um Riley und Wavy einen Kuss zu geben.

„Lieber Gott." Er betrachtete sie von Kopf bis Fuß.

Sie lächelte. „Gefällt's dir?"

Und das war der Moment, als er die Kontrolle verlor. Jegliche Finesse verpuffte, seine starken Arme schoben sich unter ihre Hüften und ihren Hintern und hoben sie in die

Luft, sodass ihre Brüste auf einer Höhe mit seinem Mund waren. Durch ihren BH machte er sich über eine ihrer empfindlichen Brustwarzen her, dann über die andere.

Gott, jetzt juckte er nicht mehr.

Ihre Beine schlangen sich um seine Hüften, und sein Körper drückte sie gegen die Wand, während er mit einer Hand nach oben griff und den Verschluss öffnete.

Als sein Mund ihre nackte Brust fand, konnte sie ein Stöhnen nicht unterdrücken. Die andere Brustwarze massierte er mit seiner Hand. Sie grub ihre Finger in sein Haar und hielt seinen Mund - und seine Zähne, die ihr scharfe kleine Bisse versetzten - an sich geklebt. Ihre Hüften stießen wie von selbst gegen seine.

Sie stöhnte verzweifelt auf, als er sie absetzte, aber dann bemerkte sie, dass er nur seine Jeans ablegte. Wie in Trance hörte sie, wie er ein Kondom aufriss und überzog.

Wieder ging er vor ihr in die Knie, und sie spürte seinen heißen Atem auf dem roten Stoff in ihrer Mitte.

„Sexy", knurrte er, als wäre er nicht in der Lage, einen zusammenhängenden Satz zu bilden. Durch den dünnen Stoff spürte sie den Druck seines Mundes. Oh, heiliger Moses.

Seine Finger legten sich um die Rückseiten ihrer Oberschenkel, glitten unter die Spitze und hielten sie genau dort fest, wo er sie haben wollte: an seine Lippen gedrückt. Schweiß bildete sich auf ihrer Stirn. Sie brauchte mehr. Mehr als nur diesen Druck von außen.

Er machte sie verrückt. Und er wusste es.

Er zog sich zurück und sah zu ihr auf, während er die rote Spitze an ihren Beinen herunterzog, dann stand er auf und presste seinen nackten Körper gegen ihren.

Eine Sekunde lang neckte er ihre Lippen sanft mit seinen, bevor er sie zu ihrem Hals bewegte und heftig saugte, während er seine Finger in sie schob. Tief.

Anne keuchte und schnappte nach Luft, als Empfindungen über sie hereinbrachen. Seine Finger bewegten sich in sie hinein und wieder heraus, sein Daumen kreiste mit gekonnter Finesse über ihre empfindliche Klitoris.

Druck baute sich in ihr auf.

„Zac ...“, stöhnte sie atemlos, während seine Finger sie weiter bearbeiteten.

„Ja, Baby. Dieses Mal so sehr ja“, murmelte Zac an ihrem Hals, bevor er wieder zubiss. „Halte dich nicht zurück.“

Eine Sekunde später explodierte Anne. Wellen der Lust überspülten sie, während sie seinen Namen stöhnte. Er zog seine Finger heraus, schlang eines ihrer Beine um seine Hüfte und arbeitete sich langsam in sie hinein.

„So viel mehr dieses Mal“, sagte er und legte seine Stirn an ihre. Er griff nach unten und zog ihr anderes Bein um seine Hüfte, beide stöhnten jetzt, als er sie vollständig ausfüllte.

Sie war zwischen Zac und der Wand gefangen, die Arme um seine Schulter, die Beine um seine Taille. Sie hatte sich noch nie so lebendig und weiblich gefühlt, gehalten allein von seiner Kraft.

Seine Hüften bewegten sich weiter, und sie wollte, dass er niemals aufhörte. Ein neuer Orgasmus baute sich in ihr auf, der Druck wurde unerträglich. Ihre Fingernägel gruben sich in seine Schultern. Fast wie aus der Ferne hörte sie das Hämmern gegen die Wand, als er mit rasendem Tempo in sie stieß.

Sein Daumen kreiste um ihren Kern, fand den Nerv wieder, den er zuvor schon einmal getroffen hatte. Die Welt um sie herum explodierte, und sie schrie seinen Namen. Auch er stieß einen animalischen Schrei aus, als sie gemeinsam den Höhepunkt ihrer Lust erreichten.

Kapitel 18

Anne hatte nicht viel Erfahrung mit dem Morgen danach, und überhaupt keine mit One-Night-Stands. Bei ihrem letzten hatten sie den Morgen nicht einmal zusammen erlebt.

Nicht, dass sie Angst gehabt hätte, Zac würde sie jetzt rauswerfen. Das würde er nicht. Die vergangene Nacht war das Gegenteil des ersten Mals gewesen.

Sie zuckte still zusammen, als sie sich bückte, um ihre Kleidung vor Zacs Haustür aufzuheben. Bestimmte Stellen an ihrem Körper schmerzten, Stellen, die so lange nicht mehr benutzt worden waren, dass sie sie beinahe vergessen hatte. Sie konnte nicht einmal die Wand ansehen, ohne rot zu werden. Hitze durchflutete ihren ganzen Körper.

Sie sollte im Moment absolut keine Lust auf Sex haben. Nach der Wand, der Dusche, bevor sie es endlich ins Bett geschafft hatten - und dann vor ein paar Stunden *wieder* im Bett, obwohl es diesmal sein sehr geschickter Mund gewesen war, der sie in den Wahnsinn getrieben hatte -, konnte ihr Körper auf keinen Fall noch eine Runde mit Zac aushalten.

Und ihr Herz auch nicht.

Auch wenn sie wusste, dass er sie nicht anschreien und rauswerfen würde, konnte sie nicht bleiben und auf eine unangenehme Unterhaltung warten. Und als er erwähnt hatte, dass sie zum Frühstück ins Frontier gehen würden, bevor er neben ihr einschlief, wusste sie, dass sie so schnell wie möglich verschwinden musste.

Man mochte sie feige nennen, so viel man wollte, aber sie konnte es einfach nicht. Nicht bevor sie ihre emotionale Stärke wieder aufgebaut hatte. Also, nahm sie an, sollte sie in etwa sechs Jahren bereit sein, ihm wieder gegenüberzutreten.

Sie zog die rote Unterwäsche an, ruckelte sich in ihren Rock - nie wieder - und unterdrückte nur mit Mühe einen Schrei, als etwas Pelziges die Rückseite ihres Beins berührte. Ein hochschwangerer Hund wedelte mit dem Schwanz und setzte sich langsam auf den Boden.

„Hey du", flüsterte Anne und kratzte sich am Kopf. „Es ist allein deine Schuld, dass ich in diesem Schlamassel stecke, weißt du. Hätte Zac nicht deinetwegen einen Unfall gebaut, hätte ich ihm wahrscheinlich noch ein paar Jahre lang aus dem Weg gehen können."

Wie sollte sie ihr Herz vor einem Mann bewahren, der den Hund mit nach Hause nahm, der ihn fast umgebracht hatte?

Sie streichelte den Hund noch einmal, dann zog sie sich ihr Hemd und ihre Jacke über und flitzte zur Tür hinaus. Das Einzige, was noch schlimmer wäre als der peinliche Morgen danach, wäre, beim offensichtlichen Versuch, ihn zu *vermeiden*, erwischt zu werden.

Sie entspannte sich ein wenig, als sie in ihrem Auto saß und die Privatstraße hinunterfuhr, die sich durch das Grundstück von Linear schlängelte. Ihr Magen knurrte. Sie würde sich im Frontier etwas Frühstück zum Mitnehmen holen - Gott allein wusste, dass sie in den letzten zwölf Stunden genug Kalorien verbrannt hatte, um es sich zu verdienen. Es war kurz nach Sonnenaufgang an einem Samstagmorgen. Niemand würde da sein, um sie über Zac ausfragen zu können, aber sie zog sich eine OP-Hose an, die sie für Notfälle im Auto aufbewahrte, damit sie das Restaurant nicht im Rock von gestern Abend betreten musste. Sie zog das OP-Hemd über ihr Tank-Top, aber mit den Stiefeln musste sie leben. Sie würde sich unauffällig verhalten; niemand würde sie überhaupt bemerken.

In dem Moment, als sie einen Fuß in das Lokal setzte, bemerkte sie ihren Denkfehler.

„Da ist ja meine Lieblingszicke!", rief Wavy, als Anne hereinkam. Für den frühen Morgen war die Frau unglaublich aufgeweckt und fröhlich, wenn man bedachte, dass sie nur ein paar Stunden zuvor Schnaps getrunken und Line Dance gemacht hatte.

„Herrje, Wavy." Hitze kroch ihren Hals hinauf und in ihr Gesicht. Zum Glück waren nicht viele Gäste da: Nur ein altes Paar am Nischentisch in der Ecke, das sowieso nicht so aussah, als könnte es allzu viel hören, und ein betrunkener Typ an einem Tisch, der mit seiner Kaffeetasse in der Hand eingeschlafen war.

„Komm hier rüber, Mädchen." Wavy winkte sie heran. „Wo ist Zac? Ihr seid doch zusammen nach Hause gegangen, oder? Kommt er noch?"

Wenigstens sprach sie nicht allzu laut. „Ja, das sind wir. Und nein, er kommt nicht mehr. Ich habe ihn heute Morgen in seinem Bett gelassen." Sie war sich nicht sicher, ob sie das zu einer feigen Kuh machte oder zum klügsten Mädchen des Planeten. Oder vielleicht zu beidem.

„Trey!" Wavy ließ ihre großen Augen auf Anne gerichtet, als sie dem Koch zurief: „Ich nehme die fünfzehn. Und Doc Griffin will das große Frühstück."

Der große, dunkelhäutige Mann blickte nicht einmal von seiner Zeitung auf. „Okay."

„Zum Mitnehmen“, sagte Anne.

„Das hättest du wohl gern.“ Wavy drückte Anne eine Tasse Kaffee in die Hand und zerrte sie zu einem Tisch. „Okay, also, du hast ihn in *seinem* Bett gelassen?“

„Ja.“

„Und er hat geschlafen. Er weiß also nicht, dass du weg bist.“ Sie warf den Kopf in den Nacken und lachte. „Oh Mann, ich würde meinen nächsten Gehaltsscheck geben, um dabei zu sein, wenn er aufwacht und sieht, dass du ihn in seinem eigenen Spiel geschlagen hast.“

Anne schüttete etwas Zucker in ihren Kaffee. „Ich bezweifle, dass es viel Aufregendes zu sehen gäbe. Er ist sicher erleichtert.“

Wavy schenkte ihr ein sanftes Lächeln. „Du kapierst es nicht, und das ist okay. Irgendwann wirst du es.“

„Was kapieren?“

„Wie viel du diesem Mann bedeutest.“

„Wave, es war nur eine Nacht.“ Eine umwerfende, heiser-vom-Schreien-seines-Namens-Nacht, aber dennoch nur eine.

„Hat er das *gesagt*?“

„Naja, nein. Aber schließlich sind wir nicht in einer Beziehung oder so.“ Sie nahm einen Schluck von ihrem Kaffee.

„Jede Beziehung beginnt mit der ersten Nacht, weißt du. Willst du denn, dass es nur bei einem One-Night-Stand bleibt? Bist du deshalb gegangen?“

Wollte sie eine Beziehung mit Zac? Einerseits war es alles, was sie je gewollt hatte. Aber andererseits ... konnte ihr Herz keinen weiteren Tiefschlag mehr verkraften. Ihre vorherige Begegnung mit Zac hatte sie emotional verwundet zurückgelassen. Und dann, gerade als diese Wunden genäht und verheilt waren, hatte Darren sie wieder aufgerissen.

Momentan konnte sie keine weiteren Wunden mehr

ertragen. Sie wusste nicht, ob sie es überleben würde, wenn *wieder* jemand beschloss, dass sie es nicht wert war. Sie hatte immer am besten abgeschnitten, wenn sie unsichtbar geblieben war.

„Ich will nur tun, was ihr gesagt habt. Mich selbst schützen."

Wavy nahm ihre Hand. „Das ist schlau. Und ich verdenke es dir nicht. Aber kommen wir zu den interessanteren Dingen - ich nehme an, es war gut, sonst hättest du dich heute Morgen schon viel früher rausgeschlichen."

Oh, verdammt. Sie starrte in ihren Kaffee. „Ähm, ja, es war schön."

„*Schön?*" Wavy lachte wieder. „Oh, wenn Zac hier wäre, würde er einfach nur sterben ..."

„Das Essen ist fertig, und wir haben neue Gäste, Wavy", rief Trey von der offenen Küche herüber.

„Okay, merk dir genau diese Stelle, bei der du so rot wirst." Wavy stand auf. „Wir reden gleich weiter."

Zwei getrennte Gruppen kamen herein, eine davon Studenten im College-Alter, die sich neben den schlafenden Mann setzten. Anne zog eine Grimasse, als sie die anderen durch die Tür kommen sah: Frank Jenkins und seine Freunde vom vergangenen Abend.

Offensichtlich waren sie nach dem Eagle's Nest nicht nach Hause gegangen. Da die Bar um zwei Uhr morgens schloss, wusste sie nicht, was sie getrieben hatten - aber es sah aus, als hätten sie im Wald weitergetrunken. Einer von ihnen hatte einen kleinen Zweig an der Schulter seines Hemdes stecken. Sie waren alle schmutzig und völlig betrunken.

Wavy brachte Anne ihr Essen und füllte ihren Kaffee nach. „Ich muss mich um die Gäste kümmern, Süße. Wir reden später." Sie machte sich auf den Weg zu den College-Kids.

Frank und seine Freunde nahmen einen Tisch am Fenster, mit freier Sicht auf Annes Tisch. Sie begann, das Essen in ihren Mund zu schaufeln. Das konnte auf keinen Fall gut ausgehen. Sie wollte nur noch weg von hier.

Sie hatte noch keine paar Bissen gegessen, als Frank sie sah. Er sagte etwas zu seinen Kumpels, und sie lachten schallend, bevor er aufstand und zu ihr herüberkam.

„Ich habe dich gestern Abend mit Mackay weggehen sehen, *Frau Doktor*." Er verhöhnte ihre Anrede, dann lachte er, als wäre das eine besonders clevere Beleidigung. Er fuhr sich mit den Fingern durch sein fettiges Haar.

„Ich bin hier, um zu essen, Frank." Sie konnte die Blicke seiner Freunde auf sich spüren. „I-ich will nur meine Ruhe." Verdammt noch mal. Sie begann mit ihren Atemübungen.

„Ich schätze, du warst es nicht einmal wert, zum Frühstück ausgeführt zu werden." Er ließ sich ihr gegenüber auf die Bank plumpsen. „So eine Schande. Ich hätte das getan. Vielleicht können wir jetzt, wo du endlich aufgetaut bist, mal ausgehen."

Auf gar keinen Fall. „Das wird nicht passieren, Frank." Sie konnte hören, wie seine Freunde über die Ablehnung lachten. Er blitzte sie über ihre Schulter wütend an.

„Du sahst gestern Abend heiß aus. Jetzt hast du wieder dein OP-Zeug an, aber gestern ..." Er leckte sich die Lippen.

Anne legte ihre Gabel ab, der Appetit war ihr völlig vergangen. Sie holte tief Luft, um ihre Worte mit möglichst wenig Stottern herauszupressen. „Nein. Ich versuche zu essen, F-Frank. Du musst ..."

„Jenkins, du machst dich lächerlich. Lass sie in Ruhe."

Franks Freund, derselbe, der gestern Abend versucht hatte, ihn zurückzuhalten, packte Frank bei der Schulter und zog ihn aus der Nische.

„Shawn, komm schon, Mann!"

Shawn schob Frank zurück zum Tisch der Gruppe. „Lass die Lady in Ruhe. Sie will nicht mit dir reden.“

„Ich habe es verstanden. Ich hab‘s kapiert.“ Frank hob seine Hände in gespielter Kapitulation, drehte sich um und kam mit wackeligen Schritten wieder auf sie zu. „Du interessierst dich nur für die Linear-Typen, nicht für normale Kerle wie mich. Aber wir gehen in ein paar Tagen zu einem Kurs dorthin, damit Shawn sehen kann, was es mit dem ganzen Trubel auf sich hat.“ Er legte einen Arm um Shawns Schulter und klopfte ihm auf die Brust. Shawn sah viel weniger betrunken und viel weniger amüsiert aus als Frank. „Und die Jungs von Linear ziehen in Erwägung, mich als Partner mit ins Boot zu holen. Sei also vorsichtig damit, so schnell Nein zu sagen, Frau Doktor. Es könnte dir noch leidtun.“

Shawn verdrehte die Augen und schob Frank erneut in Richtung des anderen Tisches. Sie war froh, als er sich dieses Mal nicht widersetzte. „Tut mir leid, dass er Sie belästigt hat, Dr. Griffin. Ich werde Jenkins an einer kürzeren Leine halten, falls mir das gelingt.“

„Danke für Ihre Hilfe“, flüsterte sie. Alle Blicke waren jetzt auf sie gerichtet. Shawn nickte ihr zu und ging.

„Jenkins ist so ein Arschloch“, sagte Wavy ein paar Minuten später, als sie Zeit hatte, vorbei zu schauen. Es kamen immer mehr Gäste ins Restaurant. „Tut mir leid, dass ich ihn nicht aufhalten konnte.“

„Mach dir nichts daraus. Alle ignorieren Frank.“

„Warum gehst du nicht nach Hause und schläfst ein bisschen?“

Anne griff nach ihrem Portemonnaie. „Ja, das werde ich vielleicht. Danke für das Frühstück.“

Wavy schob ihre Hand beiseite. „Lass das. Du hast sowieso kaum die Hälfte geschafft.“ Sie beugte sich zu ihr und umarmte sie. „Alles wird gut, Annie. Du wirst schon sehen.“

Einst hatte sie das Vertrauen der jüngeren Frau in ein glückliches Leben geteilt. Aber inzwischen tat sie das einfach nicht mehr. „Danke, Wavy.“

Wavy hakte sich bei ihr unter und begleitete sie zur Tür. Währenddessen hielt Shawn Frank unter Kontrolle, wie er es versprochen hatte.

Aber sobald sie zu ihrem Auto ging, wusste Anne, dass sie nicht in der Lage sein würde, nach Hause zu gehen und zu schlafen. Sie war zu aufgewühlt. Da sie ohnehin in der Nähe des Krankenhauses war, machte sie kehrt und ging in die andere Richtung.

Dort wusste sie wenigstens, wer sie war und wo sie hingehörte. Dort musste sie keine Atemübungen machen, um ihr Stottern unter Kontrolle zu halten. Denn dort war sie Dr. Griffin, der Mensch, der die Antworten hatte. Der Mensch, der mitten in einer Krise ein Urteil fällen und Leben retten konnte. Kontrolliert. Fokussiert.

Ganz und gar das Gegenteil von dem, was sie als Anne war.

Sie schlüpfte durch die Hintertür und ging sofort in ihr Büro. Nachdem sie sich einen neuen Kittel und ein Ersatzpaar Sportschuhe geschnappt hatte, machte sie sich auf den Weg zur Frauenumkleide. Zwanzig Minuten später war sie geduscht, hatte ihre Haare geflochten und die Brille aufgesetzt. Fertig.

Dr. Lewis war ein wenig überrascht, sie so früh schon wiederzusehen, aber es machte ihm nichts aus, etwas früher nach Hause zu gehen, nachdem er die ganze Nacht Dienst gehabt hatte.

Die nächsten Stunden waren arbeitsreich und erforderten Annes Konzentration. Einundzwanzig Stiche für einen kleinen Jungen, der beschlossen hatte, den Fahrradtrick nachzumachen, den sein älterer Bruder am Tag zuvor aufgeführt hatte, Nierensteine, die einen erwachsenen Mann wie ein Kleinkind weinen ließen, und sogar die Geburt eines Babys, das beschlossen hatte, einen Monat zu früh auf die Welt zu kommen, während seine Mutter und sein Vater eigentlich gerade einen gemütlichen Spaziergang gemacht hatten.

Bis zum Mittagessen hatte sich alles beruhigt, was die Patienten betraf. Die reguläre Schicht der Krankenschwestern hatte gewechselt. Neue kamen hinzu und plauderten miteinander, wie immer. Es dauerte aber nicht lange, bis Anne merkte, dass alle nur über *sie* redeten.

Sie versuchte, wie gewohnt, ihrer Arbeit nachzugehen und alles zu ignorieren.

„Ja, ich habe gehört, dass sie gestern Abend unglaublich gut aussah. Niemand konnte glauben, dass sie tatsächlich einen Körper unter diesen Kitteln hat und dass ihr Gesicht unter dieser Brille gar nicht so hässlich ist."

Anne vervollständigte die Akte eines Patienten auf ihrem iPad in der Ecke des Schwesternzimmers, außer Sichtweite. Die beiden Schwestern, deren Stimmen sie nicht erkannte, wussten offensichtlich nicht, dass sie da war.

„Zac Mackay, das ist ein guter Fang", sagte die andere Schwester. „Aber ich meine, ich habe gehört, dass er sie heute Morgen nicht einmal zum Frühstück ausgeführt hat. Offensichtlich hat er also nicht vor, sich noch einmal mit ihr zu treffen, zumindest wenn es nach Mia geht."

„Weißt du, ich habe kein Problem mit ihr", meinte die zweite Schwester. „Ich finde, sie ist eine tolle Ärztin. Und jeder, der sich über den Sprachfehler eines anderen lustig macht, ist einfach nur ein Arschloch."

„Ein extrem eifersüchtiges Arschloch." Die andere Schwester lachte. „Zac hat Mia schon mehrmals gesagt, dass er nicht interessiert ist. Sie muss ihn vergessen. Das nächste

Mal, wenn sie über Dr. Griffin lästert, werde ich sie darauf ansprechen. Das ist nicht in Ordnung."

Anne lächelte, ihr Herz atmete ein wenig auf. Sie wusste immer noch nicht, welche beiden Krankenschwestern sich da unterhielten, aber sie respektierten sie offensichtlich und wollten ein gutes Arbeitsumfeld. Das war die Art von Menschen, die man hier brauchte. Sie ging in ihre Richtung, um ihnen das zu sagen.

„Ja", sagte die andere Schwester. „Ich werde auch nicht zulassen, dass Mia damit durchkommt. Aber seien wir ehrlich, es spielt keine Rolle, wie toll sie als Ärztin ist, mit jemandem wie Dr. Griffin wird Zac auf keinen Fall lange zusammenbleiben. Manche Dinge sollen einfach nicht sein."

„Oh ja, absolut. Es würde mich nicht wundern, wenn es das schon war. Er hatte seinen Spaß, und Ende der Geschichte. Fies ist er ja nie. Er wird es auf die sanfte Art beenden."

Anne schluckte schwer und drehte sich in die andere Richtung.

Kapitel 19

Zac war *stinksauer*. Und zwar schon, seit er aufgewacht war und festgestellt hatte, dass Annie nicht bei ihm im Bett lag. Nicht nur nicht das, sondern sie war komplett verschwunden.

Duchess – deren Wurf buchstäblich jeden Moment zur Welt kommen würde – sah Zac ruhig an, als er zur Vordertür hinausschaute, um zu sehen, ob Annies Auto noch da war, und jede Obszönität murmelte, die er kannte, als er feststellte, dass es nicht mehr vor dem Haus stand.

Er wartete den ganzen Morgen auf eine Nachricht von ihr, eine SMS oder eine Voicemail, die ihm sagte, dass sie wegen eines Notfalls ins Krankenhaus gerufen worden war. Denn das könnte er verstehen, auch wenn die Art und Weise ihrer Handhabung ihn nicht begeisterte.

Aber nichts. Nicht ein einziges Wort von ihr.

Das Problem war nicht sein verletzter Stolz.

Okay, das war er schon, aber es war mehr als *nur* das. Er hatte sie bei sich haben wollen. Er wollte neben ihr aufwachen und sanft im Sonnenlicht Liebe mit ihr machen, zusehen, wie diese großen braunen Augen ganz unkonzentriert wurden, wie dieses riesige Gehirn komplett abschaltete, sodass sie nur noch fühlen und sich an ihm festhalten konnte.

Und danach wollte er einen Kaffee mit ihr trinken und erfahren, wie ihre morgendliche Routine aussah. War sie mürrisch, bis das Koffein wirkte, oder wachte sie schon einsatzbereit auf? Las sie gern, sah sie fern, bearbeitete sie ihre E-Mails, während sie an der ersten Tasse nippte, oder schaute sie nur aus dem Fenster?

Er wollte mit ihr frühstücken gehen - oder es hier machen oder, verdammt, zwei Tage alte Reste essen, es war ihm egal -, damit sie reden konnten. Über alles und nichts. Letzte Nacht war ihre erste gemeinsame Nacht gewesen.

Dieser Morgen hätte ihr erster gemeinsamer Morgen sein sollen.

Aber Annie war weggelaufen.

Er sollte nicht überrascht sein. Das wusste er. Wahrscheinlich hatte sie die vergangene Nacht in jeder Hinsicht überwältigt. Aber er wollte ihr trotzdem die Leviten lesen.

Zur Mittagszeit wurde ihm klar, dass sie tatsächlich nicht anrufen würde. Er hatte es ein paar Mal bei ihr versucht, aber sie nahm nicht ab. Als ihm einfiel, dass er seine Harley am Eagle‘s Nest vergessen hatte, fluchte er wieder. Einer der Jungs würde ihn in die Stadt fahren müssen, damit er die Maschine holen konnte.

Zwanzig Minuten später betrat er das Büro. Finn war gerade am Telefon. Ethan starrte mit finsterer Miene auf ein Buch, das er in der Hand hielt.

„Hey, Onkel Zac.“

Zacs Herz krampfte sich zusammen, wie es das manchmal tat, wenn er Ethan ansah. Micah wäre mit dem kleinen Jungen befreundet gewesen, wäre er noch am Leben, daran hatte Zac keinen Zweifel.

Er ließ sich neben dem Jungen auf die Couch plumpsen und wuschelte durch sein Haar, anstatt ihn in die Arme zu nehmen, wie er es eigentlich wollte. „Hey, Kumpel. Was für ein Buch hast du da?“

„Dad sagt, ich muss heute schon wieder zu einem Spezialisten.“ Ethan stieß einen Seufzer aus, der verriet, dass sein Schicksal schlimmer war als der Tod. „Ich muss immer ein Buch mitbringen, wenn ich zu einem gehe.“

Ethan fiel in der Schule immer weiter zurück. Er war so weit gekommen, seit Finn vor fünf Jahren das Sorgerecht für ihn bekommen hatte, aber jetzt, wo er die zweite Klasse abschloss, wurde es zu einem Problem. Das Letzte, was Ethan gebrauchen konnte, war, dass sein Selbstwertgefühl jetzt einen Schlag bekam. Er hatte in seinem kurzen Leben schon genug durchgemacht.

In dem Buch ging es um ein magisches Baumhaus. „Sieht ziemlich interessant aus.“

Er zuckte mit den Schultern. „Ja. Aber es ist *Samstag*.“ Jeder wusste offensichtlich, dass Samstage nicht zum Lesen gedacht waren.

Finn legte auf. „Das war Frank Jenkins und seine Crew. Sie haben für Montag einen Grundkurs bestätigt. Danach werden sie entscheiden, welche Kurse sie noch machen möchten.“

„Großartig. Ein bisschen mehr Frank ist genau das, was wir hier brauchen. Ist es offiziell zu früh für mich, zu sagen, dass ich sie nicht nehme?“

Finn stand auf. „Ich glaube, die offizielle Floskel lautet ‚nur über meine Leiche‘, und das habe ich schon längst gesagt.“

„Also ist das geklärt. Aiden unterrichtet den Kurs.“

Finn gluckste. „Das wird ihm gefallen.“

„Fahrt ihr in die Stadt?“

Finn kam herüber und strich Ethan durch die Haare. Der Junge strahlte zu seinem Vater hinauf, sein Gesicht so voller Liebe, dass es fast schwer mit anzusehen war. „Ja, wir fahren ins Frontier, um uns mit einer privaten Nachhilfelehrerin zu treffen, die uns Ethans Bildungsabteilung vorgeschlagen hat."

„Das tut man nicht in der Schule oder in irgendeinem Büro?"

„Nö. Sie wollte sich an einem Ort treffen, wo Ethan sich wohlfühlt. Also mögen wir sie schon ein wenig lieber, stimmt' s, Sportsfreund?"

Ethan grinste - ein Ausdruck, der dem seines Vaters so ähnlich war, dass es einem fast Angst machen konnte. „Bei Tante Wavy und Treys Kuchen fühle ich mich wohl."

Zac lachte. „Ich auch, Kumpel. Nehmt ihr mich mit in die Stadt?"

„Ja. Aber ich weiß nicht, wie lange wir brauchen."

„Kein Problem. Ich werde etwas zu Mittag essen und dann mein Motorrad holen. Es steht immer noch am Eagle's Nest."

Finn sah aus, als würde er gleich platzen vor lauter Fragen, die er stellen wollte, aber aufgrund der Anwesenheit eines leicht zu beeindruckenden Siebenjährigen nicht stellen konnte.

Aber sobald sie im Frontier angekommen waren und Ethan fragte, ob er sich an die Bar setzen und mit Trey reden könne, während er kochte, stürzte sich Finn auf das Thema wie ein wildes Tier.

„Also gut, Zac. Spuck's aus. Wie bist du gestern Abend nach Hause gekommen, wenn dein Motorrad noch in der Stadt ist?"

Sie schlüpften an einen Nischentisch. Zac seufzte. „Ich habe Annie mit zu mir genommen. Wir sind mit ihrem Auto gefahren."

Finns Mund klappte auf. „Zu dir? Du nimmst nie Frauen mit zu dir."

Zac zuckte mit den Schultern. „Ich wollte sie eben bei mir haben."

„Bitte sag mir, dass du sie nicht mitten in der Nacht rausgeworfen hast."

Er verdrehte die Augen. „Nein, um Himmels willen. Natürlich nicht." Zugegeben, er war nie jemand gewesen, der wirklich mit einer Frau *schlafen* wollte. Mit dieser Art von Intimität hatte er nie etwas anfangen können. Aber mit Annie wollte er es. Er hatte es geliebt, sie an sich zu ziehen, ihre langen Beine mit seinen zu verschlingen.

Er hatte es geliebt, sie in der Stunde vor der Morgendämmerung zu wecken, indem er ihre Schultern küsste und dann lange Zeit auf ihren Brüsten verweilte – um zu spüren, wie ihr Atem schneller wurde, obwohl sie noch schlief. Als er sich an ihrem Bauch hinuntergearbeitet und seine Lippen an ihren Schenkeln auf und ab bewegt hatte, war sie aufgewacht und hatte ihn mit großen braunen Augen betrachtet, als er eines dieser wohlgeformten Beine über seine Schulter legte und sicherstellte, dass sie *völlig* wach war.

„Hatte sie einen Notfall oder so?", fragte Finn. „Das gehört zum Berufsrisiko bei einer Notärztin, schätze ich."

Wavy wählte diese Sekunde, um sich neben ihren Bruder an den Tisch zu setzen, und schob jedem von ihnen zwei Gläser Wasser zu. „Redest du von Anne? Sie kam heute Morgen hier vorbei. Offensichtlich hat sie Casanova schlafend zurückgelassen und ist abgehauen."

Finn spuckte das Wasser aus, von dem er gerade einen Schluck genommen hatte. „Oh mein Gott, das ist ja wie bei *Coyote Ugly*." Er wandte sich an Wavy. „Das ist, wenn du neben jemandem aufwachst, der so schrecklich ist, dass du dir lieber den Arm abkauen würdest, als ihn ..."

„Ich weiß, was es bedeutet. Und ja, genau das ist passiert."

Zac widerstand dem Drang, den beiden zu sagen, was sie sich konnten. „Sie kam hierher? Was hat sie gesagt?"

Wavy begann zu kichern. „Sie hat mir erzählt, dass sie mit dir nach Hause gegangen ist und dass es *schön* war."

Das Wort, das Zac unter seinem Atem murmelte, war nicht für höfliche Gesellschaft bestimmt. „Schön?"

„Du kennst Anne. Sie erläutert solche Dinge nicht." Ihr Lachen verstummte. „Sie versucht, sich selbst zu schützen, Zac. Und ich gebe zu, sowohl Riley als auch ich haben sie gewarnt, dass sie das sollte."

„Warum zum Teufel sagst du ihr so etwas?"

„Du datest Frauen, aber du bist verschlossen. Du scheinst nie ernsthaft an einer Frau interessiert zu sein. Solche unverbindlichen Dinge sind nicht Annes Art; das weißt du."

Er seufzte. „Vielleicht ist es dieses Mal nicht unverbindlich." Zum Teufel, nichts an Annie war jemals unverbindlich für ihn gewesen.

„Sie bewegt sich in Gewässern, in denen sie sich nicht zurechtfindet." Wavy stand wieder auf, als Trey brüllte, dass eine Bestellung fertig sei. „Sie weiß nicht genau, was sie für dich empfindet, und vor allem weiß sie nicht, wie sie mit all der Aufmerksamkeit umgehen soll, die ihr auf einmal entgegengeschleudert wird. Zum Beispiel, dass Frank Jenkins sie um ein Date bittet."

„Was? Heute Morgen?"

„Ja." Sie ging rückwärts zur Durchreiche. „Er war betrunken, und sie hat natürlich Nein gesagt. Aber ab jetzt wird sie diese Aufmerksamkeit von allen möglichen Typen bekommen."

Er beobachtete, wie Wavy sich ein paar Teller schnappte und einen vor Ethan abstellte, der immer noch mit dem Koch plauderte, und die anderen quer durch das Diner trug. Sie hatte recht, Annie würde eine Menge Aufmerksamkeit bekommen.

Er dachte, die letzte Nacht hätte für sie etwas bedeutet. Für ihn hatte sie das ganz sicher. Und sie hatte es auch gespürt. Das wusste er. Was sie letzte Nacht getan hatten, war so viel mehr als nur körperlich gewesen - obwohl der körperliche Teil unglaublich gewesen war.

Zac stand auf. „Ich werde mit Annie reden."

Finn hob eine Augenbraue. „Um ihr zu sagen, dass die letzte Nacht auch für dich *schön* war?"

„Bei Annie geht alles am besten, wenn sie alle Parameter kennt. So funktioniert ihr Gehirn." Sie würde sich vielleicht nicht für ihn entscheiden, wenn sie einmal alle Tatsachen kannte, und das war ihre Entscheidung. Aber er würde trotzdem dafür sorgen, dass sie sie *kannte*, einschließlich der wichtigsten: Er wollte sie. Und nicht nur für eine Nacht. Nicht nur unverbindlich. Sondern für etwas viel Ernsteres. „Sie arbeitet immer exakt, nicht ..."

Seine Augen verfolgten die Frau, die in dem Moment durch die Tür kam, gekleidet in Jeans und einen Blazer, langes blondes Haar umrahmte ihr zierliches Gesicht. Das war nicht gut. Er setzte sich wieder hin. „Oh Scheiße."

„Was?" Finn drehte sich um. „Oh Scheiße."

Charlotte Devereux.

Zac schüttelte den Kopf. „Ich hätte nie gedacht, dass sie wieder hierherkommen würde. Ich dachte, sie stünde über uns allen."

Finn schluckte schwer, seine Augen verengten sich. „Ja, vor allem ich." Als sie näher kam, stand er auf.

„Eure königliche Hoheit." Finn verbeugte sich mit einer übertriebenen Geste. „Im Namen der Tagelöhner und Plebejer von Oak Creek heißen wir Eure Majestät in unserer bescheidenen Behausung willkommen."

Überraschung blitzte in Charlottes blauen Augen auf, bevor sie sich ebenfalls verengten. Dann richteten sich ihre Schultern auf und ihr Nacken versteifte sich, wodurch sie mehr wie die königliche Gestalt aussah, als die Finn sie gerade bezeichnet hatte.

„Plebejer." Zac würde schwören, dass sie Finn von oben herab ansah, obwohl er sie um gut fünfzehn Zentimeter überragte. „Hätte nicht erwartet, dass du dieses Wort kennst, Bollinger."

„Warum bist du hier, Charlie?"

Als sie den Spitznamen hörte, verengten sich ihre Augen abermals. „Mir war nicht klar, dass es eine Sünde oder illegal ist, ein öffentliches Restaurant in Oak Creek zu betreten."

Finn schüttelte den Kopf und verschränkte die Arme vor seiner Brust. „Das ist es nicht, es ist nur eine schlechte Entscheidung."

Charlotte stieß einen frustrierten Atemzug aus. „Hör zu, Finn, ich bin nicht hier, um dich zu sehen, okay? Ich bin hier, um mich mit einer Familie zu treffen, die eine Nachhilfelehrerin für ihren Sohn sucht."

„*Du bist* der Lernspezialist, den Mrs. Johnson für Ethan vorgeschlagen hat?"

„Ja, ich bin hier, um mich mit einem Kind namens Ethan zu treffen. Die Agentur gibt mir erst dann einen Nachnamen, wenn die Eltern mich als Nachhilfelehrerin akzeptiert haben. Kennst du ihn und seine Familie?"

„Ethan steht direkt hinter dir an der Bar. Und er ist *mein* Sohn."

„Du hast einen *Sohn*?"

„Aber sicher doch, Schätzchen. Und du glaubst, ich lasse dich in seine Nähe? Das wäre dann ein *auf gar keinen Fall*, und zwar dick unterstrichen. Ich weiß nicht, was du für ein Spielchen treibst oder wen du bezahlt hast, um Mrs. Johnson glauben zu machen, dass du ein Spezialist für irgendetwas bist, aber du musst jetzt gehen. Und zwar auf der Stelle."

Etwas huschte über Charlottes Gesicht - Verzweiflung? Furcht? Müdigkeit? - aber es war wieder verschwunden, bevor Zac es benennen konnte. Nicht, dass es ihn wirklich interessierte. In dieser Schlacht stand er unumstößlich auf Finns Seite.

„Ich verstehe." Ihr Kinn hob sich noch höher, falls das überhaupt möglich war, und die Fassade des wohlhabenden Mädchens hüllte sie ein wie ein gut sitzender Mantel. „Na dann, auf Wiedersehen."

Einen Moment später war sie zur Tür hinaus.

Finn ließ sich wieder in die Bank sinken.

„Alles in Ordnung, Mann?", fragte Zac.

Finn zuckte mit den Schultern und nahm dann einen Schluck von seinem Wasser. „Was zum Teufel ist hier gerade passiert?"

„Charlotte Devereux ist passiert."

„Warum sollte sie für eine Nachhilfeagentur arbeiten? Das ergibt null Sinn."

„Glaubst du, sie ist wieder nach Oak Creek gezogen?"

Finn schüttelte den Kopf und zuckte mit den Schultern. „Das ist mir scheißegal."

„Kumpel, es ist dir sowas von nicht egal, dass man es praktisch aus dem Weltraum sehen kann."

„Ich muss Mrs. Johnson anrufen und ihr sagen, dass es nicht geklappt hat. Mal sehen, ob es noch jemand anderen gibt. Warum sollte Charlotte so tun, als wäre sie eine Bildungsspezialistin?" Finn stand auf und rief nach Ethan. „Ethan, heute treffen wir uns nicht mit irgendwelchen Lehrern. Du bist aus dem Schneider."

Der Junge johlte fröhlich und gab Trey einen Handschlag, als er am Küchenfenster vorbeiging. Finn starrte nur nachdenklich in die Luft.

Zac stand auf. „Alles okay? Ich will immer noch mit Annie reden."

Finn schüttelte den Kopf; sein für gewöhnlich unbeschwertes Lächeln war nirgends zu sehen. „Frauen sind zu kompliziert, Bruder. Steig aus, solange du noch kannst. Es ist zu verdammt schwer."

Zac legte seinem Freund eine Hand auf die Schulter. „Nichts, was sich lohnt, ist jemals einfach."

Er wartete nicht auf eine Antwort, sondern zerzauste Ethans Haare und winkte Trey und Waverly nur zu, bevor er zur Tür hinaus in Richtung Krankenhaus ging.

Er hatte keinen Plan, keine Ahnung, was er zu ihr sagen sollte. Aber er würde nicht zulassen, dass sie sich durch ihren Weggang am Morgen voneinander entfernten.

Zac kannte sich im Krankenhaus bereits besser aus, als er je erwartet hatte. Aber jetzt hatte er keine Ahnung, wo er Annie finden konnte, und bezweifelte, dass er lange ohne Begleitung herumlaufen durfte.

Er war auf dem Weg zum Schwesternzimmer, als er hörte, wie um die Ecke einige Frauen redeten. Sein Name fiel und er blieb stehen.

„... es spielt keine Rolle, wie toll sie als Ärztin ist, mit jemandem wie Dr. Griffin wird Zac auf keinen Fall lange zusammenbleiben. Manche Dinge sollen einfach nicht sein."

„Oh ja, absolut. Es würde mich nicht wundern, wenn es das schon war. Er hatte seinen Spaß, und Ende der Geschichte. Fies ist er ja nie. Er wird es auf die sanfte Art beenden."

Kleinstadt. Er liebte Oak Creek, aber um Himmels willen, die Gerüchteküche hier war bösartig. Und er wusste, es gab nur einen Weg, sie zu stoppen.

Er bog um die Ecke. „Eigentlich habe ich gar nicht vor, Annie auf die sanfte Tour sitzenzulassen. Ich habe tatsächlich überhaupt keine Pläne, sie im Stich zu lassen. Sie hingegen mag sich entscheiden, dass sie andere, bessere Optionen hat, aber ich werde bleiben, bis sie zur Vernunft kommt."

Beide Frauen - er hatte sie schon einmal gesehen, konnte

sich aber nicht an ihre Namen erinnern - lachten nervös. „Hey, Zac“, sagte die eine.

Die andere zuckte mit den Schultern. „Ja, wir haben nur spekuliert. Es war nicht böse gemeint.“

Er lächelte. „Wollte nur sichergehen, dass ich die Sache richtigstelle. Wisst ihr zufällig, wo Dr. Griffin ist?“

„Ich bin gleich hier.“ Annie kam hinter der gegenüberliegenden Ecke hervor.

Die beiden Krankenschwestern erröteten, beschämt, von den beiden Personen erwischt worden zu sein, über die sie gerade getratscht hatten. Innerhalb von Sekunden entschuldigten sie sich und gingen.

„Beschäftigt?“, fragte er Annie.

„Nein. Ich bin zur Arbeit gegangen, weil ich ... überdreht war. Aber ich wollte gerade nach Hause gehen.“

Er lehnte sich gegen die Wand. „Also gab es keinen Notfall, dessentwegen du herkommen musstest? Keine dreifache Blinddarmoperation, wegen der du heute Morgen so eilig gehen musstest, dass du mich nicht wecken und dich von mir verabschieden konntest?“

Sie errötete noch tiefer, als es die tratschenden Schwestern getan hatten. „Ich dachte, es wäre besser so. Dass diese Dinge bei One-Night-Stands so laufen. Ich wollte nicht, dass wir in eine unangenehme Situation kommen.“

„Es wird ziemlich unangenehm werden, wenn ich dich über meine Schulter werfen und hier raus tragen muss.“

„Willst du das denn?“, fragte sie leise.

„Nun, was ich wirklich will, ist, dass du mit mir kommst, den Rest des Nachmittags schläfst - denn mir gefallen diese Ringe unter deinen Augen nicht, auch wenn du sie dem Spaß verdankst, den wir letzte Nacht zusammen hatten - und dann lass mich dir ein Abendessen machen, bevor ich dir zeige, wie man *noch mehr* Spaß haben kann.“

Er hörte ein weibliches Seufzen um die Ecke und wusste,

dass dieses Gespräch innerhalb einer Stunde überall herumgeistern würde.

Es war ihm egal.

Er trat näher und legte seine Hände an ihre Wangen. „Was zwischen uns ist, ist definitiv kein One-Night-Stand, okay? Jetzt küss mich und versprich mir, nicht mehr wegzulaufen."

„Ich verspreche es." Sie stellte sich auf die Zehenspitzen und presste ihre Lippen auf seine, bevor sie sich zurückzog. „Und es gibt keine dreifachen Blinddarm..."

Seine Arme legten sich um sie und zogen sie dicht zu sich heran. Er schob seine Hand in das Haar an ihrem Hinterkopf und hielt sie fest, damit er sich über ihren Mund hermachen konnte. Nach ein paar Sekunden seufzte sie und gab sich ihm hin.

Das war das einzige Seufzen, das zählte.

Kapitel 20

Während der nächsten Tage entwickelte Anne ein viel besseres Verständnis dafür, wie es sein musste, an einer multiplen Persönlichkeitsstörung zu leiden. Da war Dr. Griffin, Ärztin der Notaufnahme, die jede Krise kühl und ruhig bewältigen konnte, die mit Autorität sprach, sich mit zügiger Effizienz bewegte und sich überall Respekt verschaffte.

Und dann war da noch Annie, die heute Morgen durch die Hintertür ins Krankenhaus und in ihr Büro geflogen war, neunzig Sekunden, bevor sie zu spät gewesen wäre, mit feuchtem Haar, das ihr den Rücken hinunterhing, und einem offenen Schuh, und alles nur, weil sie es nicht geschafft hatte, Zac aus ihrem Bett zu bekommen.

Zugegebenermaßen war es nicht ganz seine Schuld gewesen. Sie hatte ihr Auto vor dem Frontier Diner stehen lassen müssen, weil sie schnell reingegangen war, um Frühstücksgebäck und Kaffee zu holen, und als sie wieder herauskam, war es nicht angesprungen. Sie hatte dann so schnell wie möglich zu Fuß durch den Nieselregen gehen müssen, ohne ihren Kaffee zu verschütten, um zur Arbeit zu kommen.

Was bedeutete, dass es nicht ganz seine Schuld war. Nur zum Großteil.

Als sie im Spiegel in der Ecke ihres Büros einen Blick auf sich selbst erhaschte, musste sie lachen.

Sie war ein Wrack. Zac hatte, in Zusammenarbeit mit dem Regen und einem unwilligen Auto, ein heilloses Durcheinander aus ihr gemacht.

Sie begann, ihr Haar zu flechten, damit es ihr nicht im Weg war, aber es gelang ihr nicht, die gesunde Röte auf ihren Wangen und das Lächeln, das sich immer wieder wie von selbst in ihr Gesicht zu zaubern schien, zu ignorieren.

Zac Mackay hat sie vielleicht durcheinander gebracht, aber es war eine schöne, glückliche Art von durcheinander.

Diese Annie wusste vielleicht nicht ganz so genau, was sie mit Präzision anfangen sollte. Diese Annie fühlte sich ein wenig unwohl bei all den Gerüchten, die über ihre Beziehung im Umlauf waren, sprach etwas leiser und immer noch mit einem gelegentlichen Stottern, wenn sie in einer unangenehmen Situation war. Aber sie konnte nicht leugnen - und wollte es auch nicht -, dass auch diese Frau ein Teil ihrer Persönlichkeit war.

Sie flocht ihren Zopf fertig und bückte sich, um ihren Schuh zu binden. Dabei schmerzten ihre Muskeln, die in der letzten Woche mehr trainiert worden waren als je zuvor in ihrem Leben. Zac war bei ihr zu Hause gewesen, oder sie bei ihm, wann immer sie sich Zeit nehmen konnten.

Er kam um elf Uhr abends vorbei, wenn sie ihre Arbeit abschloss - Stichwort Augenbrauenwackeln und Kichern über das Wort *Abschluss*. Und sie hatte ihren gestrigen freien Tag bei Linear Tactical verbracht und von der Schaukel auf der vorderen Veranda des Büros aus zugesehen, wie Zac ein paar Stunden lang einen Kurs unterrichtete, bis Aiden kam. Es machte ihr nicht einmal etwas aus, dass Frank, Shawn und ihre Jungs an dem Kurs teilgenommen hatten. Zac dabei zu beobachten, wie er ohne Hemd Kampftechniken und Waffentaktiken durchging, machte sie so heiß und erregt, dass er auch die Muppets hätte unterrichten können.

Nachdem Aiden den Kurs übernommen hatte, war Zac zu ihr gekommen und hatte sich neben sie an das Geländer gelehnt. „Willst du was essen gehen?“

Sie stand auf und ging geradewegs in das V, das seine langen Beine bildeten, legte ihre Hand um seinen Kopf und grub die Finger in sein Haar, bevor sie ihm mit dem Mund so nahe kam, dass sich ihre Lippen fast berührten. „Nein. Ich will jetzt nicht essen.“

Ihre Lippen lagen dicht auf seinen, und sie verschlang ihn regelrecht, schwelgte in dem Gefühl, wie seine großen Hände ihre Hüften packten und sie näher an ihn zogen. Dass sein Atem schneller ging. Ihretwegen.

Nach ein paar Minuten hatten es die Rufe der Jungs endlich durch den sinnlichen Nebel ihres Verstandes geschafft. Sie hatte die Augen geöffnet, war aber kein Stück von ihm zurückgewichen. Zac kicherte an ihren Lippen, schlang seine Arme um ihre Hüften und trug sie, ihre Beine um seine Taille, in seine Wohnung über der Scheune. Er hatte die Jungs abgewimmelt, als sie vorbeigegangen waren, und sie gerade noch die Treppe hinauf und zu derselben Wand neben seiner Tür gebracht, bevor er sie dort festgehalten und genommen hatte.

Zweifellos würde sich die Geschichte, wie Zac sie über das Gelände trug, bei allen verbreiten, da Frank es gesehen hatte. Wahrscheinlich sprach sie sich schon im gesamten Krankenhaus herum.

Als sie ihr Büro verließ, ging sie hastig zur Schwesternstation. Wenn Susan etwas von ihren Eskapaden gehört hatte, war es ihr nicht anzumerken. Aber dann sah Anne Sheriff Nelson am Rande der Station stehen und auf sein Telefon schauen. Ihr fiel das Herz in die Hose. Nicht schon wieder.

„Oh nein, Sheriff." Sie legte die Akte ab, die sie in der Hand hielt, und ging zu ihm hinüber. „Wurde noch eine Frau vergewaltigt?"

„Nein, nein. Zumindest keine weiteren Meldungen."

Sie stieß einen Seufzer der Erleichterung aus. „Oh, Gott sei Dank."

Der ältere Mann nickte. „Und Rogers und ich haben die Nachricht in einem größeren Gebiet verbreitet, um die anderen Bezirke wissen zu lassen, dass wir es mit einem Serienvergewaltiger zu tun haben könnten. Nichts wird als Einzelfall betrachtet werden. Wenn der Täter in ganz andere Bundesstaaten weiterzieht, werden zukünftige Übergriffe sonst vielleicht nie mit denen hier in Verbindung gebracht."

Sie wussten beide, dass dieser Kerl nicht aufhören würde. Nicht, nachdem er zweimal, vielleicht sogar noch öfter davongekommen war. Wie der Sheriff sagte, war es nur eine Frage der Zeit und ob man die Fälle miteinander in Verbindung bringen würde.

„Bitte lassen Sie es mich wissen, wenn ich irgendwie helfen kann." Und das würde sie, um Kimmy und Veronica zu helfen. Selbst wenn es bedeutete, bei einem Prozess in den Zeugenstand zu treten und vor allen zu stottern, sie würde es tun. „Gibt es sonst noch etwas, wobei wir Ihnen helfen können?"

„Ähm, nein." Verlegen warf er einen Blick zu Schwester Lusher. „Ich warte darauf, Susan in ihrer Pause zum Essen auszuführen."

„Oh!" Das überraschte Quieken brach aus ihr heraus, bevor Anne es sich verkneifen konnte. Sie spähte hinüber zu Susan und stellte fest, dass die sonst so ausgeglichene Frau ganz unruhig war. „Ja, natürlich. Ich mache die Akten ohne Sie fertig, Susan. Bitte, gehen Sie nur."

Ein paar Minuten später gingen die beiden, ein wenig zu dicht beieinander, um nur Freunde zu sein, den Flur entlang in Richtung Cafeteria. Als Anne auf ein Patientenzimmer zuging, hörte sie zwei Krankenschwestern.

„Ich will damit nur sagen, dass ich es süß finde. Und der Liebe ist es egal, wie alt sie sind."

Die andere Frau antwortete. „Ich weiß einfach nicht, wie lange es halten wird. Der Sheriff war schon zweimal verheiratet, weißt du."

Es sah so aus, als hätten die Klatschbasen ein neues Gesprächsthema gefunden.

DER TAG WAR RUHIG und ohne größere Zwischenfälle, so wie sie es mochte. So war sie konzentriert, und die Stunden vergingen wie im Flug. Gegen Abend bekam sie eine SMS von Zac, in der er ihr mitteilte, dass er es nicht zum Krankenhaus schaffen würde, um mit ihr zu essen, wie er gehofft hatte - irgendein elektrisches Problem bei Linear. Sie schickte eine SMS zurück.

Ich sollte um 21 Uhr fertig sein. Ich komme dann einfach zu dir nach Hause.

Perfekt. Ich plane, dich fünf Minuten später komplett ausgezogen zu haben.

Sie verdrehte die Augen, auch wenn ihr Körper bei dem Gedanken kribbelte.

Um acht Uhr hatte sich die Lage soweit beruhigt, dass sie beschloss, zu gehen. Es nieselte immer noch, als sie aus der Tür zum Krankenhausparkplatz ging und fluchte, als ihr einfiel, dass sie heute Morgen am Frontier geparkt hatte. Hoffentlich würde ihr Auto dieses Mal anspringen. Es sah so aus, als müsste sie wieder zum Schutzpatron der Automobile beten. Wenigstens hatte sie jetzt jemanden, der sie abholen konnte, falls sie nicht vom Fleck kam.

Das war ein schönes Gefühl.

Sie wünschte sich, sie hätte einen Regenschirm, als sie begann, um das Krankenhaus herum in Richtung des Diner zu joggen. Sie konnte die Main Street nehmen oder den kürzeren Weg durch den kleinen Park, durch den sie heute Morgen gelaufen war.

Es regnete. Der kürzere Weg war der bessere.

Doch als sie auf den Park zuging, schien es dunkler zu sein als sonst. Lag das am Regen? War sie nur übermäßig misstrauisch, weil der Sheriff vorhin im Krankenhaus gewesen war? Sie spähte in die Dunkelheit und suchte nach dem Weg, wo normalerweise eine Straßenlaterne brannte. Sie hatte vorher nie konkret darauf geachtet, aber hatte es entlang dieses Weges nicht sogar mehrere Laternen gegeben? Und jetzt sah sie keine einzige.

Situationsbewusstsein.

War sie paranoid? Vielleicht. Aber falls hier jemand die Lichter ausgeschossen hatte wie bei der Tierarztpraxis, wollte Anne kein Risiko eingehen. Sie drehte sich um und ging stattdessen die Straße hinunter. Es war Sonntag, die Bekleidungsgeschäfte, Friseursalons und Eisenwarenläden an den Straßenrändern waren alle geschlossen, aber wenigstens brannten die Laternen.

Sie hielt den Kopf gesenkt und huschte fröstelnd von einem Gebäudeüberhang zum nächsten. Es dauerte nicht lange, bis sie sich wünschte, sie wäre doch durch den Park gegangen. Dann wäre sie jetzt schon bei ihrem Auto.

Ein ausgezeichnetes Situationsbewusstsein zu haben, half ihr nicht, wenn sie an einer Lungenentzündung oder Unterkühlung starb.

Es gab keinerlei Vorwarnung, keine Bewegung und kein Geräusch, das sie alarmiert hätte. Eine Hand legte sich über ihren Mund, ein Arm schlang sich um ihren Rumpf und drückte ihr beide Arme an die Brust. Sie erstarrte, ihr Gehirn versuchte zu verarbeiten, was genau passiert war. Sie wartete den Bruchteil einer Sekunde und hoffte, dass ihr nur irgendwer einen Streich spielte.

Aber so war es nicht.

Der Mann - größer als sie, stärker als sie und ganz sicher nicht Zac - begann, sie mit lähmender Kraft in die Gasse zu zerren, die zwischen dem Nagelstudio und dem Café verlief, weg von der Hauptstraße.

Als Anne endlich verstanden hatte, was mit ihr geschah, begann sie, sich verzweifelt zu wehren. Sie schrie, aber hinter der starken Hand des Mannes drangen nichts als gedämpfte kleine Laute hervor. Niemand war in diesem Regen draußen, noch würde sie drinnen jemand hören können.

Sie versuchte, ihre Größe zu ihrem Vorteil zu nutzen - Anne war nicht gerade eine zierliche Frau. Sie warf ihr Gewicht zur Seite und stieß sowohl sich selbst als auch ihren Angreifer gegen die Betonwand der Gasse. Ihre Beine schrammten schmerzhaft gegen die Wand, aber er ließ nicht locker. Er zerrte sie einfach weiter.

Furcht durchflutete sie, dick und schleimig. Das war der Vergewaltiger. Er hatte ihr aufgelauert wie Kimmy und Veronica.

Anne wehrte sich stärker.

Sie befreite einen Arm, drehte sich und versuchte, sein Gesicht zu zerkratzen, fand aber eine Art Ski-Maske unter ihren Fingerspitzen vor. Ihre Nägel konnten keinen Schaden anrichten, also versuchte sie stattdessen, ihn zu schlagen. Sie konnte gerade noch einen schlecht gezielten Hieb landen, bevor er ihren Kopf gegen die Wand schlug. Weiße Punkte rieselten in ihrem Blickfeld umher, und qualvolle Schmerzen durchzuckten ihren Schädel, wo ihre Stirn aufgeschlagen war.

Alles verschwamm. Sie musste kämpfen. Er zerrte sie zum Ende der Gasse, jeder Schritt trug sie weiter weg von der Sicherheit und näher an den Ort, wo er sie haben wollte.

Sie versuchte erneut, sich loszureißen, als er sie hinter einen großen Müllcontainer zog.

Er zog sie näher an sich heran, die Hand immer noch über ihrem Mund, sein Atem heiß, schnell und unangenehm in ihrem Ohr, als er sie auf den Bauch in den Kies und Schlamm drückte. Sie schaffte es nicht, ihren Arm loszureißen, um ihr Gesicht vor den Steinen zu schützen, die sich hart in die Haut an ihrer Schläfe bohrten. Sie drehte und wand sich, um seine Hand von ihrem Mund zu reißen, aber sie wollte nicht nachgeben. Sein schwerer Körper auf ihrem Rücken zwang sie flach auf den Boden.

Er schob den elastischen Bund ihrer OP-Hose hinunter und entblößte sie. Sie krümmte sich verzweifelt und versuchte, ihre Beine nach hinten zu bringen, um ihn zu treten, um ihm irgendeine Art von Schaden zuzufügen. Aber er schlug sie wieder und ließ ihren Kopf auf den Boden knallen.

Anne kämpfte darum, bei Bewusstsein zu bleiben, und konzentrierte sich auf das Geräusch seines Atems in ihrem Ohr. Das hielt sie bei Bewusstsein, aber sie musste würgen.

Als ihre Kleidung unter der Hand des Mannes riss, stieg Panik in ihrer Brust auf. Sie zerrte wieder an der Hand über ihrem Mund und zwang einen seiner Finger so nahe heran, dass sie ihn beißen konnte. Er heulte auf, bevor er ihren Kopf erneut auf den Beton knallte, diesmal landete ihr Gesicht in einer Pfütze. Mit eisernem Griff hielt er es dort fest.

Anne hustete, als sie das schmutzige Wasser einatmete. Sie versuchte, ihren Kopf zu heben, aber der Mann war zu stark.

Gott, würde sie tatsächlich in fünf Zentimeter tiefem Wasser sterben? Das war alles, was nötig war.

Seine Hand riss ihr Oberteil herunter, der kalte Regen

prasselte auf ihren Rücken und ihren Hintern, bevor er sie wieder mit seinem Körper bedeckte.

„Ich fange immer, was ich jage“, sagte er mit einer rauen Stimme voller Triumph.

Völliger Abscheu gab ihr einen letzten Energieschub. Sie warf sich so hart wie möglich zur Seite und erwischte ihn mitten in seinem Moment des Triumphes unvorbereitet. Mit dem Ellbogen holte sie aus und rammte ihn gegen seinen Kopf, sodass er seinen Griff lockerte.

Das verschaffte ihr die Gelegenheit, die sie brauchte. Ein Schrei brach aus ihrer durchtränkten Lunge. Sie schnappte sich einen kleinen Stein und begann, ihn gegen den metallenen Müllcontainer zu schlagen. Das Geräusch hallte durch die Nacht.

Es genügte.

Ein Schrei aus der Ferne veranlasste ihren Angreifer, von ihr abzulassen. Einer seiner schwarzen Springerstiefel traf hart auf ihren Rumpf, und die Wucht schleuderte sie nach hinten, bevor sie irgendetwas spüren konnte. Dann explodierte der Schmerz. Sie rollte sich auf die Seite und war nicht einmal in der Lage zu schreien, als er sie abermals trat, dieses Mal in den Oberschenkel.

Dann war er weg. Anne kämpfte darum, Luft in ihre Lunge zu saugen, während sie mit dem Gesicht nach unten auf dem Boden lag.

Sie hörte andere Geräusche um sich herum, sah Füße. Wieder machte Panik sich in ihr breit. Sie musste von hier verschwinden. Sie versuchte, sich so zu drehen, dass sie das Ende der Gasse sehen konnte. Aber diese kleine Bewegung kostete sie jedes bisschen Kraft, das sie noch hatte.

Durch den Dunst ihrer Schmerzen erkannte sie, dass es andere Schuhe waren. Weiße Sportschuhe, keine schwarzen Stiefel. Aber es spielte auch keine Rolle, weil Anne sowieso nicht die Kraft aufbringen konnte, sich zu bewegen, egal wer es war. Sie blieb still liegen und versuchte nur, genug zu atmen, um am Leben zu bleiben. Die Schuhe gingen wieder davon.

Ein paar Augenblicke später kehrten die weißen Schuhe zurück. Sie hörte noch mehr Geschrei, aber es schien aus weiter Ferne zu kommen, als würde sie die ganze Szene von weit weg beobachten. Der Besitzer der Schuhe beugte sich herunter.

Ein großer Mann mit einer Kochschürze. Trey. Vom Frontier. Sie kannte ihn.

„Oh Gott, Dr. Griffin. *Doc*. Es wird alles wieder gut. Er ist jetzt weg. Niemand wird Ihnen etwas tun. Halten Sie durch, Hilfe ist unterwegs."

Sie hatte Trey noch nie so viel reden hören.

Sie lag einfach auf der Seite, die Wange auf dem Boden, und sah ihn an. Sie sollte etwas sagen, aber sie konnte nicht. Sie bekam immer noch keine Luft in ihre Lunge - ein entfernter Teil von ihr diagnostizierte eine geprellte oder gebrochene Rippe. Sie konnte nicht einmal die Kraft aufbringen, sich zu bedecken. Alles, was sie tun konnte, war zu zittern.

Trey zog seine Schürze aus und legte sie über Annes Taille. Zuerst dachte sie, er wolle sie damit warm halten, aber dann wurde ihr klar, dass er versuchte, die Stelle zu bedecken, an der der Angreifer ihr Shirt zerrissen hatte. Ein Schaudern durchlief ihren Körper und sie hatte Mühe damit, sich nicht zu übergeben.

Trey rief jemandem am Ende der Gasse etwas zu, und bald waren noch mehr Leute da. Anne schloss einfach ihre Augen. Ihr war jetzt so kalt, dass sie sowieso nichts mehr spüren konnte.

„Ruft den Notarzt", sagte Trey.

„Wir sind nur zwei Blocks vom Krankenhaus entfernt. Wir wären schneller, wenn wir sie selbst hinbringen." Ein anderer Mann. Panisch. Besorgt.

„Ich bin mir nicht sicher, wie schwer ihre Verletzungen sind", sagte Trey. „Ob wir sie bewegen können."

Jemand anderes lief heran. Eine Frau. „Oh mein Gott. Was ist passiert?" Wavy. „Ist das Annie?"

„Wavy, du redest mit ihr", sagte Trey. „Sie kennt dich."

„Ist sie bei Bewusstsein?"

„Ich glaube schon. Eben war sie noch da."

Sie konnte sich nicht dazu zwingen, die Augen zu öffnen. Die Männer redeten weiter, einer meinte, sie sollten zum Krankenhaus laufen, um Hilfe zu holen. Dann sah sie, wie sich in ihrer Nähe jemand bewegte.

„Anne, Süße, kannst du deine Augen öffnen?"

Wavys Stimme war so sanft und besorgt, dass Anne sich zwang, zu tun, was die Frau verlangte.

Sie sah Wavys Gesicht ein paar Zentimeter entfernt von ihrem eigenen. Die andere Frau hatte ihre Wange ebenfalls auf den Boden gelegt. Wie zwei Mädchen, die bei einer Pyjamaparty miteinander quatschten.

Anne schloss wieder ihre Augen. Sie hatte noch nicht viele Pyjamapartys erlebt.

„Kannst du mich hören?", fragte Wavy. Sanft berührten ihre Finger Annes Wangen. „Kannst du deine Augen wieder öffnen?"

„Ja." Das Wort kam als Krächzen heraus, aber sie tat, worum Wavy sie bat.

Wavy lächelte. „Gut, Schätzchen. Es ist kalt hier draußen. Wir müssen dich ins Krankenhaus bringen."

Ein paar Augenblicke später legte sich eine trockene Decke über Anne und Wavy. Die Wärme fühlte sich wunderbar an, obwohl sie wusste, dass es nicht lange dauern würde, bis sie sich mit Regenwasser vollsaugte.

Sie musste aufstehen. Sie wollte nicht, dass Wavy bei

diesem Wetter eine Unterkühlung bekam. Aber ihr ganzer Körper schmerzte so sehr.

Anne kämpfte sich durch den Schmerz und den Nebel in ihrem Kopf, um die Ärztin in sich zu finden, ihren Zustand objektiv zu beurteilen. Sie wusste, welcher Gedanke Wavy den meisten Kummer bereitete.

„Er hat m-m-mich nicht ...“ Anne konnte das Wort nicht aussprechen. „Trey hat ihn verjagt, bevor ...“

Wavy schloss kurz die Augen. „Gott sei Dank. Aber du bist trotzdem verletzt, Schatz. Du musst unbedingt ins Krankenhaus.“

„Er hat mich getreten.“ Anne versuchte, tief Luft zu holen, aber der Atemzug blieb ihr im Hals stecken, als ein scharfer Schmerz in ihre Rippen stach. „Ich glaube, ich habe eine gebrochene Rippe.“

Mehr Menschen umringten sie jetzt, und die Decke wurde immer nasser.

„Ich möchte nach drinnen.“ Ihre Stimme war blechern. Schwach. Das gefiel ihr nicht. Sie versuchte erneut, ihre Verletzungen zu kategorisieren, aber sie konnte im Moment nicht darüber nachdenken. Alles tat so sehr weh. „Ich will Zac.“

Wavy nickte. „Das weiß ich, Süße. Er wird bald hier sein.“

„Ich möchte, dass alle diesen Bereich räumen“, rief ein Mann. „Wenn Sie nicht Trey, Wavy oder eine medizinische Fachkraft sind, müssen Sie sich sofort entfernen.“

„Ich glaube, ich muss gehen“, sagte sie besorgt zu Wavy. Alles drehte sich. Hatte sie Fieber? Eine Grippe? Nein, natürlich nicht. Sie hatte eine Gehirnerschütterung. „Der Mann hat meinen Namen nicht genannt.“

Wavy runzelte die Stirn und streckte wieder eine Hand nach Anne aus. „Das ist Sheriff Nelson. Er ist hier, um zu helfen. Und ich denke, du kannst auch bleiben. *Du* bist eine medizinische Fachkraft."

„Das ist wahr. Ich bin so müde, Wavy. Und mein Kopf tut weh. Alles tut weh. Bleibst du bei mir, damit ich ein Nickerchen machen kann?" Sie streckte ihr Hand nach Wavy aus, bis sich ihre Finger berührten.

„Auf jeden Fall. Ich bewege mich nicht von der Stelle."

Anne schloss die Augen und ließ eine gesegnete Dunkelheit über sich hereinbrechen.

Kapitel 21

„Was habt ihr Jungs gemacht, einen Feuerwerkskörper hier reingeworfen oder so?“

Zac und Aiden saßen im Dunkeln ihres 5000 Quadratmeter großen Trainingszentrums und hielten Taschenlampen für Louis Bellman, den gleichen Elektriker, den Zac gerufen hatte, um Annes Probleme nach der Überschwemmung zu beheben.

„Ja, für mich sah es auch nach einem kompletten Durcheinander aus“, sagte Zac. „Deshalb haben wir dich angerufen.“

Die Trainingsanlage - bei Weitem der wertvollste Teil des Grundstücks - war gigantisch. Sie wurde für alle Arten von Training genutzt und hatte einen eigenen Elektroraum. Louis war vor zwei Stunden angekommen, nachdem sie festgestellt hatten, dass der Strom im Gebäude komplett ausgefallen war, und suchte seitdem nach dem Schaden.

Bis sie den Elektroraum betraten, dachten sie, es könne sich um einen Stromausfall der gesamten Gegend handeln.

„Hattet ihr in letzter Zeit irgendwelche Probleme mit Sabotage, oder hat euch irgendwer Streiche gespielt?“, fragte

Louis mit einem Blick auf die zusammengeschmolzenen Drähte.

„Nein." Zac sah zu Aiden hinüber, der nur mit den Schultern zuckte. „Warum?"

„Denn wenn ich raten müsste, würde ich sagen, dass das jemand mit Absicht gemacht hat. Es *könnte* eine Art fehlerhafte Verkabelung sein, die den Stromausfall verursacht hat. Aber bei einem so neuen Gebäude, und so gut, wie ihr es in Schuss haltet, ist das unwahrscheinlich."

Scheiße. Wenn sie es mit Sabotage zu tun hatten, würde es eine lange Nacht werden.

„Was hätte jemand davon, den Strom in unserer Trainingsanlage zu kappen?", fragte Aiden. „Ich meine, es ist ein Ärgernis und wahrscheinlich wird es auch ziemlich teuer, aber wir sind ja versichert."

„Eine rivalisierende Firma, vielleicht?" Louis studierte weiter die geschmolzene Verkabelung.

„Könnte sein." Zac schüttelte den Kopf. „Aber es ist ja nicht so, als gingen wir unkameradschaftlich miteinander um. Keine Revierkämpfe oder so ein Scheiß."

„Diese Woche ist nicht einmal jemand eingetragen, der das Gebäude benutzen will, oder?" Aiden drehte sich, um Louis mehr Licht zu geben. „Wenn also jemand versucht hat, uns zu sabotieren, hat er sich die am wenigsten schmerzhafte Woche ausgesucht."

„Vielleicht war es wirklich eine Laune der Natur. Das kommt schon vor." Louis drehte sich zu ihnen um. „Ich werde einen Teil dieses Paneels neu bauen müssen, aber das sollte nur ein oder zwei Tage dauern, höchstens. Es sieht so aus, als ob der Schaden nur hier entstanden ist. Nichts anderes wurde ..."

Finn kam im vollen Sprint in den Elektroraum gerannt. Zac und Aiden wirbelten herum, sofort kampfbereit, falls es einen Eindringling gab.

„Was?“, bellte Zac.

„Es ist Anne.“ Panik loderte in Finns Augen. „Jemand hat sie in der Stadt angegriffen, als sie auf dem Weg zu ihrem Auto war.“

Aiden fluchte, aber Zac registrierte das Geräusch kaum.

„Ich bleibe hier und kümmere mich um die Sache“, sagte Louis. „Geht.“

In Sekunden rannten sie zum Parkplatz. Zac wollte fahren, aber Aiden schüttelte den Kopf.

„Ich fahre.“

Zac wollte widersprechen, um wenigstens bei *einer* verdammten Sache ein Gefühl von Kontrolle zu haben, aber er besann sich. Das würde sie nur kostbare Zeit kosten.

Annie.

Er sprang auf die Beifahrerseite von Aidens Jeep, und Finn kletterte auf den Rücksitz. Er fühlte sich etwas besser, als Aiden schneller aus der Einfahrt raste, als selbst Zac es hätte tun können.

Zac holte tief Luft und konzentrierte sich. „Sag mir, was du weißt.“

„Wavy hat mich angerufen“, sagte Finn. „Jemand hat Anne überfallen, als sie vom Krankenhaus zu ihrem Auto ging. Sie hatte am Frontier geparkt. Der Bastard hat sie in die Gasse beim Nagelstudio gezerrt.“

Zacs Knöchel wurden weiß von dem Griff, mit dem er das Armaturenbrett umklammerte. Annie war am Leben, das war das Wichtigste. Alle anderen Fragen verdrängte er aus seinem Kopf. Sie war *am Leben*.

„Trey brachte gerade den Müll raus. Er hörte Lärm und Schreie. Hat den Kerl verscheucht.“

Zac wischte sich mit der Hand über das Gesicht, als Aiden fester auf das Gaspedal trat. Wenn nicht jemand den verdammten Müll rausgebracht hätte ...

Finn legte ihm eine Hand auf die Schulter. „Anne hat

gesagt, dass er sie nicht vergewaltigt hat, Mann. Das hat Wavy mit erzählt. Dass Trey den Kerl noch rechtzeitig verscheucht hat."

An diesen Gedanken klammerte sich Zac. Wollte mit jeder Faser seines Seins, dass es stimmte. Aber er musste zu Annie gehen und selbst mit ihr reden. „Okay."

„Aber sie ist verletzt. Der Bastard hat sie getreten und ihren Kopf gegen den Boden oder eine Wand geschlagen. Sie ist bewusstlos und sieht nicht sehr gut aus. Wavy ist ziemlich hysterisch."

Zac kannte Finns Schwester schon ihr ganzes Leben lang. Es brauchte eine Menge, um Waverly Bollinger aus der Fassung zu bringen.

„Okay", sagte er wieder.

„Ich erzähle dir das nur, damit du vorbereitet bist."

„Ich weiß, Finn. Danke."

Finn wollte nicht, dass er da reinging und seiner Wut vor Annie freien Lauf ließ. Das war das Letzte, was sie brauchte. Zac würde die Wut, die in ihm tobte, unter Kontrolle halten. Für sie. Um der Mann zu sein, den Annie jetzt brauchte.

Selbst wenn sie ihn gar nicht sehen wollte - was angesichts von allem durchaus möglich war. Dann würde er einfach draußen im Wartezimmer sitzen.

„Ist jemand bei ihr?"

„Wavy ist noch da. Und Riley Wilde. Der Sheriff war schon am Tatort und im Krankenhaus. Sie haben sie direkt in ein Zimmer verlegt, sie ist nicht auf der Intensivstation oder so. Was gut ist."

„Ich werde so schnell wie möglich Dorian holen", sagte Aiden leise, ohne den Blick von der Straße zu heben. „Der Regen macht die Sache schwieriger, aber du weißt, dass er sein Bestes tun wird."

Warum hatte sie nicht auf dem Krankenhausparkplatz geparkt? Warum war ihr Auto am Frontier gewesen?

Die zehn Minuten in die Stadt waren die längsten in Zacs Leben. Aiden ließ sie am Eingang der Notaufnahme aussteigen. Dort kam ihnen Wavy entgegen. Sie trug immer noch ihre Frontier-Arbeitskleidung, ihre Wange war schmutzig, ihr kastanienbraunes Haar hatte sich fast komplett aus dem sonst so ordentlichen Pferdeschwanz gelöst. Finn zog seine Schwester zu einer innigen Umarmung an sich.

„Wie geht es ihr?“, fragte Zac und bekämpfte jeden Drang, an ihnen vorbei in Annies Zimmer zu sprinten. Das Bedürfnis, an ihre Seite zu eilen, juckte unter seiner Haut.

Wavy ging zu Zac und legte beide Hände auf seine Oberarme, um seine Aufmerksamkeit auf sich zu richten. „Sie schläft im Moment. Sie steht unter Medikamenten. Und das ist gut so. Es wird wahrscheinlich ein paar Stunden dauern, bis sie sich überhaupt rührt.“

Zac nickte, konzentrierte sich und wurde ruhiger.

„Sie wurde nicht vergewaltigt, Zac. Das hat sie von Anfang an gesagt, und der Test hat es bestätigt. Es war definitiv seine Absicht, aber er konnte es nicht zu Ende bringen.“

„Gott sei Dank.“ Er ließ seine Schultern sinken und stellte fest, dass er es beim ersten Mal nicht geglaubt hatte. Und er musste sie trotzdem noch sehen.

Langsam gingen sie in Richtung Aufzug.

„Sie wurde nicht vergewaltigt“, wiederholte Wavy, „aber es ist trotzdem ziemlich schlimm. Er hat sie geschlagen und ihr Gesicht auf den Bürgersteig gedrückt. Er hat ihr in den Unterleib getreten und zwei ihrer Rippen ziemlich stark geprellt.“

Zac und Finn murmelten üble Schimpfwörter. Beide wussten, wie es war, gebrochene und geprellte Rippen zu haben. Das panische Gefühl, nicht genug Luft zu bekommen. Der Schmerz, den so gut wie nichts lindern konnte.

Die Fahrstuhltür öffnete sich und bald standen sie vor Annies Tür. Zac berührte Wavys Arm.

„Vielleicht sollte ich da nicht reingehen. Vielleicht will sie im Moment keine Männer sehen.“ Gott, der Gedanke zerriss ihn in tausend Stücke. Aber seine Wünsche waren jetzt nicht wichtig.

„Nein, wir gehen rein. Sie will dich sehen. Als sie da draußen in der Gasse lag, hat sie ausdrücklich nach dir gefragt. Ich weiß, dass sie dich hier haben will.“

Er schloss die Augen und unterdrückte seine Wut und Hilflosigkeit. „Dann werde ich hier sein.“

„Und ich werde Sheriff Nelson suchen“, sagte Finn und legte seinen Arm wieder um Wavy. „In ihrem Zimmer habe ich nichts verloren, und ich kann mich nützlicher machen, wenn ich ihm helfe. Ich werde euch auf dem Laufenden halten.“

Zac nickte, öffnete die Tür und schlich sich leise in Annies Krankenzimmer. Er winkte Riley kurz zu, die neben dem Bett saß, dann fiel sein Blick auf Annie.

Zac hatte als Green Beret schon viele Dinge gesehen - Tod, Zerstörung, Höllenqualen, sowohl auf individueller als auch auf landesweiter Ebene. Manchmal war er geschickt worden, um diese Dinge zu stoppen, sie zu bekämpfen und das Unrecht in Ordnung zu bringen. Manchmal - nicht so oft, aber in den weitaus schwierigeren Zeiten - war er gezwungen gewesen, vom Rand des Geschehens aus zuzusehen, wie ein Land sich selbst und sein eigenes Volk zerstörte. Nur dann einzugreifen, wenn er von einer lokalen oder nationalen Regierung dazu aufgefordert wurde oder von seiner eigenen einen bestimmten Befehl erhalten hatte.

Er und das Team kannten die Qualen, andere leiden zu sehen und nichts dagegen tun zu können. Sie hatten Dinge gesehen, die ihnen auch jetzt, Jahre später, noch kalten Schweiß auf die Stirn trieben.

Aber nichts davon kam auch nur annähernd an die Verzweiflung heran, die Zac empfand, als er Annies reglose Gestalt in dem Krankenhausbett liegen sah. Langsam trat er heran und legte behutsam eine Hand an ihren Ellbogen – eine der wenigen Stellen an ihrem Körper, die nicht verletzt zu sein schien.

Die Seite ihres Gesichts war zerkratzt, wo das Arschloch sie auf den Bürgersteig geschleift hatte. Ein Auge war geschwollen, ihre Wange blutig - sie war mit der Faust geschlagen worden, vermutlich mehr als nur einmal.

Der Bereich um ihren Mund war bläulich verfärbt, über ihrem Unterkiefer bildeten sich bereits Blutergüsse. Zacs eigener Kiefer verkrampfte sich. Der Angreifer hatte ihr den Mund zugehalten.

Ihre Arme waren mit roten Flecken übersät, die sich schon bald in blaue verwandeln würden. Einige sahen aus, als stammten sie vom Aufprall auf einer Wand oder dem Boden. Aber andere hatten die deutlich zu erkennende Form eines Handabdrucks. Am linken Bizeps und am rechten Handgelenk. Ihre Hände waren in Bandagen gewickelt, zweifellos waren sie ebenfalls verwundet.

„Sie wird wieder gesund“, sagte Riley ihm leise. „Sie ist stark.“

Zac nickte. Er wusste, dass das stimmte, aber wie sie da so lag, sah sie alles andere als stark aus.

„Sie wurde nicht vergewaltigt. Gott sei Dank.“

Seine Lippen verzogen sich. „Wavy hat es mir erzählt. Sie sieht trotzdem ziemlich schlecht aus.“

„Er hat ihren Kopf gegen eine harte Oberfläche geschlagen, den Boden oder die Wand oder beides, wir sind nicht sicher. Leichte Gehirnerschütterung, weshalb sie auch so starke Schmerzen hat. Und ihre Rippen sind geprellt.“

„Der Bastard hat sie getreten.“

Sie nickte. „Aber sie schrie, schlug einen Stein gegen den

Müllcontainer und erregte Treys Aufmerksamkeit, als er den Müll herausbrachte. Dann hat der Angreifer ihr einen Tritt versetzt, bevor er geflohen ist."

„Warum ist ihr Mund blau? Unterkühlung?" Es war Mai und warm genug, dass niemand eine Jacke tragen musste. Aber wenn es regnete, konnte es in Wyoming nach Sonnenuntergang trotzdem ziemlich kalt sein.

Rileys Augen verengten sich, sie schürzte die Lippen. „Er hat ihr Gesicht in eine Pfütze gedrückt. Sie wäre um ein Haar ertrunken."

Eine Ader pochte in seinem Hals. Der Wunsch, den Mann zu verfolgen, der das getan hatte, kämpfte mit dem Bedürfnis, an ihrer Seite zu bleiben, um sie zu beschützen.

Er konnte sich darauf verlassen, dass Aiden und Dorian alle verfügbaren Informationen über den Tatort sammeln würden. Dieser Bastard hatte gerade jemanden angegriffen, der zu ihnen gehörte. Sie würden alles finden, was die Cops übersehen hatten.

Er ließ sich in den Stuhl fallen, der rechts von Annies Bett stand.

„War sie wach, als man sie herbrachte?"

„Hin und wieder." Riley lehnte sich in ihrem Stuhl zurück. Sie trug immer noch ihren Schwesternkittel. „Ich hatte gerade Feierabend, als jemand in die Notaufnahme gerannt kam, nach einem Arzt rief und sagte, dass Trey eine verletzte Person auf der Straße gefunden hatte. Ironischerweise haben wir alle als Erstes nach Anne gesucht. Sie arbeitet fast immer länger."

Zac nickte.

„Der Typ, der reinkam, war sich nicht sicher, was genau passiert war. Aber als wir herausfanden, dass es nicht um Leben und Tod ging - das Opfer atmete, es hatte keinen Autounfall oder so etwas gegeben -, schnappten sich ein paar Sanitäter eine Trage und fuhren hin." Riley rieb sich mit einer Hand die Augen. „Wenn ich gewusst hätte, dass es Anne war ... Verdammt, wenn ich gewusst hätte, dass es irgendeine Frau war, die angegriffen wurde, wäre ich mit ihnen gegangen."

„Ich weiß. Und Anne weiß das sicher auch."

Riley zuckte mit den Schultern. „Wenigstens war Wavy bei ihr. Sie und Trey hatten Angst, dass Annes Rücken oder Genick verletzt sein könnte, also holten sie in weiser Voraussicht die Sanitäter. Glücklicherweise war ihre Wirbelsäule in Ordnung, und sie brachten sie gleich rein."

Riley hob beide Hände zu ihrem Gesicht. Offensichtlich war Annies Zustand, als sie ankam, nicht schön gewesen. „Es war derselbe Typ, der die anderen Frauen vergewaltigt hat, oder?"

Zac zuckte mit den Schultern. „Vielleicht. Wahrscheinlich." Aiden und Dorian würden dafür sorgen, dass er bald mehr wusste.

Er starrte Annie weiter an. Er fuhr mit den Fingern an ihrem Arm entlang und über die blauen Flecken an ihrem Handgelenk und auf ihrem Handrücken. Er wusste nicht, ob sie es noch irgendwie spürte oder mitbekam, aber wenn sie aufwachte, wollte er sie in Sicherheit wissen.

„Dr. Lewis war großartig", fuhr Riley fort. „Er hat Anne sofort in eines der Privatzimmer gebracht und ausdrücklich verboten, dass jemand außer mir und Susan, der Oberschwester, hineinkommt. Sie ist etwas älter und hat ein ausgezeichnetes Verhältnis zu Anne. Niemand sonst durfte ins Zimmer. Du weißt ja, wie man hier mit Klatsch und Tratsch umgeht."

Er konnte seinen Blick nicht von Annies Gesicht abwenden, von den blauen Flecken, die ihn daran erinnerten, wie nahe sie dem Tod hatte kommen müssen. „Ich weiß, sie würde das zu schätzen wissen. Sie hat keine Ahnung, wie sehr man sie hier respektiert. Wie viel sie den Leuten bedeutet."

„Zac." Das Wort war ein kaum hörbares Flüstern. Annie. Er sprang aus seinem Stuhl und trat dicht an ihr Bett.

„Ich bin hier, Schätzchen. Es ist okay."

Sie sagte nichts mehr.

„Das hat sie schon ein paar Mal gemacht. Wavy sagte, sie hätte auch in der Gasse nach dir gefragt, bevor sie das Bewusstsein verlor."

Er ließ sich wieder in den Stuhl sinken. „Wann wird sie aufwachen?"

„Sie haben bereits begonnen, die Barbiturate zurückzufahren, es wird also nicht mehr lange dauern."

Er würde genau hier sein, wenn es soweit war.

Kapitel 22

Anne kam langsam wieder zu Bewusstsein, immer nur für ein paar Sekunden. Sie konnte sich nicht genau erinnern, was passiert war, und ihr Verstand war nicht in der Lage, sich auf etwas Bestimmtes zu konzentrieren, aber sie wusste, dass es schlimm war. Sie begann, die Schmerzen zu spüren, die erbarmungslos durch ihren gesamten Körper pochten, und wollte sofort zurück in die Dunkelheit. Um dort für immer zu bleiben.

Aber dann hörte sie Zacs Stimme, konnte spüren, wie seine Finger sanft ihren Arm berührten.

Sie versuchte, seinen Namen zu sagen - vielleicht gelang es ihr sogar - aber dann fiel sie wieder in die Dunkelheit. Dort war es warm. Sicher. Die Finsternis war wie eine riesige, kuschelige Decke, die sie einhüllte und alles andere auf Abstand hielt. Wenn sie sich an ihr festhielt, spürte sie keine Schmerzen und musste sich an nichts erinnern.

Aber sie konnte nicht ewig im Dunkeln bleiben.

Sie ruhte sich aus, sammelte ihre Kräfte und lauschte. Ließ die freundlichen, ruhigen Stimmen von Menschen, die ihr nicht wehtun würden, über sich hinwegfließen.

Schließlich konnte sie nicht mehr leugnen, dass es an der Zeit war, sich von der Decke zu befreien.

Dann kam der Schmerz. Schoss in ihre Rippen. In ihr Gesicht. In ihre Hände. Aber dieses Mal versuchte sie nicht, sich davor zu verstecken. Auch die Erinnerungen krallten sich an ihrem Verstand fest, aber sie drängte sie zurück. Eins nach dem anderen. Im Moment waren die körperlichen Schmerzen alles, was sie ertragen konnte.

„Autsch."

Sie war sich nicht bewusst, dass sie das Wort laut ausgesprochen hatte, bis die freundlichen Stimmen näher kamen und mit ihr sprachen. Sie stellten Fragen.

Anne öffnete die Augen.

Das Krankenhaus. Vertraute Eindrücke wirbelten um sie herum. Und bei all den Schmerzen in ihrem Körper war es sinnvoll, dass sie hier war.

In ihrer Nähe schwebten Zacs blaue und Rileys braune Augen, beide Gesichter leuchteten vor Sorge.

„Hey, Schätzchen", sagte Zac zärtlich. Sie mochte seine Stimme.

Sie versuchte, sich ihm gegenüber aufzusetzen, aber dann sog sie einen scharfen Atemzug durch die Zähne ein, als beißende Schmerzen ihren Körper in Brand steckten. Sie schloss die Augen wieder.

„Du solltest versuchen, dich nicht zu bewegen." Dieses Mal gehörte die Stimme Riley. „Du hast eine geprellte Rippe."

Anne nickte und stellte fest, dass auch ihr Kopf schmerzte, aber nicht so unerträglich wie ihr Rumpf. „Okay."

„Dr. Lewis wird in einer Minute hier sein, um deine Medikamente anzupassen."

„Bin ich in der Notaufnahme?" Sie konnte die Geräusche nicht hören, die normalerweise immer an ihrem Arbeitsplatz zu hören waren.

„Nein, du wurdest eingeliefert und gleich nach oben in ein normales Zimmer gebracht. Du wirst definitiv ein paar Tage bleiben müssen, Anne.“

„Okay“, flüsterte sie.

Die Erinnerungen schoben sich in ihrem Kopf nach vorne, verlangten ihre Aufmerksamkeit. Warum war sie verletzt? Ein Unfall? Sie wollte nicht darüber nachdenken. Sie war noch nicht bereit, sich zu erinnern. Stattdessen ging sie abermals zurück in die Dunkelheit.

Das nächste Mal, als sie sich zurückzog, war es, als wäre ein Gummiband gerissen, das sie hinaus ins Licht, in den Schmerz und in die Kälte stieß, ohne die Möglichkeit, zurückzugehen.

Und all die Erinnerungen prasselten gleichzeitig auf sie ein, ganz egal, ob sie nun bereit dafür war oder nicht.

Schluchzend versuchte sie, den Weg zurück in die Dunkelheit zu finden. Ihre Augen waren geschlossen, und sie konnte nichts sehen, aber die friedliche Finsternis, die sie eingehüllt hatte, war verschwunden.

Sie hörte eine Stimme, die sie nicht kannte, und zuckte zusammen. Sie spürte warme Luft in ihrer Nähe und musste sich an den heißen, bitteren Atem des Mannes erinnern, der sie angegriffen hatte.

Sie erinnerte sich an alles.

Ihre Augen flogen auf. Ihr Körper zuckte unkontrolliert.

Aber ihr Angreifer war nicht in der Nähe, sondern nur Zac und Riley. Die unbekannte Stimme gehörte einem Arzt, den sie schon mehrfach im Krankenhaus gesehen hatte. Aber das konnte ihre Panik nicht bremsen.

Ihr Arm schoss nach vorne, auch wenn sie dabei vor Schmerzen keuchte. „Nein. Nein. Ich... ich...“

„Anne, ist schon gut", sagte Riley. „Du bist jetzt in Sicherheit. Niemand wird dir etwas tun."

Der unbekannte Arzt wich zurück. Zac tat es auch. Sie wollte nach ihm greifen, wollte ihn näher bei sich haben, aber sie bekam die Worte nicht heraus. Sie konzentrierte sich nur auf das Atmen.

„Jemand hat mich in der Gasse angegriffen", brachte sie schließlich heraus.

Riley nickte. „Das stimmt. Aber du hast ihn abgewehrt."

Anne ließ sich von den Erinnerungen überfluten. Das Entsetzen, als sie gepackt worden war und seine Absicht erkannt hatte. Die Erkenntnis, dass es derselbe Mann war, der Kimmy und Veronica vergewaltigt hatte. Und schließlich der Schmerz, als er sie schlug und auf den Bordstein warf.

Oh Gott, die Kälte und der Regen auf ihrem Rücken, als er ihr Oberteil zerriss und hinunterzog, bevor er ihren Bauch gegen den Boden drückte; das Wissen, dass sie nichts tun konnte, um ihn aufzuhalten.

„Annie." Es war Riley, ihr Gesicht direkt vor ihrem. „Sieh mich an, Annie. Du hast ihn abgewehrt. Du hast dir genug Zeit verschafft, um Hilfe zu holen. Du hast geschrien und gegen den Müllcontainer geschlagen."

Sie blickte Riley an, dann schloss sie wieder die Augen und versuchte, ihre Atmung unter Kontrolle zu bekommen und die schrecklichsten Erinnerungen zu verarbeiten.

Er hatte sie *nicht* vergewaltigt.

„Er hat mich nicht ... Er hat nicht ..."

Riley lächelte. „Das ist richtig. Hat er *nicht.* Konzentriere dich auf diesen Teil."

Sie atmete so tief ein, wie es ihre gequälten Rippen zuließen, während sie ihren Verstand zwang, sich an den Rest zu erinnern. „Trey und Wavy."

„Ich komme später wieder", sagte der Arzt. Riley nickte ihm zu.

„Ich werde auch gehen." Quälende Schmerzen lagen in Zacs blauen Augen, als er sich vom Bett entfernte.

„Nein, bitte bleib", flüsterte sie. Sie streckte ihre Finger nach ihm aus. Zu mehr war sie nicht in der Lage.

Aber es war genug. „Sicher." Er setzte sich neben sie, seine Finger legten sich wieder auf ihren Arm und streichelten sie zärtlich. „Aber Annie, ich verstehe es, wenn du willst, dass ich gehe, okay? Ich werde nicht beleidigt sein."

Sie nickte und schloss wieder die Augen. Sie war in Sicherheit. Niemand konnte ihr hier etwas antun.

In den nächsten Stunden kamen mehrere Ärzte vorbei, einige, wie Dr. Lewis, in offizieller Funktion, und andere, um privat nach ihr zu sehen. Obwohl Anne die Geste zu schätzen wusste, lehrte sie das eine Menge darüber, wie überwältigend ein Krankenhausbesuch für einen Patienten sein konnte. So viele Gesichter, selbst wohlmeinende, konnten eine große Anstrengung darstellen.

Irgendwann hatte Zacs Hand aufgehört, ihren Arm zu streicheln, und seine Finger hatten sich mit ihren verschlungen, wobei er behutsam darauf achtete, die Wunden an ihren Handflächen nicht zu berühren.

So blieb er stundenlang, während sie Fragen beantwortete und die Krankenschwestern an ihr herumpieksten und -stocherten. Er blieb neben ihr und hielt ihre Hand, als Sheriff Nelson schließlich vorbeikam, um selbst ein paar Fragen zu stellen.

Sein Gesicht wurde steinern, als sie dem Sheriff alle Details erzählte, an die sie sich erinnern konnte.

„Er trug eine Maske, also konnte ich sein Gesicht nicht sehen. Das Einzige, was er sagte, war: ‚Ich fange immer, was ich jage.'" Sie würde diese Worte in ihren Albträumen noch jahrelang hören. Sie drückte Zacs Hand fester. „Es war derselbe Kerl, nicht wahr?"

Der Sheriff nickte langsam. „Wir sind noch dabei, das

genau herauszufinden, aber ja, wir müssen es in Betracht ziehen. Es tut mir so leid, Anne."

„Es war nicht so schlimm, wie es hätte sein können. Er hat mich nicht vergewaltigt. Und ehrlich gesagt, dachte ich, ich würde in fünf Zentimetern Wasser ertrinken."

Sheriff Nelson warf einen Blick auf Zac, bevor er sie wieder ansah. „Dieser Tatsache begegnen wir mit besonders viel Aufmerksamkeit. Wenn es derselbe Kerl ist, eskaliert er dann langsam, oder war ihm nur nicht bewusst, wie nahe du dem Tod gekommen bist?"

Zacs Finger legten sich fester um ihre.

Der Sheriff entschuldigte sich und versprach, dass sie später noch einmal reden würden. „Okay", flüsterte sie.

Danach hörten die Besuche auf und es wurde ruhiger. Wie in allen Krankenhäusern würden die Schwestern die ganze Nacht ein- und ausgehen, aber bis zum Morgen gäbe es keine Ärztevisite mehr. Sie sollte sowohl Zac als auch Riley nach Hause schicken. Die beiden mussten erschöpft sein.

Hier im Krankenhaus war sie gut aufgehoben. Umgeben von Menschen, Lichtern und Sicherheit.

Aber bei dem Gedanken daran, allein zu sein, schnürte die Angst ihr die Kehle zusammen.

Sie verbarg das Gefühl, so gut sie konnte. Sie kam schon so lange gut allein zurecht. Sie konnte mit dieser Sache umgehen. „Ihr solltet nach Hause gehen und euch etwas ausruhen." Sie schenkte ihnen ihr bestes Lächeln, obwohl ihr geschwollenes Gesicht das unangenehm machte. „Diese Schmerzmittel werden bald wirken, und dann bin ich völlig weg."

Sie umklammerte das Laken und unterdrückte krampfhaft den Drang, ihnen zu sagen, dass sie bleiben sollten. Es war unvernünftig, das von ihnen zu verlangen. Unfair, sie darum zu bitten. Sie würde es einfach schlucken müssen.

Diesmal versuchte sie es mit einem besseren Lächeln.

„Ich bleibe“, sagte Zac und sah sie mit seinen durchdringenden blauen Augen nachdenklich an.

„Das musst du nicht. Du warst schon gestern Abend hier und dann heute den ganzen Tag. Ich weiß, du hast …“

Er beugte sich näher zu ihr, sodass sein Gesicht nur noch wenige Zentimeter von ihrem entfernt war. „Ich bleibe.“

Dann wurde sein Blick zaghaft, als wäre er sich nicht sicher, ob er ihr so nahe kommen durfte.

„Küss mich“, flüsterte sie.

Seine Lippen waren wie die sanftesten Schmetterlingsflügel auf ihren. Weich. Warm. Tröstend. Sicher.

Gestern hätte sie gesagt, dass seine Küsse ihr alles andere vermittelten als ein Gefühl der Geborgenheit. Aber nicht so bei diesem.

Dieser Kuss gab ihr das Gefühl, geliebt zu werden.

„Danke“, flüsterte sie. Als er ihr zuzwinkerte, spürte sie, wie sie errötete.

„Okay, Kleine“ Riley stand auf. „Ich lasse Zac hier und komme morgen wieder, um ihn abzulösen oder einfach mit euch beiden abzuhängen.“ Sie gab Anne einen Kuss auf die Wange. „Du bist so stark. Vergiss das nicht.“

„Wir sehen uns morgen“, flüsterte Anne und sah ihrer Freundin nach. Das Medikament aus der Infusion begann wieder, sie einzulullen, spülte alle Schmerzen fort und machte sie schläfrig.

Zac zog seinen Stuhl ein wenig näher an ihr Bett. „Ich werde die ganze Nacht hier sein. Du musst dir keine Sorgen machen, dass sich jemand an dich heranschleicht.“

Ihre Augen öffneten sich ruckartig. „Woher wusstest du das?“

„Wenn man genug Zeit im Kampfeinsatz verbringt, lernt man, wie wichtig es ist, jemanden zu haben, dem man vertrauen kann und der einem den Rücken freihält, während man schläft. Das macht den wesentlichen Unterschied aus."

Sie wollte wach bleiben, um noch mehr mit ihm über seine Zeit in der Armee zu reden, aber die Schwere zerrte wieder an ihren Augen.

„Schlaf, mein Schatz. Wir haben alle Zeit der Welt, um später zu reden."

Als sie wieder einschlief, bemerkte sie, dass seine Finger immer noch mit ihren verschlungen waren.

Kapitel 23

SECHSUNDDREIẞIG STUNDEN nach ihrer Ankunft im Krankenhaus half Zac Annie beim Auschecken. Obwohl die anderen Ärzte sie noch eine weitere Nacht lang dortbehalten wollten, hatte sie darauf bestanden, dass sie sich selbst und ihren Zustand gut genug einschätzen konnte, um zu wissen, dass das nicht nötig war.

Ganz zu schweigen davon, dass sie wegen der vielen Besucher nicht eine Minute Ruhe bekommen hatte. Ihr Krankenzimmer sah aus wie eine Mischung aus Zirkus und tropischem Regenwald mit all den Ballons und Blumen, mit denen sie beschenkt worden war.

Aber Zac konnte sehen, dass sie es genoss, auch wenn es ihr unangenehm war. Sie war so sehr daran gewöhnt, unsichtbar zu sein, dass es sie noch immer unvorbereitet traf, Aufmerksamkeit zu bekommen. Wäre sie keine Ärztin, hätte sie gar nicht gewusst, wie sie überhaupt damit umgehen sollte.

Sie widersetzte sich dem Krankenhauspersonal vehement, als man sie mit dem Rollstuhl hinausschieben wollte. Erst als Schwester Lusher eintraf, komplett mit vor der Brust verschränkten Armen und hochgezogener Augenbraue, ging Annie schließlich darauf ein.

Zac hob sie sanft in seinen Truck, und sie zuckte zusammen, als ihr Rumpf schmerzte. „Rippenverletzungen sind eine fiese Sache."

„Hattest du schon mal welche?", wollte sie wissen.

„Ja." Die Geschichte dazu konnte er ihr unmöglich erzählen. „Bei einer streng geheimen Militärmission." Oder weil er als junger, unreifer Idiot zu heftig mit Finn herumgealbert hatte.

„Oh. Ich schätze, dann müsstest du mich umbringen, wenn du es mir sagen würdest."

Oder er würde sich einfach gedemütigt fühlen. „So ähnlich." Er schloss die Tür und joggte auf seine Seite des Wagens.

„Danke, dass du meinen Chauffeur spielst. Meinst du, wir könnten beim Lebensmittelladen vorbeifahren? Ich muss mich mit ein paar Dingen eindecken, die einfach zuzubereiten sind. Ich bin mir nicht sicher, wie mobil ich in den nächsten Tagen sein werde."

Wenn sie dachte, sie würde jetzt nach Hause gehen und allein auf sich aufpassen, war sie verrückt. Nicht nur, dass er sie niemals allein und mit Schmerzen zurücklassen würde - solange er nicht mit Sheriff Nelson gesprochen und mehr über diesen Vergewaltiger herausgefunden hatte, würde er sie schlichtweg nicht aus den Augen lassen. Auf keinen Fall. Aber davon musste er sie noch überzeugen. Vernünftig sein. Logisch denken. In der Annie-Sprache kommunizieren.

„Hör mal, ich bin mir nicht sicher, ob es eine gute Idee ist, wenn du allein bleibst."

Sie zuckte zaghaft mit den Schultern. „Abgesehen von den Rippen und den Problemen beim Aufstehen und wieder hinlegen, sehe ich wahrscheinlich viel schlimmer aus, als ich mich fühle. Aus medizinischer Sicht gibt es keinen Grund, warum ich nicht allein sein könnte."

„Annie ..."

„Ich habe heute Nachmittag schon darüber nachgedacht und mir etwas vorgenommen. Ich habe ein Sportarmband für mein Handy, mit dem ich immer joggen gehe. Ich werde es einfach immer tragen. Wenn dann etwas passiert und ich Hilfe brauche, habe ich mein Telefon immer in Reichweite."

„Frau, man kann dir viel vorwerfen, aber nicht, dass du nicht praktisch denkst."

Sie neigte den Kopf zur Seite. „Natürlich."

Er startete den Truck. „Okay, also kein medizinischer Grund. Und was ist mit emotionalen Gründen?"

Trübsinn legte sich in ihre Augen, bevor sie sich abwandte. „Irgendwann muss ich ja wieder allein sein."

„Und das wirst du auch, aber es muss nicht heute sein. Du wirst noch früh genug bereit dazu sein. Aber im Moment ist es völlig in Ordnung, wenn du Menschen um dich haben willst."

Sie nickte, blickte aber nicht auf. „Ich schätze, du hast recht. Ich könnte mir ein Zimmer im Mayors Inn nehmen. Dort ist immer etwas los."

Als sie das Hotel erwähnte, zuckten beide zusammen. „Warum kommst du nicht mit zu mir?", fragte er leise.

Sie stieß einen Seufzer aus. „Das ist wahrscheinlich keine gute Idee, Zac. Ich weiß, dass wir ... in der letzten Woche viel zusammen waren ..."

Er konnte spüren, wie seine Augenbrauen sich bis zu seinem Haaransatz hoben. „Ich nehme an, du beziehst dich auf all den atemberaubenden Sex, ganz zu schweigen von den vielen tollen Gesprächen und dem generellen Spaß, den wir zusammen hatten."

Sie fuhr fort, als hätte sie ihn nicht gehört. „Aber während dieser Zeit haben wir beide immer viel gearbeitet, und ich bin mir nicht sicher, ob du bereit bist, mich permanent bei dir zu haben."

Er holte tief Luft. *Sei vernünftig. Sprich ihre Sprache.* „Ich rede ja nicht davon, dass du dauerhaft einziehst." Obwohl ihm die Vorstellung ehrlich gesagt viel weniger Angst machte, als sie es wahrscheinlich sollte. „Nur davon, dass du ein paar Tage bei mir wohnst, bis du wieder gesund bist. Oder wenn nicht bei mir, dann bei Riley oder Wavy, obwohl ich glaube, dass das keine gute Idee ist, bis wir mehr über den Täter erfahren haben."

„Glaubst du, er könnte zurückkommen?" Ihre Stimme klang fest.

Er wollte fluchen, hielt sich aber zurück. Er wollte ihr keine Angst machen. „Nicht unbedingt. Ich bin nur nicht bereit, ein Risiko einzugehen, wenn deine Sicherheit auf dem Spiel steht. Wenigstens bist du bei mir auf dem Anwesen von Linear, und die Jungs und ich sind die ganze Zeit da. Das ist ein Heimvorteil."

Sie starrte ihn eine lange Minute lang an, bevor sie knapp nickte. „Ich brauche etwas zum Anziehen."

„Okay, fahren wir bei dir vorbei."

Den Großteil der Fahrt legten sie schweigend zurück. Je weiter sie sich vom Krankenhaus entfernten, desto verkniffener wurde Annies Miene. Sie hatte nicht länger bleiben wollen, aber für das normale Leben war sie auch noch nicht bereit. Es würde alles seine Zeit brauchen. Die Schatten der Erinnerung würden sie ohne Vorwarnung heimsuchen.

Zac konnte das nicht verhindern. Sie hatte jetzt ein Bewusstsein für ihre eigene Zerbrechlichkeit, das in dieser Form vorher nicht dagewesen war. Ein Bewusstsein dafür, was ihr gegen ihren Willen angetan werden konnte, und wenn sie sich noch so verzweifelt wehrte.

Als Ärztin hatte sie diese Dinge natürlich gewusst. Sie hatte das alles gesehen, als sie Kimmy und Veronica behandelt hatte. Aber selbst da hatte sie die Brutalität nur aus der Ferne miterlebt.

Jetzt würde jeder Schmerz sie an ihre eigene Unfähigkeit erinnern, eine Situation zu kontrollieren, in der ihr Wohlergehen auf dem Spiel stand. Er hatte diese Art von Hilflosigkeit während der sechsundzwanzigeinhalb Stunden kennengelernt, die er in einem Taliban-Gefängnis verbracht hatte, bevor es seinen Männern gelungen war, ihn da rauszuholen.

Es war verdammt beängstigend, keine Kontrolle über das zu haben, was einem passierte, und er hatte vor, ihr auf jede erdenkliche Weise zu helfen.

Sie hielten vor ihrem Haus. Riley hatte für Annie aus ihrem Büro ein Paar OP-Zweiteiler geholt, die sie zu Hause tragen konnte, aber sie brauchte noch andere Sachen. Zac zeigte auf die Couch, als sie ihm sagte, wo er ihren Koffer finden konnte, aber sie wollte sich nicht setzen.

„Ich packe selbst." Ihre Lippen bildeten eine schmale Linie.

„Wie genau willst du das denn machen? Mit deinen Rippen kannst du dich nicht bücken, und deine Hände sind verbunden."

Er schüttelte den Kopf, als sie ihm in ihr Schlafzimmer folgte, und behielt sein Lächeln wohlweislich für sich, als sie einen entzückenden rosa Farbton annahm, während er etwas aus ihrer Unterwäscheschublade holte. Als er sich das passende rote Set von letzter Woche schnappte, hörte er sie tatsächlich leise knurren.

„Was?" Jetzt konnte er sein Lächeln nicht mehr für sich behalten.

„Mach einfach weiter, Mackay."

Er griff in ihre anderen Schubladen und holte noch mehr bequeme Kleidung sowie einige Hosen und Hemden heraus.

„Das ist viel mehr, als ich für ein paar Tage brauche."

Zac zuckte nur mit den Schultern. Auf keinen Fall würde er sie in ein paar Tagen schon wieder gehen lassen. „Wir packen alles ein, und wenn du Lust hast, morgen oder übermorgen nach Hause zu gehen, nehmen wir es wieder mit zurück. Kein Problem."

Vielleicht würde sie sich sogar schon morgen bereit fühlen, und er würde es ihr nicht ausreden. Vielleicht würde sie denken, das Schlimmste sei vorbei, und dass sie sich dem Rest allein stellen konnte. Aber wenn er sie jetzt ansah - Erschöpfung und Schmerz zerrten immer mehr an ihr - bezweifelte er das.

Er brachte sie zu sich nach Hause und machte ihr Suppe und gegrillte Käsesandwiches. Zac war eigentlich ein sehr guter Koch, aber das nutzte ihm bei jemandem wie Annie, die einen geprellten Kiefer hatte, nur wenig. Weiche Nahrung wäre in den nächsten ein, zwei Tagen das Wichtigste. Und ein gegrilltes Käsesandwich hatte auch etwas für sich.

Er stellte ihr die Medizin hin, aber sie wollte sie nicht nehmen. „Das wird mich schläfrig machen."

„Warum solltest du nicht schlafen wollen? Wird man nicht schneller gesund, wenn man viel schläft?"

„Ja, aber ich mag es nicht, nur herumzuliegen." Als er ihren mürrischen Schmollmund sah, verspürte er das dringende Bedürfnis, sie küssen zu wollen. „Ich werde beim Abwasch helfen."

Er sah sie an und verdrehte die Augen. „Wie wäre es, wenn wir uns einen Film ansehen? Ich werde sogar ein Gentleman sein und dich entscheiden lassen, welchen. Aber zuerst habe ich eine Überraschung für dich. Geh und setz dich auf die Couch."

„Ich mag keine Überraschungen." Gott, er liebte ihre

skeptische, schmollende kleine Stimme, so anders, als er es von ihr kannte.

„Es wird dir gefallen."

Sie starrte ihn an. „Was ist es denn?"

Er schüttelte den Kopf. „Couch. Jetzt."

Er ließ das Geschirr in der Spüle. Wenn er sich zu ihr setzte, würde sie sich entspannen. Andernfalls würde sie versuchen, ihm tatsächlich beim Abwasch zu helfen. Sie murrte, schlurfte aber ins Wohnzimmer. Hastig ging er zurück in die Waschküche, stieß die Tür auf und schnappte sich die große Überraschung. „Ich bin gleich wieder da, okay?" Sie widersprach nicht, also eilte er wieder hinaus und schloss die Tür hinter sich.

Ihr Gesicht verzog sich zu einer mürrischen, abweisenden Maske, als sie sich auf die Couch setzte. Schmerz umrahmte ihre Mundwinkel, aber hoffentlich würden die Medikamente, die sie letztendlich doch genommen hatte, das bald lindern.

Er hielt die Überraschung hinter seinem Rücken.

„Was ist es?" Sie beäugte ihn skeptisch.

Als er es herausholte, erhellte sich ihr Gesicht.

„Ach du meine Güte, Duchess hat ihre Welpen bekommen? Sie ist so wunderschön, so winzig", sagte sie über den kleinen Welpen, den er in seinen Händen hielt. „Kann ich sie halten?"

„Es ist ein Er, aber ja." Er legte ihr das schlafende kleine Fellbündel auf den Schoß. „Aber nur für ein paar Minuten. Duchess wird sich Sorgen machen. Sie hat drei Welpen geworfen."

„Wann wurden sie geboren? Als ich Duchess das letzte Mal sah, sah sie aus, als würde sie gleich platzen."

Er hob eine Augenbraue. „Du meinst den Morgen, an dem du abgehauen bist? Sie kamen am Nachmittag auf die Welt."

Sie rieb ihre Wange an dem Welpen. „Wie heißt er?"

„Ich dachte, du könntest ihm vielleicht einen Namen geben. Ich behalte ihn. Du wirst also auch eine Menge Zeit mit ihm verbringen"

„Ist das so?"

Er war sich nicht sicher, worauf sich die Frage bezog. Die Antwort auf beides war aber die gleiche, also spielte es keine Rolle. „Ja, das ist so."

„Und wenn ich ihn Cuddles nennen will oder so?" Sie nahm ihn in die Arme und drückte ihn an sich.

Er zuckte zusammen. „Na ja, hoffentlich wird er dann nicht allzu sehr gehänselt."

Sie lächelte. „Es gibt wirklich nur einen akzeptablen Namen für diesen kleinen Kerl, vor allem, da die Eskapaden seiner Mama ihn hierher gebracht haben."

„Oh ja, und das wäre?"

„Harley."

Er griff hinüber und küsste ihr lächelndes Gesicht. „Du hast recht. Das ist perfekt. Harley also."

Ein paar Minuten später brachte er Harley zurück zu seiner Mutter. Er schaltete den Actionfilm ein, den sie sich ausgesucht hatte, setzte sich ans eine Ende der Couch und schnappte sich ein Kissen. Annie ließ sich neben ihm nieder, dann senkte sie langsam ihren Kopf, bis er in seinem Schoß lag. Seit er von dem Angriff erfahren hatte, war es das erste Mal, dass Zac sich entspannte. Sie war hier bei ihm. In Sicherheit. Vielleicht nicht ganz heil, aber auch nicht ganz zerbrochen.

Was auch immer in ihr wieder heil werden musste, sie würden es gemeinsam schaffen.

Kapitel 24

Zac wurde geweckt, als sein Telefon auf dem Nachttisch vibrierte. Annies Kopf lag immer noch in seinem Schoß. Sie war vor ihm eingeschlafen, und der Film war schon fast vorbei. Er blickte auf den Bildschirm und sah eine SMS von Aiden.

Hast du Zeit zum Reden? Der Sheriff ist hier.

Er strich Annie eine verirrte Haarsträhne aus dem Gesicht und stupste sie sanft an der Schulter. Sie war nicht zu wecken.

Lass mich Anne ins Bett bringen, dann könnt ihr kommen.

Er wollte sie nicht allein lassen. Er bezweifelte, dass sie vor dem Morgen aufwachen würde, denn sie hatte auch ohne Medikamente einen tiefen Schlaf, aber er wollte kein Risiko eingehen. Sie rührte sich ein wenig, mit verkniffenem Gesicht, als er sie von seinem Schoß löste, dann griff er nach unten, um sie in seine Arme zu heben und ins Bett zu tragen. Er schaltete das Licht im Bad an und ließ die Tür einen Spalt offen.

Sheriff Nelson saß an seinem Küchentisch und blickte mit eingefallenem Gesicht auf ein paar Notizen. Finn und

Aiden holten sich Bier aus dem Kühlschrank, Dorian - Gott segne diesen Mann - räumte das Geschirr vom Abendessen in die Spülmaschine.

„Wie hält sie sich?“, fragte Finn und schob ihm ein Bier über den Tisch zu.

„Sie schläft jetzt, die Medikamente haben sie ausgeknockt. Ich habe sie überredet, hierzubleiben, bis sie sich bereit fühlt, mit allem fertigzuwerden.“

Aiden setzte sich dem Sheriff gegenüber. „Sie wird körperlich bereit sein, bevor sie es emotional ist.“

Die anderen Jungs nickten. Manchmal heilten die geistigen Wunden viel langsamer als die körperlichen. Dorian war ein Paradebeispiel dafür.

Zac griff nach seinem Bier und lehnte sich gegen die Anrichte. „Sie kann so lange hierbleiben, wie sie will. Was habt ihr Jungs herausgefunden?“

Sheriff Nelson lehnte sich in seinem Stuhl zurück und rieb mit den Händen über sein Gesicht. „Wir glauben, es war definitiv derselbe Kerl.“

Zac nahm einen Schluck von seinem Bier. Die Nachricht überraschte ihn nicht. „Warum?“

„Während Dorian den Tatort durchkämmte und versuchte, alles zu finden, was er konnte, beschloss ich, nachzusehen, warum Anne überhaupt zu Fuß unterwegs war“, sagte Aiden. „Warum hatte sie nicht auf dem Krankenhausparkplatz geparkt? Es stellte sich heraus, dass ihr Auto am Frontier gestanden hatte. Dort hatte sie sich auf dem Weg zur Arbeit noch Frühstück geholt.“

„Ja, das ist nicht ungewöhnlich für sie.“

„Ich habe ihr Auto ausprobiert, Zac. Es sprang nicht an. Als ich die Motorhaube öffnete, sah ich das Problem sofort: Die Zündkerzenkabel waren abgeklemmt worden.“

„Scheiße.“ Vielleicht wäre das nicht so eindeutig gewesen, wenn er nicht gerade ihr Auto komplett hätte warten lassen.

„Das hätte Baby nicht ausgelassen“, sagte Finn über seinen Bruder. „Auf gar keinen Fall, aber *vor allem nicht*, wenn du ihn gebeten hast, ihr Auto zu überprüfen, vor dem ausdrücklichen Hintergrund, dass du dir Sorgen um ihre Sicherheit machst. Die Zündkerzen wären eines der ersten Dinge gewesen, die Baby überprüft hätte.“

„Der Vergewaltiger hatte es also, wie bei den anderen Frauen, explizit auf Annie abgesehen.“ Zac stellte sein Bier ab und sah Dorian an. „Hast du irgendwas gesehen? Seine Visitenkarte am Tatort?“

„Nein.“ Dorian wandte sich von der Spüle ab. „Als Anne das Krankenhaus verließ, hätte sie zwei Wege gehabt, um zum Auto zu kommen. Er hätte sie also von irgendwo beobachten müssen, um zu sehen, welchen sie nimmt. Ich habe erwartet, dass ich in der südwestlichen Ecke des Parkplatzes eine Spur von ihm finden würde, da dort nicht viel Licht hinkommt. Aber nirgendwo war einer seiner kleinen Steinhaufen.“

„Meinst du, er hat diesmal absichtlich keinen hinterlassen?“

Dorian faltete das Handtuch genau in der Mitte und legte es auf die Ablage. „Ich bin kein Profiler, aber ich glaube, er will für jeden Übergriff anerkannt werden. Deshalb hinterlässt er sie überhaupt erst.“

„Also nicht aus Langeweile, während er auf die Ankunft seines Opfers wartet, wie wir zuerst dachten?“

Dorian zuckte mit den Schultern. „Vielleicht hat es so angefangen, aber jetzt gefällt es ihm, damit anzugeben.“

„Um es der Polizei unter die Nase zu reiben?“, fragte der Sheriff.

„Ja. Ich denke, er möchte es wahrscheinlich so öffentlich wie möglich bekanntgeben, kann es aber nicht, also möchte er wenigstens der Polizei auf der Nase herumtanzen." Dorian sah Zac an, dann neigte er den Kopf in Richtung Küchentür. Ein paar Sekunden später erschien Annie im Türrahmen.

Zac hatte schon lange aufgehört, Dorians fast übernatürlich entwickelte Sinne zu bewundern, aber verdammt, er war manchmal unheimlich. Zac hatte Annie überhaupt nicht gehört.

Er ging hinüber und legte einen Arm um sie. „Hey, Schätzchen. Ich dachte, deine Medikamente würden dich für den Rest der Nacht außer Gefecht setzen."

Sie starrte auf ihre nackten Füße hinunter. „Ich habe sie nicht genommen. Es war nur Ibuprofen. Ich hatte gehofft, das würde reichen."

Und jetzt musste sie dafür bezahlen. Zac schüttelte den Kopf. „Du bist eine viel bessere Ärztin als Patientin, weißt du das? Ich werde dich genauer beobachten müssen."

Finn grinste sie an. „Du bist genauso schlimm wie Ethan, der seine Vitamine nicht nehmen will."

„Ich werde die Medikamente jetzt nehmen." Sie blickte lächelnd zu Zac auf, aber das Lächeln erreichte ihre Augen nicht. Sie hatte sich dort oben gefürchtet. Und er war nicht da gewesen, um ihr zu helfen.

Er fuhr mit einem Finger über ihre Wange. „Lass uns holen, was du brauchst, dann komme ich zu dir ins Bett, okay?"

„Ich fühle mich wie ein Idiot."

„Du wärst die erste Person, die sagen würde, dass man kein Idiot ist, nur weil man verschriebene Medikamente einnimmt. Genauso wenig, wie wenn man nicht allein sein will." Er küsste sie auf die Stirn. „Das Wort *Idiot* zu benutzen, könnte dich allerdings zu einem machen."

Sie gab den kleinsten Hauch eines Lachens von sich, dann ging sie zur Anrichte, auf der ihre Medizin lag, und holte eine Pille heraus. Annie steckte eine Haarsträhne hinter ihr Ohr. „Gibt es irgendwelche Neuigkeiten?“, fragte sie den Sheriff.

Der ältere Mann sah zu Zac hinüber, der gerade seine Hand nach Annie ausstreckte. „Schau mich nicht um Erlaubnis an. Sie kann damit umgehen.“ Annie war niemand, den man vor der Realität schützen musste. Es täte ihr am besten, wenn sie alle Details kannte.

Der Sheriff räusperte sich und wandte sich ihr wieder zu. „Tut mir leid, Anne. Ich will dich nur nicht belasten.“

„Mir geht's gut. Ich würde es lieber wissen.“

Dorian reichte Zac ein Glas Wasser und er ging zu ihr, bevor er mit hochgezogener Augenbraue zusah, wie sie ihre Medizin dieses Mal wirklich nahm. Sie schenkte ihm ein verlegenes Lächeln.

„Trey hat nichts gesehen, als er in die Gasse kam“, sagte Sheriff Nelson. „Mit zwei Wegen hinein und heraus war der Tatort eine kluge Wahl für den Täter. Gut durchdacht.“

Sie nahm einen weiteren Schluck von ihrem Wasser und nickte, das Glas fest im Griff.

„Anne“, fragte Dorian, „kannst du mir sagen, warum du überhaupt durch die Stadt gegangen bist?“

„Mein A-Auto war kaputt. Es wollte an dem Morgen nicht anspringen, also habe ich es am Frontier stehen lassen.“

Zac streckte eine Hand aus und nahm ihr das Glas ab, als sie zu zittern begann. „Wir müssen jetzt nicht darüber reden. Es kann warten. Ich weiß, dass du damit umgehen kannst, aber es muss nicht jetzt gleich sein.“

Alle im Raum stimmten lautstark zu.

„Nein. Mir geht es gut. Es ist nur ...“ Sie zuckte mit den Schultern und verstummte.

„Es fühlt sich gerade sehr nah an“, beendete Zac den Satz für sie, legte einen Arm um ihre Schultern und zog sie sanft an sich, ohne ihre Wunden aus den Augen zu lassen. „Jeder hier im Raum versteht dieses Gefühl."

„Ich spüre seinen Atem an meinem Ohr. Die Hitze", flüsterte sie. „Das hat mich geweckt."

Gott, er wollte nichts mehr, als sie in seine Arme zu schließen und dafür sorgen, dass sie niemals mehr jemand verletzen konnte. „Lass uns ins Bett gehen. Ich werde direkt neben dir sein."

„Ja, Annie", sagte Finn. „Wir können sogar hier unten auf der Couch abwechselnd Wache halten, wenn es dir dann besser geht. Nichts und niemand wird in deine Nähe kommen."

Sie verbarg ihr Gesicht an Zacs Brust und holte tief Luft, bevor sie zu ihm aufblickte. Tränen glitzerten in ihren Augen. Sie drehte sich zu den Jungs um. „Ich danke dir, Finn. Ich weiß, dass ich hier mehr als sicher bin. Aber es bedeutet mir sehr viel, dass ihr mir dieses Angebot macht."

Finn zwinkerte ihr zu. „Machst du Witze? Aus rein egoistischen Gründen meinerseits. Ethan wohnt bei Tante Wavy, und hast du schon mal auf Zacs Couch geschlafen? Sie ist der gemütlichste Ort auf dem ganzen Planeten."

Sie lehnte sich an Zacs Brust, woraufhin seine Hand sich automatisch um ihre Hüfte legte und sie an sich zog. „Das habe ich in der Tat, und ich kann dir diese Meinung nicht verübeln."

„Lass uns auf mein Zimmer gehen, dann zeige ich dir, wie bequem mein Bett sein kann."

Finn verdrehte die Augen und stand auf. „Das ist mein Stichwort, um zu gehen, bevor ich etwas sage, das Mackay dazu veranlasst, mich zu schlagen, denn dann müsste der Sheriff ihn festnehmen."

„Das würde ich nicht", murmelte der Sheriff.

Aiden kicherte nur.

„Du warst noch nicht fertig, Dorian“, sagte Annie und unterbrach das Gewitzel. „Es ist okay, zu fragen.“

„Ich glaube, Dorian hat seine Frage schon gestellt, Schätzchen.“

Dorian schüttelte den Kopf. „Nein, sie hat recht. Ich habe tatsächlich noch eine letzte Frage. Warum bist du durch die Stadt gegangen und nicht durch den Park?“

Zac spürte, wie ihr Körper sich verkrampfte. „Ich habe bemerkt, dass die Lichter im Park aus waren. Situationsbewusstsein. Ich dachte, ich sei schlau, tue das, worüber wir gesprochen haben, um mich zu schützen. Aber es hat nicht genützt.“

Über Annes Kopf hinweg begegnete er Dorians Blick. Es war von Anfang an ein abgekartetes Spiel gewesen; der Täter hatte Anne absichtlich in eine Falle gelockt.

„Das verrät mir tatsächlich, warum ich seine Visitenkarte nicht vor dem Krankenhaus gefunden habe. Wir haben am falschen Ort gesucht“, sagte Dorian. Er schnappte sich seine Jacke vom Stuhl. „Ich bin gleich wieder da.“

„Wir kommen mit“, sagte Aiden. „Ihr werdet so viele Augen brauchen, wie ihr bekommen könnt.“

Ein paar Augenblicke später waren alle weg.

„Das verstehe ich nicht.“ Sie drehte sich in seinen Armen um. „Wohin gehen sie?“

„Der Vergewaltiger hinterlässt immer eine kleine Pyramide aus Steinen, während er auf sein Opfer wartet. Eine Art Visitenkarte. Wir fanden eine in der Nähe von Kimmys und Veronicas Tatorten.“

„Aber bei meinem nicht?“

„Dorian hat nicht am richtigen Ort gesucht. Er dachte, der Vergewaltiger hätte dich beim Verlassen des Krankenhauses beobachtet, um zu sehen, ob du durch die Stadt oder durch den Park gehst.“

„Aber er hatte den Park schon ausgeschlossen, also wusste er, welchen Weg ich gehen würde."

Zac nickte. „Er hat auf dich gewartet, aber nicht dort, wo wir dachten."

Und das bedeutete, dass dieser Kerl seinen Angriff viel länger geplant hatte, als sie angenommen hatten. Zac drückte sie wieder an sich. Ihm gefiel nicht, wie sich das alles entwickelte.

„Lass uns ins Bett gehen. Und dieses Mal lasse ich dich nicht aus den Augen."

Kapitel 25

DREI TAGE später konnte Anne endlich tief einatmen, ohne vor Schmerz zusammenzuzucken. Die Schürfwunden an ihren Handflächen waren soweit verheilt, dass sie die Medikamente selbst öffnen konnte, wenn sie sie brauchte, was nicht mehr ganz so oft der Fall war. Sie sah in den Spiegel. Ihre Prellungen verwandelten sich von einem tiefen, frischen Lila in ein kränkliches Braun. Sie verheilten.

Aber lieber Gott, waren sie hässlich.

Sie würde nie wieder in der Lage sein, kleinere Wunden so klinisch zu betrachten. Der Schmerz war nicht nur körperlich, sondern forderte auch einen emotionalen Tribut.

Und egal, wie viel Glück sie sich einredete, schien es - vor allem im Vergleich zu dem, was Kimmy und Veronica und vielleicht noch mehrere andere Frauen durchgemacht hatten -, als konnte sie es einfach nicht hinter sich lassen.

Es war nicht die Erinnerung an den Schmerz, als ihr Gesicht auf den Asphalt traf, oder gar die Angst, in fünf Zentimetern Wasser zu ertrinken, die sie spät in der Nacht in kaltem Schweiß gebadet aufwachen ließ. Es war der heiße

Atem des Angreifers auf ihrer Wange und seine Stimme in ihrem Ohr, die sie verfolgten.

Diese Dinge suchten sie so unerwartet, so hinterhältig heim. Im Dampf der Dusche, oder wenn sie die Tür des Trockners öffnete. Die Hitze ließ Panik in ihrem Bauch aufsteigen und erstickte sie schier.

Ich fange immer, was ich jage.

Sie hörte diese Stimme überall. Sie versuchte, sie auszublenden, so zu tun, als wäre nichts, aber sie war immer da in ihrem Kopf. Es war so verdammt frustrierend. Sie hatte so wenig gelitten im Vergleich zu den anderen Frauen, aber anscheinend konnte sie es einfach nicht überwinden.

Sie versuchte, es jetzt aus ihren Gedanken zu verdrängen, während sie sich die Hände an dem Handtuch neben dem Waschbecken abtrocknete und dann zu Zac in die Küche ging. Heute war es ihr gelungen, Abendessen zu kochen, ohne ein einziges Mal an diese Stimme zu denken. Bis jetzt.

Bei Linear zu sein, hatte geholfen. Das Zusammensein mit den Jungs genauso. Linear war so viel mehr als nur eine *Schieß- und Kampfarena*, wie sie es zuvor einmal beschrieben hatte. Und die Jungs hatten ihre Anwesenheit einfach akzeptiert, ohne auch nur eine Frage zu stellen.

Finn war mitleidig zusammengezuckt, als sie sich die Rippen gehalten hatte, nachdem sie sich gestern in ihrem Büro zu ruckartig umgedreht hatte. Sie waren alle sehr mitfühlend.

Aiden und Dorian hatten ihr mit großer Freude von dem *streng geheimen* Ereignis erzählt, das zu Zacs und Finns damaligen Rippenverletzungen geführt hatte. Ja, sie hatten sich eine Wand hinuntergestürzt, aber immerhin war es ein Wettrennen gewesen.

Aiden beschrieb einen Kamikaze-Sprung, den Zac

gemacht hatte, um Finn zu überholen. Ihre Seile hatten sich verheddert, und sie waren aufeinandergeprallt.

Alle vier Männer lachten, als die Geschichte zu Ende war. Finn und Zac schworen beide, dass der andere schuld war. Aiden und Dorian hatten sich dazu beglückwünscht, dass sie den gesunden Menschenverstand hatten, sich nicht einzumischen.

Diese Männer waren Brüder, das wurde ihr klar. In jeder Hinsicht, außer dem Blut. Es musste nicht gesagt werden. Es wurde einfach Tatsache.

Anne hat es auch genossen, ihnen bei der Arbeit zuzusehen. Unterschiedliche Gruppen kamen für verschiedene Arten von Training zu ihnen. Die meisten waren Selbstverteidigungskurse oder Kurse zur Waffensicherheit. Sie boten auch einen Kurs an, bei dem die Absolventen die Erlaubnis zum Mitführen einer verdeckten Waffe beantragen konnten.

Drei ältere Männer kamen eines Morgens herein, um an ihren Zielfertigkeiten zu arbeiten. Und ein Kind hatte an einem Nachmittag eine Paintball-Geburtstagsparty.

Anne hatte das alles fasziniert beobachtet. Wie in der Notaufnahme war auch der Alltag bei Linear Tactical nie gleich, selten Routine. Viele Trainingseinheiten bestanden darin, den Leuten zu zeigen, wie man Waffen richtig benutzte oder sich schützte. Und das meiste davon fand entweder draußen statt, in der Scheune oder in der Lagerhalle im hinteren Teil des Grundstücks.

Aber darüber hinaus hatten sie auch ein Treffen mit ein paar wichtig aussehenden Leuten in Anzügen an einem Nachmittag im Konferenzraum des Bürogebäudes gehabt. Zu diesem war sie nicht eingeladen worden.

Als sie Zac an diesem Abend darauf ansprach, hatte er ihr nur gesagt, dass er und die Jungs manchmal Beratungsarbeit für Organisationen leisteten, deren Mitarbeiter in gefährlichen Situationen außerhalb der USA arbeiteten. K und L Beratung, hatte Zac es genannt.

„Was ist K und L?“, hatte sie gefragt, als sie sich zum Essen an den Tisch gesetzt hatten.

„Kidnapping und Lösegeld. Wir bieten Beratung zu verschiedenen Situationen, sowohl national als auch international.“ Er zuckte mit den Schultern. „Manchmal können außenstehende, unbeteiligte Leute wie wir Dinge sehen, die einem nicht auffallen, wenn man zu sehr in die Situation involviert ist.“

„Bist du auch manchmal Teil der Rettungsteams?“

„Nicht oft, aber manchmal, ja.“

Offensichtlich hatten die Jungs die Gefahr mit ihren Spezialeinsätzen doch nicht vollständig hinter sich gelassen.

Nach dem Mittagessen hatte sie zugesehen, wie Zac und Aiden vier Frauen in einem Selbstverteidigungskurs unterrichtet hatten: zwei Mütter mit ihren Töchtern im Teenageralter. Zuerst hatte sie nur auf der Schaukel gesessen, aber schon bald hatten die Bewegungen, die die Jungs den Frauen zeigten, ihr Interesse geweckt. Sie war hinübergegangen, um die Sache genauer in Augenschein zu nehmen.

Was zu tun ist, wenn jemand einem das Handgelenk festhält. Oder man von hinten gepackt wird. Wenn es dem Angreifer gelingt, einen zu Boden zu werfen.

Das war die Art von Dingen, die sie hätte gebrauchen können. Zac hatte Selbstverteidigung erwähnt, als sie sich Veronicas Tatort angesehen hatten, aber keine der beiden Frauen hatte danach gehandelt. Ihre Blicke begegneten sich über die Matte hinweg, die sie für das Training auf dem Gras ausgebreitet hatten; offensichtlich dachte er dasselbe wie sie.

Sie wollte wissen, wie sie sich schützen konnte. Und es gab niemanden, der ihr das besser beibringen konnte als Zac und die Jungs. Sie sah zu und versuchte, sich so viele der

Bewegungen einzuprägen, wie sie konnte, auch wenn sie momentan nicht in der Lage war, sie körperlich auszuführen.

Aber sie brauchte mehr als nur Selbstverteidigungstechniken. Sie brauchte ihr Leben zurück. Der beste Weg, das zu erreichen, war, wieder auf das Pferd zu steigen. Und zwar jetzt.

Sie blickte zu Zac hinüber, dem die überbackene Pasta, die sie gemacht hatte, offensichtlich sehr schmeckte.

Sie wusste, dass er sie wollte; so viel war mehr als offensichtlich gewesen, als sie die letzten drei Tage aufgewacht war und gespürt hatte, wie dicht er seinen Körper, besonders ein bestimmtes Körperteil, an sie gedrückt hatte. Er hatte nicht danach gehandelt, obwohl sie es sich gewünscht hätte. Sie hatte keine Angst vor Zac. Er würde ihr nie etwas antun. Ihr Gehirn hatte keine Probleme, zwischen ihm und ihrem Angreifer zu unterscheiden. Aber Zac hatte in ihrer Beziehung immer den Sex initiiert, was ihr mehr als recht war. Sie mochte es, sich begehrt zu fühlen, ihn dabei zu beobachten, wie er sie immer mehr begehrte, bis er schließlich ein wenig von seiner berüchtigten Cyclone-Kontrolle verlor, sobald sie sich näher kamen.

Jetzt gab er ihr Freiraum, was sie zu schätzen wusste. Er wollte nichts tun, was ihr Angst machen würde.

„Ich habe dir etwas vorenthalten“, sagte er, nachdem er den letzten Bissen der Pasta genommen und genussvoll gestöhnt hatte. „Aber nach dieser Mahlzeit wird mir klar, wie unfair das von mir war.“

„Ach ja, und was wäre das?“

„Das Beste an meinem Haus.“

Sie warf ihm einen Blick zu, ihre Augenbraue hob sich. „Ich dachte, damit wäre ich schon bestens vertraut.“

„Nein. Ganz und gar nicht.“ Er schüttelte den Kopf und grinste. „Du wirst wahrscheinlich ziemlich sauer darüber sein.“ Er führte sie durch sein Schlafzimmer zum Badezimmer. Hier kannte sie natürlich schon alles, aber dann zog er die Jalousien am hinteren Fenster hoch und öffnete es schließlich ganz.

„Stimmt etwas mit deiner Tür nicht?“, fragte sie.

„Hierher führt keine Tür. Ich habe immer wieder vor, eine einzubauen, aber ich bin noch nicht dazu gekommen.“ Er nahm ihre Hand und half ihr durch das Fenster. Noch vor ein paar Tagen hätte sie das mit ihrer schmerzenden Rippe nicht tun können.

Das Fenster führte zu einer geheimen, abgeschirmten Veranda. In der Mitte befand sich ein kleiner Whirlpool.

Er war nicht ganz so groß wie ein normaler Whirlpool. Tatsächlich schien er nur für eine Person gedacht zu sein, wie eine übergroße Badewanne.

„Er ist mit der Wasserleitung des Hauses verbunden, sodass ich ihn mit frischem Wasser auffüllen kann und kein Chlor brauche, aber er hat Heizungen und Düsen, also kann man so lange drinbleiben, wie man will. Ich musste das Fundament der Scheune verstärken, als ich die Veranda vor vier Jahren gebaut habe, und es war sehr anstrengend, aber ich liebe sie sehr.“

Sie starrte auf den Whirlpool, dann sah sie ihn an. „Das ist unglaublich.“

„Viel Spaß. Du bist die Einzige außer mir, die ihn je benutzt hat.“ Er schenkte ihr ein halbes Lächeln. „Naja, nicht ganz.“

Ja, sie konnte sich nicht vorstellen, dass Mia sich nicht darauf stürzen würde. „Lass mich raten, Mia?“

Sie musste über sein verzogenes Gesicht lachen. „Nein, ich habe Mia nie hergebracht. Überhaupt keine Frauen, außer dir.“ Er griff nach einer ihrer Haarsträhnen und ließ sie durch seine Finger gleiten. „Ethan hat immer gern darin gespielt, als er jünger war. Als Finn das Sorgerecht für ihn bekam, war der kleine Kerl nicht gerade in Bestform. Aber er liebte Wasser. Selbst mitten im Winter hat er stundenlang in diesem Pool gespielt.“

„Also, ich würde auch gerne in deinem Pool spielen.“ Sie trat einen Schritt näher an ihn heran, sammelte all ihren Mut und wollte fragen, ob sie beide hineinpassen würden.

Aber bevor sie die Worte herausbekommen konnte, lächelte er sie zärtlich an, legte einen Arm um ihre Schulter und führte sie zurück ins Bad. „Hier ist ein Handtuch. Ich werde das Geschirr abwaschen. Genieße den Pool so lange, wie es dein Herz begehrt. Lass die Tür einen Spalt offen, damit ich dich hören kann, falls du mich brauchst.“

Ohne ein weiteres Wort war er verschwunden.

Anne ließ sich Zeit dabei, sich auszuziehen, auf die Toilette zu gehen und ihr Haar, so gut es ging, hochzustecken. Sie betrachtete ihr Gesicht und ihre Rippen noch einmal im Spiegel. Eindeutig nicht sexy.

Aber sie hatte nicht vor, noch länger zu warten. Sie konnte das. Sie wollte nicht zulassen, dass ihr Möchtegern-Vergewaltiger all diese Macht über sie behielt.

Sie wickelte sich in ein Handtuch und rief nach Zac. Nur wenige Sekunden später stand er im Badezimmer.

„Hey“, sagte sie.

„Alles in Ordnung?“ Er hatte ein Geschirrtuch über der Schulter. „Probleme mit dem Pool?“

„Ähm. Nun, ich habe mich gefragt, ob du glaubst, dass wir vielleicht beide hineinpassen?“

Er nahm das Handtuch von seiner Schulter und begann, es in perfekte Quadrate zu falten. „Ich glaube in der Tat, dass das möglich wäre.“ Sein Blick fing den ihren und hielt ihn fest.

Sie wusste nicht, ob sie bereit war. Sie wusste nicht, ob sie ausflippen würde, wenn Zac sie intim berührte, und sie wollte nichts zerstören, was zwischen ihnen war, aber sie sehnte sich so sehr danach, nach vorne zu schauen.

Sie konnte das. Einfach anfangen, dann würde Zac übernehmen. Alles, was sie tun musste, war, das Handtuch fallen zu lassen.

Sie sah nach unten, verlagerte ihr Gewicht, dann blickte sie wieder zu ihm auf, ihre Finger offenbar unfähig, den Griff um den Stoff zu lösen. „Ich hatte eine große Verführung geplant. Dich rufen, mich ausziehen, dich ins Bad einladen und heißen, heftigen Sex haben. Aber anscheinend kann ich das Handtuch einfach nicht loslassen."

Er trat einen Schritt näher zu ihr und hakte einen Finger in die Stelle, wo sie das Tuch festhielt. „Obwohl jedes einzelne dieser Elemente nach einem großartigen Plan klingt, weißt du, dass es keine Eile hat."

„Ich weiß, aber ..." Sie hatte keine Ahnung, wie sie es erklären sollte.

„Es hört sich nur weniger so an, als ob du wirklich Sex willst und mehr so, als ob du dir selbst beweisen willst, dass du es kannst."

Sie seufzte. „Vielleicht ein bisschen. Aber ich will Sex mit dir. Trotz der massiven blauen Flecken, die dich sicherlich abtörnen."

Er packte das Handtuch und zog sie näher zu sich. „Die beweisen nur, dass du stark genug warst, um zu kämpfen. Um zu überleben."

Ihr Kopf neigte sich nach vorne, bis er sein Kinn berührte. „Ich fühle mich nicht stark. Ich fühle mich, als könnte ich nie wieder stark sein."

„Aber du bist es, und du wirst jeden Tag noch stärker. Und wir machen diese Sache langsam - einen Tag nach dem anderen. Eine Minute nach der anderen, wenn es sein muss."

Seine Hände glitten zu ihren Schultern hinauf und hielten sie einfach fest, drehten den Kopf sanft, sodass ihre Stirn an seiner Wange lag. Lange blieben sie so stehen.

„Ich will Sex mit dir haben“, flüsterte sie. „Ich will nicht, dass er gewinnt.“

Er legte seine Hände auf ihre Wangen und neigte ihren Kopf, bis sich ihre Blicke trafen. „Und das werden wir. Und er wird nicht gewinnen. Aber jetzt steigen wir erst mal in die Wanne. Okay?“

Sie nickte. „Okay. Danke schön.“

„Wir haben alle Zeit der Welt.“

Kapitel 26

Annies nackten Körper im Pool an sich zu drücken, war mehr, als Zac dachte, dass er jemals wieder bekommen würde, und definitiv viel mehr, als er verdient hatte.

„Ich weiß nicht, wie man hier jemals wieder rauskommen soll." Sie seufzte, lehnte sich mit dem Rücken an seine Brust, ihre langen Beine verschlangen sich mit seinen. Sowohl die Heizung als auch die Düsen waren eingeschaltet, und sie steckten bis zu den Schultern im herrlich warmen Wasser - und in dem großzügig von ihr eingegossenen Erdbeer-Schaumbad, das noch von Ethans letztem Poolbesuch übriggeblieben war.

„Ja, ich komme nicht so oft hierher, wie ich sollte. Ich hätte es dir letzte Woche schon gezeigt, aber ich hatte viel zu viel Spaß dabei, dir den zweitschönsten Teil meines Hauses zu zeigen."

„Ich liebe Whirlpools. Schon immer."

„Daran erinnere ich mich sogar. Oder dass Becky es nie verstanden hat." Er lachte über die Erinnerung. „Sie hat immer gesagt, dass man beim Baden nur in seinen eigenen Keimen und seinem eigenen Dreck herumliegt."

„Sie hatte nicht unrecht, weißt du. Duschen ist viel hygienischer.“ Er schluckte ein Stöhnen, als sie sich tiefer ins Wasser schmiegte und ihre Hüften dabei an ihm rieb. „Aber nicht annähernd so gemütlich.“

Das hier - Annie in seinen Armen und er völlig verrückt nach ihr - war genau die Art von Nutzung gewesen, die er sich für den kleinen Whirlpool vorgestellt hatte, als er mühevoll das Wasser an das Haus anschloss und den Balkon verstärkte, bis er das Gewicht tragen konnte. Vielleicht nicht direkt Annie, aber ... eigentlich, verdammt, doch, vielleicht war Annie diejenige, an die sein Unterbewusstsein die ganze Zeit gedacht hatte.

Wie auch immer, er war froh, dass er jetzt für sie da war. Und er hatte vor, den Pool bei jeder Gelegenheit mit ihr zu benutzen, die sich im bot. Sex, kein Sex, es war ihm egal. Er wollte einfach nur hier bei ihr sein.

Unter den blubbernden Luftblasen strich er mit seinen Fingern an ihren Armen auf und ab.

„Ich glaube, ich habe immer gern gebadet, weil meine Eltern mich nie im Bad gestört haben. Wenn sie sahen, wie ich mit einem Buch einfach nur im Wohnzimmer herumsaß, konnten sie das nicht ganz nachvollziehen. Aber in der Wanne zu liegen ... das war akzeptabel. Es war mir egal. Ich liebte es. Liebte es, mich zu entspannen.“

„Becky sagte, du hast immer in der Wanne gelernt. Sie wusste nicht, wie du es schafftest, nicht zu ertrinken.“

Sie lachte. „Das habe ich auch während meines ganzen Medizinstudiums so gemacht. Ich hatte immer einen Stuhl mit Büchern an der Wanne stehen. Ich hatte immer eine Wanne, außer ...“

„Wann?“, fragte er, als sie plötzlich stockte. Die Düsen schalteten sich ab, sodass es still zwischen ihnen wurde, aber er schaltete sie nicht wieder ein.

„Badewannen sind in Florida nicht so beliebt wie hier. Es

ist einfach zu heiß. Und nachdem ich mich von meinem Ex-Mann getrennt hatte, gab es in meiner Wohnung gar keine Badewanne mehr. Nur eine Dusche."

„Warum habt ihr euch getrennt?"

Sie blies einen Luftstrom auf die Blasen. „Weißt du, wie manche Männer eine Midlife-Crisis durchmachen und ihre Frau gegen ein neueres, hübscheres Modell eintauschen?"

„Ja. Im Allgemeinen kennt man diese Typen als Arschlöcher."

„Nun, Darren hat schon viel früher gemerkt, dass er jemanden wollte, der glamouröser und schicker ist als ich. Er will in die Krankenhausverwaltung gehen - da ist viel Politik im Spiel. Und ich mag eine verdammt gute Ärztin sein, aber ich bin nicht gut, wenn es um soziale Umgangsformen geht. Das weißt du."

„Wie du schon sagtest, du bist eine verdammt gute Ärztin. Ich habe gesehen, wie du in kritischen Situationen einen kühlen Kopf bewahrst und tust, was getan werden muss. Das ist mir allemal lieber als ein Hans Dampf in allen Gassen."

Sie hob eine Schulter und rieb sich die Wange daran. „Ich weiß, dass ich stottere, wenn ich nervös bin. Ich weiß, dass das zum großen Teil psychologisch bedingt ist. Darren dachte, mit genug Arbeit könnte ich das überwinden. Und als ich es versuchte, wurde es tatsächlich viel besser."

Diese kurzen Sätze verrieten Zac eine Menge darüber, dass sie versucht hatte, ihren Sprachfehler für ihren Mann zu überwinden. Dass er sie unter Druck gesetzt hatte, dies zu tun. Dass es nicht genug gewesen war.

„Wie auch immer, dann fand er Christina, eine Kinderkrankenschwester. Blond, quirlig und witzig. Sie war die perfekte Frau für Abende, an denen man Vertreter von Krankenhausvorständen oder Apotheken einladen und umgarnen wollte. Er beschloss, dass sie besser zu ihm passte."

„Ich hoffe, du hast ihn bei der Scheidung ausgenommen."

„Keiner von uns beiden hatte Geld. Wir waren unter Studentenkrediten begraben, seiner sogar noch höher als meiner, wegen des Lebensstils, den er während des Studiums zu behalten versuchte. Wir haben große Raten auf seinen Kredit bezahlt, um ihn loszuwerden. Aber während der Scheidung beschloss der Richter, dass wir beide einfach unsere eigenen Schulden übernehmen sollten."

„Du hast also einen Haufen seiner Schulden bezahlt und hattest dann noch alles von deinen eigenen."

Sie zuckte mit den Schultern. „Ich kann nicht gut mit Konflikten umgehen. Ich hätte mir einen besseren Anwalt besorgen sollen. Außerdem war das nicht annähernd so schlimm, wie nach der Scheidung noch weiterhin mit ihnen arbeiten zu müssen. Nicht, dass Darren fies zu mir war oder so; es war nur so, dass jeder *wusste,* was zwischen uns geschehen war. Seine quirlige kleine Frau wurde etwa zwei Monate nach der Hochzeit schwanger."

Er wollte sie küssen und ihr sagen, wie lächerlich ihr Trottel von einem Ex-Ehemann war.

„Das Schlimmste daran? Ich habe ihn nie wirklich geliebt. Das wusste ich von Anfang an. Ich hätte ihn nie heiraten sollen. Ich hatte den Männern so ziemlich abgeschworen, als ich nach Florida zog. Aber er bewunderte, wie konzentriert ich war, wie professionell. Also hat er mich immer wieder gefragt, ob ich mit ihm ausgehe, und ich habe schließlich nachgegeben. Das Gleiche gilt für die Heirat mit ihm. Ich habe einfach nachgegeben."

„Warum hattest du den Männern abgeschworen?" Er kannte die Antwort bereits und hasste sich dafür. Aber er musste sie von ihr hören.

„Zac, das spielt keine Rolle."

„Du meinst, nachdem, was mit uns passiert ist. Ich habe dich so verletzt, dass du das einzige Zuhause, das du je kanntest, verlassen hast und in die Arme eines Arschlochs gesprungen bist, weil er dir Aufmerksamkeit schenkte. Annie, was in jener Nacht passiert ist ..."

Sie legte ihre Hände an seine Knie. „Was in dieser Nacht passiert ist, ist passiert. Wir dürfen nicht mehr zulassen, dass es uns erdrückt."

Er schlang seine Arme um ihre Brust und verschränkte sie so, dass sie fest an ihn gedrückt wurde. „Ich werde nie wieder darüber reden, wenn du es nicht willst, aber ich möchte sichergehen, dass du eines weißt. Die Dinge, die ich in jener Nacht gesagt habe ..."

„Du warst betrunken. Ich weiß, du wolltest nicht grausam sein."

„Sobald ich mich an mehr erinnerte ..." Verdammt noch mal. Er wusste nicht einmal, wie er es erklären sollte. „Becky war die einzige Frau, mit der ich je zusammen war, und dann das mit dir ... Ich wollte dich, Annie, so verdammt sehr. Und du warst noch Jungfrau, und das hat mich überrumpelt."

„Ich weiß. Es tut mir ..."

Er legte ihr einen Finger an die Lippen. „Wage es nicht, dich zu entschuldigen. Ich will damit nur sagen, dass *ich* es war, auf den ich in jener Nacht so wütend war. In meinem betrunkenen Zustand wusste ich, dass ich dich aus dem Zimmer schaffen musste, aber es war *ich selbst*, den ich hasste." Er strich mit seinen Händen an ihren Armen auf und ab, als er spürte, wie sich ihr Körper verkrampfte. „Ich habe diese Dinge zu dir gesagt, aber in Wirklichkeit waren sie an mich selbst gerichtet. Das musst du mir glauben. Ich sage das jetzt nicht nur, um alles wiedergutzumachen oder abzumildern - was sowieso nie möglich ist. Ich war betrunken und habe die Situation nicht gut gemeistert. Verdammt, nüchtern hätte ich das wahrscheinlich auch nicht getan. Aber ..."

Sie rutschte zur Seite, sodass sie die Hand heben und seine Lippen mit ihrem Finger bedecken konnte. „Es ist okay. Ich weiß zu schätzen, was du mir sagst, und ich akzeptiere es. Ich danke dir sogar dafür, dass du versuchst, es für mich besser verständlich zu machen." Sie nahm ihren Finger von seinem Mund und küsste seine Brust. „Die Sache mit dem Zac von *jetzt*, der die Anne von *jetzt* kennenlernt, ist, dass unser jeweiliges *Jetzt* ein Produkt des *Damals* ist. Wer weiß, wie sich die Dinge entwickelt hätten, wäre jene Nacht anders verlaufen. Vielleicht wäre ich nie weggezogen. Vielleicht wärst du nie wieder zurückgekommen. Oder vielleicht hätten wir beide für den Rest unseres Lebens in Oak Creek gelebt, aber nie wieder zueinandergefunden."

„Weil wir unseren Moment verpasst hatten."

„Ja. Genau. Denn manchmal ist es der Herzschmerz, der die Menschen zusammenhält. Und vielleicht ist Schmerz das engste Band von allen."

Diese Frau. Gott, er war der glücklichste Bastard der Welt, eine zweite Chance bei ihr zu haben. „Ich wünschte trotzdem, ich hätte dir nie wehgetan. Ich wünschte, ich hätte dich nie von diesem Ort, den du liebst, vertrieben. Selbst wenn ich wüsste, dass es alles verändert hätte, würde ich so gern zurückgehen und diese Nacht in Ordnung bringen können, dir verständlich machen, was es wirklich war, das mein betrunkener Verstand sagen wollte. Ich würde mit dir Liebe machen, wie du es für dein erstes Mal verdient hattest."

„Wir sind jetzt hier. Das ist genug. Mehr als das, eigentlich. Wir können die Vergangenheit nicht rückgängig machen, aber wir können von hier aus neu beginnen und sehen, wohin es uns führt."

ALS SIE MIT Zac in diesem Whirlpool saß, unter dem Himmel Wyomings, den sie so sehr vermisst hatte, und inmitten der lächerlichen Erdbeerblasen, die um sie herum blubberten, fühlte es sich wirklich so an, als würde alles gut werden.

Sie brauchte seine Entschuldigung nicht, aber sie schätzte ihre Aufrichtigkeit.

„Ich will dich hier drin behalten und dich davor schützen, jemals wieder verletzt zu werden, Annie. Von mir oder jemand anderem. Emotional. Körperlich." Er fuhr ihr mit feuchten Fingern über die Wange. „Auf jede nur erdenkliche Weise."

„Hier draußen zu sein, wo ich die Sterne sehen und die Luft riechen kann, das ist heilend. Bei dir zu sein, hilft auch." Sie wollte nicht mehr über die Vergangenheit reden, oder über den Schmerz. Sie fuhr mit den Fingern von seinem Knie zur Innenseite seines Oberschenkels. Sein Körper spannte sich hinter ihr an. „Ich werde nicht zulassen, dass dieser Bastard mich besiegt."

„Anne." Sie ließ ihre Finger weiter hinaufgleiten, und seine Stimme wurde tiefer. „Wir müssen das nicht heute Abend tun. Es gibt keinen Grund zur Eile. Du musst nichts beweisen."

„Du irrst dich. Ich muss mir etwas beweisen. Mir selbst." Aber sie wollte keinen Druck auf ihn ausüben, wenn er diese Verantwortung nicht übernehmen wollte. Sie drehte sich weiter um, damit sie ihn sehen konnte. „Aber wenn du das nicht willst, verstehe ich es vollkommen. Das tue ich wirklich."

Eine seiner perfekten Augenbrauen hob sich und er drückte im Wasser seine Hüften gegen ihre. Es bestand kein Zweifel, dass er nichts dagegen hatte. „Glaub mir eins – *du* nackt in diesem Whirlpool? Ich bin schon den ganzen Abend *bereit* für alles, was du willst. Aber ich will einfach, dass du dir sicher bist."

„Du bist, was ich will. Sicher."

Sie zog seinen Mund auf ihren und lächelte innerlich, als er sich ihren Forderungen beugte. Gut. Das wollte sie.

„Es gibt nur eine Regel", sagte er gegen ihre Lippen. „Alles, was dich nervös macht oder schlechte Erinnerungen weckt - musst du mir sofort sagen. Du versuchst nicht, dich zu irgendetwas zu zwingen oder an mich zu denken. Ich werde nicht annähernd sauer sein, falls wir aufhören müssen."

„Okay."

Er übernahm dann die Kontrolle über den Kuss, war aber wegen der Prellung an ihrem Mund trotzdem sanft. Sie neigte ihren Kopf zurück gegen seinen Arm, um ihm Zugang zu ihrem Hals und ihren Brüsten zu geben. Seine Hand glitt ihre Hüfte hinauf und an ihrer Taille entlang zu einer ihrer Brüste, die aus dem Wasser ragte.

Sie stöhnte auf, als seine Finger ihre Brustwarze mit der festen Berührung massierten, die sie so verrückt machte.

„Ich liebe die Geräusche, die du machst, wenn ich dich berühre. Sie sind so ehrlich. So verdammt sexy."

Er zerrte fester an ihrer Brustwarze, während seine Lippen ihren Hals fanden und sie sanft bissen. Es war, als hätte er einen direkten Draht zum heißesten, weiblichsten Teil von ihr. Sie stöhnte wieder, ihr Kopf fiel weiter zurück auf seinen Arm.

Das hier. Sie hatte sich in den letzten sechs Jahren nicht erlaubt, viel an Zac zu denken, weil es zu schwer gewesen war. Aber von *dem hier* hatte sie fantasiert, wenn ihr Unterbewusstsein die Kontrolle übernommen hatte.

Zac. Der sie wollte. Der sie schier bis zum Wahnsinn erregte.

Seine Hand wanderte von ihrer Brust hinunter zu ihrer Mitte, wo er mit geschickten Fingern ihre empfindlichste Stelle bearbeitete. Anne keuchte und drückte instinktiv ihre Schenkel zusammen.

„Öffne deine Beine so weit, wie es die Wanne zulässt", sagte er in ihr Ohr, bevor er in das Läppchen biss. „Leg sie auf meine."

Ihr Herz flatterte in ihrer Brust, als sie tat, was er verlangte. Alles, was sie wusste, war, dass sie alles wollte, was Zac ihr zu geben hatte. Seine Finger glitten in sie, erst einer, dann zwei. Aus diesem Winkel traf er die Stelle, die ihre Wirbelsäule explodieren ließ. Mit dem Daumen hielt er einen gleichmäßigen Druck auf ihrer Klitoris.

„Ich werde nie wieder Erdbeeren riechen können, ohne an dich zu denken. Und an das hier." Seine Stimme war tief und rau in ihrem Ohr. Sein heißer Atem sexy und wild, nicht im Geringsten beängstigend.

Zac beugte seine Knie, hob ihre Beine auf seine und schob ihre Hüfte ein wenig weiter nach unten. Ihr Kopf flog zurück gegen seine Schulter, als er seine Finger schneller, fester in sie stieß.

Indem sie zuließ, dass das Vergnügen jeden Schmerz in den Schatten stellte, der von dem Angriff noch übrig geblieben war, gewann sie. Indem sie Zac die Kontrolle überließ und wusste, dass sie vollkommen sicher war - geistig und körperlich -, besiegte sie die Macht, die der Angreifer über sie hatte.

Sie begann auseinanderzufallen, als seine Finger ein letztes Mal zustießen und sein Daumen ihr den festen Druck gab, den sie brauchte. Seine Zähne bissen sanft in ihren Hals und fingen sie auf.

Da war keine Angst. Nur die schwindelerregende Lust, die sie nur mit Zac erfahren konnte.

Kapitel 27

„Ich habe meine Suche auf alle umliegenden Bezirke ausgeweitet. Landon Rogers oder ich haben persönlich jeden Sheriff in jedem Bezirk in Wyoming, Colorado und Utah angerufen. Es wurden einige Vergewaltigungen gemeldet, aber wir haben keine Beweise, dass es sich um denselben Mann handelt. Genauso wie wir nicht hundertprozentig sicher sein können, dass es der Kerl ist, der Anne angegriffen hat."

Sheriff Nelson saß am Kopfende des Konferenztisches von Linear Tactical. Sie benutzten diesen Raum nicht oft, in der Regel nur, wenn sie gefährliche Fälle von außerhalb aufnahmen, die ihre üblichen Trainingstätigkeiten vor Ort überstiegen.

Zac ging eine der Akten durch, die der Sheriff mitgebracht hatte. Eine von Dutzenden. Finn und Aiden sahen sich die anderen an.

„Das sind alles Fälle von sexueller Nötigung?"

„Ja. In den letzten achtzehn Monaten", sagte der Sheriff. „Aus allen umliegenden Bezirken. Einige können wir ganz ausschließen, weil der Täter entweder gefasst wurde oder die Umstände völlig andere sind."

„Aber bei so manch anderen Fällen könnte es unser Mann sein", beendete Aiden für ihn.

Der Sheriff nickte. „Ich glaube, dieser Kerl ist schon viel länger aktiv, als wir es wissen."

„Gab es seit Annies Angriff irgendwelche gemeldeten Fälle?" Finn sah von einer Akte auf.

„Nicht aus einem der Bezirke, mit denen wir in Kontakt sind."

Zac lehnte sich in seinem Stuhl zurück und rieb mit einer Hand über sein Gesicht. „Annie geht bald wieder arbeiten. Sie hat noch nichts gesagt, aber ich weiß, dass es kommen wird. So gern ich sie hier auf dem Linear-Grundstück für ... im Grunde für immer behalten würde, ich weiß, dass ich das nicht kann."

Er wollte es versuchen. Er wollte sie hier bei sich behalten, wo sie in Sicherheit war. Aber sie musste zurück ins Krankenhaus und in den Beruf, der so wichtig für ihre Identität und ihr Selbstbewusstsein war.

Am Tag nach dem Whirlpool hatte sie ihn beim Sparring mit Finn beobachtet und war in den Ring geklettert. „Ich habe beobachtet, was ihr hier macht. Ihr bringt ihnen bei, mehr zu sein als das, was sie zuvor waren. Ihr macht Menschen zu Kriegern. Ich möchte, dass ihr das für mich tut. Macht eine Kriegerin aus mir", hatte sie gesagt.

Sie war so schön, so stark, so entschlossen, dass er nur mit der Wahrheit antworten konnte. „Du bist bereits eine."

Annie mit ihrer inneren Kriegerin in Kontakt zu bringen, war nicht schwer gewesen. Sie mochte still sein, aber sie war nicht schwach. Sie entschied sich, für das Gute zu kämpfen, aber das bedeutete nicht, dass sie keine Kriegerin war.

Als es ihr körperlich besser ging, hatten sie viele Stunden lang ihre Muskeln trainiert und gestärkt, die im täglichen

Leben nicht unbedingt wichtig waren, aber in einem Kampf den alles bedeutenden Unterschied darstellen konnten.

Er brachte ihr nicht bei, wie man fair kämpfte. Wenn sie das später lernen wollte, würde er es ihr gerne zeigen. Aber im Moment lehrte er sie, wie man kämpft, um *zu gewinnen*. Augen ausstechen. Nasen brechen. Die Knie außer Gefecht setzen.

Einige der Moves verstießen gegen das ärztliche Gelübde, keinen Schaden anzurichten. Sie wusste sogar aus erster Hand, welchen Schaden sie anrichten würde. Aber trotzdem hatte sie sie gelernt. Und es überraschte ihn nicht, dass sie ein Naturtalent war. Annie war in fast allem gut, was sie sich vornahm.

Seit dem Whirlpool hatte er jede einzelne Nacht mit ihr geschlafen - und am Morgen und jedes andere Mal, wenn er sie dazu verleiten konnte. Oder sie ihn. Er mochte die neue „Ich-gehe-das-Leben-an-und-nehme-mir-was-ich-will"-Annie.

Besonders, da das, was sie wollte, zufällig *er* war.

„Wir werden sie hinbringen", sagte Aiden. „Ein Linear-Angestellter oder ein paar Leute aus der Stadt. Die Frauen werden zusammen gehen oder sich einen Mann schnappen, der sie begleitet. Das ist nichts, was sich nur auf eine Gruppe von Leuten beschränkt. Ich lebe noch nicht so lange in Oak Creek wie ihr, aber eines weiß ich über diese Stadt: Sie hält zusammen."

Finn nickte. „Aiden hat recht. Wir müssen alle gegenseitig auf uns aufpassen. In der Zwischenzeit tun wir, was wir können, um Sheriff Nelson zu helfen, diesen Kerl zu finden und sicherzustellen, dass er nicht noch mehr Schaden anrichten kann."

Sie hatten recht. Es war ein schlechter strategischer Plan, Annie ganz allein beschützen zu wollen. Er war immer gut darin gewesen, alle verfügbaren Ressourcen für eine bestimmte Schlacht auszunutzen. Dies war definitiv eine Schlacht, und die Leute von Oak Creek waren eine Ressource.

Aber als er ein paar Stunden später sah, wie Annie in seinem Schlafzimmer ihre Arbeitskleidung anzog, wusste er, dass er mit seiner Vermutung richtiggelegen hatte. Sie war bereit, in die echte Welt zurückzukehren, in ihr echtes Leben. Aber irgendwie verschluckte der Drang, sie in seiner Nähe zu behalten, jede Logik. Er musste sich vergewissern, dass sie in Sicherheit war, selbst wenn das bedeutete, sie wegzusperren.

Im Türrahmen blieb er stehen. „Was ist hier los?"

Er verfluchte sich, als sie japste und erschrocken herumwirbelte. Verdammt, er wusste es besser, als sich an sie heranzuschleichen, selbst jetzt. Ihr Training hatte sie gelehrt, sich so leise wie möglich zu bewegen, aber er und die Jungs hatten darauf geachtet, sich immer bemerkbar zu machen, wenn sie sich ihr näherten.

Nach einem Moment atmete sie tief durch. „Ich gehe wieder zur Arbeit. Es ist an der Zeit, Zac. Sie brauchen mich in der Notaufnahme, und ..."

„Du bist bereit."

Sie schien erleichtert, dass er verstand. „Ja. Ich bin vielleicht nicht mehr genau so, wie ich einmal war, aber das werde ich sowieso nie wieder sein."

Er ging zu ihr und schloss sie in seine Arme. „Ich weiß. Aber du hast dir eine neue Basis geschaffen. Ich verstehe, wie wichtig das ist, das tue ich wirklich."

Sie kuschelte sich an ihn. „Ich danke dir. Ich wollte nicht, dass du denkst, ich wäre nicht dankbar für alles, was du für mich getan hast. Welpen, Babysitten, dir bei der Arbeit zusehen, einfach alles."

„Aber jetzt willst du langsam wieder zurück in dein eigenes Leben."

Sie nickte an seiner Brust. „Ich kann mich hier nicht ewig verstecken. Das will ich auch nicht."

„Einer der Jungs oder ich werden dich eine Zeit lang auf deinem Arbeitsweg begleiten. Der Sheriff wird dafür sorgen, dass die Leute sich draußen nur noch in Gruppen bewegen – und zwar jeder, Tag und Nacht, solange, bis dieser Typ gefasst ist."

„Ich verspreche, dass ich nicht wie eine dieser blöden Tussis in einem Horrorfilm sein werde, die rausgeht, um allein nach dem Rechten zu sehen, während ein bekannter Serienmörder frei herumläuft."

Er lächelte, hielt sie aber fest an sich gedrückt. „Der Sheriff wird diesen Kerl fangen, und wir werden ihm helfen, wo wir nur können. Ich lasse auf keinen Fall zu, dass dir etwas geschieht, kleine Kriegerin."

„Ich will nur nicht, dass es noch jemandem passiert. Vielleicht ist er irgendwo weit weg gezogen. Aber das heißt nicht, dass er nicht auch anderen Frauen wehtun kann."

Er schob seine Finger unter ihren Zopf, massierte sanft ihre Kopfhaut und liebte es, wie sie sich an ihn schmiegte. „Es ist hart, nur einen Teil der Schlacht schlagen zu können, aber mehr können wir nicht tun. Ich will diesen Bastard fangen, ihn bezahlen lassen für alles, was er getan hat. Aber noch viel wichtiger ist mir, dass du in Sicherheit bist." Er zog ihren Kopf sanft nach hinten und küsste sie sanft. „Bleib bei mir."

Sie stöhnte. „Ich kann nicht. Ich habe mich bei der Arbeit schon angekündigt."

„Ich meine danach. Wenn du heute Abend fertig bist, komm hierher. Zur Hölle, komm jeden Tag hierher, wenn du fertig bist."

Diese großen braunen Augen, jetzt hinter ihrer Brille, blinzelten zu ihm auf. „Bist du sicher, dass du das willst?

Mein Arbeitsplan ist verrückt. Ich weiß nie, wann aus acht Stunden Schicht achtzehn werden und wann nicht."

„Ich kenne das mit den verrückten Arbeitsplänen. Wir werden das schon schaffen. Ich will dich bei mir haben, wo ich weiß, dass du sicher bist." Er zog sie näher an sich. „Aber hauptsächlich möchte ich dich bei mir haben, um einfach bei dir zu sein. Auf jeden Fall, bis dieser Kerl gefasst ist, aber auch danach. Außerdem musst du dich um Harley kümmern."

Sie lächelte. „Und um dich auch?"

„Ja. Obwohl ich ziemlich sicher versprechen kann, dass ich nackt im Bett liegen und auf dich warten werde, wenn du zu einer verrückten Zeit von der Arbeit kommst."

„Das ist für mich Grund genug."

Kapitel 28

In der ersten Woche nach ihrer Rückkehr zur Arbeit spürte Anne, dass alle Blicke auf sie gerichtet waren. Im Krankenhaus. In ihrem eigenen Haus - obwohl sie dort selten allein war - und auch bei Linear.

In der zweiten Woche hatte sich das nicht geändert, aber sie lernte, damit zu leben. Gott wusste, dass sie ohnehin schon von genug Leuten beobachtet wurde, die sichergehen wollten, dass sie keinen Zusammenbruch bekam und ob sie und Zac noch zusammen waren. Vielleicht würde sie sich in Oak Creek immer ein bisschen wie eine Außenseiterin fühlen. Die meisten in der Stadt verhielten sich ihr gegenüber nach wie vor etwas reserviert, und Zurückhaltung und Isolation würden ohnehin immer zu ihrer Natur gehören.

Mia allerdings war alles andere als reserviert. Von ihr erntete sie ständig wütende Blicke. Aber anstatt Anne nervös oder unbehaglich zu machen, bewirkten sie genau das Gegenteil von dem, was Mia sich erhoffte. Sie machten Anne klar, dass Zac wirklich ihr gehörte. Er zeigte ihr das mit seinem Körper bei jeder Gelegenheit, aber es brauchte schmutzige Blicke von einer umwerfend schönen Frau, bis sie es tatsächlich begriff.

Zac wollte nicht Mia. Er wollte Anne.

Und sie wollte ihn. Sie liebte es, dass sie jetzt frei über Becky und Carol reden konnten und darüber, wie viel die beiden Frauen ihnen bedeutet hatten. Sie hatte ihm sogar davon erzählt, wie Becky ihr einmal zugeflüstert hatte, dass sie ihr Zac geben würde, wenn sie es könnte.

Er zog sie auf sein Bett, schlang seine Arme und Beine um sie, vergrub sein Gesicht an ihrem Hals und hielt sie einfach nur in den Armen, beide in dem sicheren Wissen, dass sie Beckys Segen hatten. Sie hatte ihre Familie im Leben mit Anne geteilt und dann wieder im Tod.

Und die Jungs von Linear wurden auch zu ihrer Familie. Mit jedem Tag, den sie mit ihnen zusammen war, fühlte sich dieser Ort mehr wie ein Zuhause an. Finn zog sie wegen ihrer Beziehung zu Zac auf. Aiden brachte ihr mehr Selbstverteidigungstechniken bei. Dorian, so fand sie heraus, las genauso gerne wie sie, und sie unterhielten sich ständig über irgendwelche Bücher.

Wenn sie in ihrer Gegenwart stotterte, was sie immer noch manchmal tat, versuchten sie nicht, ihre Sätze für sie zu beenden. Sie warteten einfach geduldig, bis sie die Worte herausbrachte.

Sie beobachtete gerade vom Überwachungsraum aus, wie sie eine Gruppe von Polizisten trainierten, die eigens dafür aus Sweetwater - dem größten Bezirk von Wyoming, ein paar Stunden entfernt - angereist waren. Sie hatten nicht die Ressourcen, um ihre Trainingseinrichtungen für SWAT-Übungen auf dem neuesten Stand zu halten, also schickten sie ihre Teams zweimal im Jahr hierher, um die Linear-Einrichtungen zu nutzen.

Der Respekt zwischen dem Sweetwater SWAT-Team und Zac und den Linear-Jungs war offensichtlich. Das Team war begeistert von dem riesigen Trainingsareal im Lagerhaus, wo man unterschiedliche Situationen simulieren konnte: Raubüberfall, Geiselnahme und gewaltsames Eindringen.

In voller SWAT-Ausrüstung gingen die Männer ihre Übungen durch, bei denen sie Paintball-ähnliche Kugeln verwendeten, um auf die bösen Jungs zu schießen. Zac und Finn sahen zu und wiesen auf taktische Vorteile, Fehler, Stärken und Schwächen hin.

Man erkannte deutlich, dass Zac der Lehrer war. Er hatte eine Gabe dafür. Er war in der Lage, die anderen Männer so einzubeziehen, dass sie ihre Fehler erkannten, ohne sie aufzeigen zu müssen. Es funktionierte bei allen von ihnen. Und Zac genoss die Action sichtlich.

Die letzte Stunde des Tages verbrachten die Männer mit einem guten altmodischen Paintball-Wettbewerb zwischen Linear und dem SWAT-Team.

Das Team von Sweetwater war gut, hatte aber keine Chance gegen die Jungs.

Natürlich hatten Zac und die Jungs den Heimvorteil. Es war ihr Anwesen und sie kannten es wie ihre Westentasche. Aber mehr als das, die Linear-Jungs hatten jahrelang Seite an Seite trainiert und gedient. Von ihrem Aussichtspunkt an den Monitoren konnte sie sehen, wie sie praktisch die Gedanken des anderen lesen konnten.

Sie bewegten sich in einer Formation, die von jahrelanger Erfahrung zeugte, und kommunizierten mithilfe von Zeichen, die so subtil waren, dass man sie kaum sehen konnte. Es dauerte nicht lange, bis sie das gesamte SWAT-Team ausgeschaltet hatten.

Das gutmütige Geplänkel zwischen den Jungs geriet ins Stocken, als Sheriff Nelson die Einrichtung betrat. Als sie sein angespanntes Gesicht sahen, verließen sie den Raum und rannten hinunter ins Erdgeschoss. Alle waren still. Zac legte einen Arm um Anne.

„Curtis, was ist los?"

„Es gab wieder eine Vergewaltigung. Dieselbe Vorgehensweise. Diesmal in New Mexico. Wir haben nur zufällig davon erfahren. Sieht so aus, als würde sich unser Mann weiter entfernen."

Keiner von ihnen sah begeistert aus. Auch sie war es nicht. Solange der Kerl frei herumlief - egal, in welchem Zustand er war -, würde sie immer über ihre Schulter schauen müssen. Immer seinen heißen Atem an ihrer Wange spüren.

Ich fange immer, was ich jage.

Sie erschauderte, und Zac zog sie näher an sich heran.

„Aber ich bin Ihretwegen hier." Der Sheriff wandte sich an Dorian. „Wir haben drei unerfahrene Wanderer, die sich seit zwei Tagen nicht mehr gemeldet haben. Sie waren in der Nähe des Mt. Bannon unterwegs, wo es vergangene Nacht sehr stark gestürmt hat. Die Jungs vom National Forest Service haben bereits alle Hände voll zu tun und baten mich um Hilfe. Wir helfen gern, aber ..."

„Lindstrom wäre viel schneller", beendete einer der SWAT-Leute seinen Satz.

„Ich weiß, du denkst, Dorian ist dein Buchkumpel", flüsterte Zac ihr ins Ohr, „aber du solltest ihn in der Wildnis sehen. Es ist geradezu unheimlich."

Als sie den großen, ruhigen Mann ansah, zweifelte sie nicht daran. Das Lesen war eine Flucht für ihn. Allein in der Wildnis zu sein, war nicht viel anders.

Dorian nickte. „Ich ziehe mich um und bin in fünfzehn Minuten fertig, Sheriff."

„BRAUCHE UNTERSTÜTZUNG. An alle und den Sheriff. Dragon Strike." Dann wiederholten sich die Koordinaten wieder und wieder.

Zac, Finn und Aiden runzelten am nächsten Morgen alle die Stirn über die elektronische Nachricht, die sie gerade von Dorians HC-12-Transceiver erhalten hatten.

Es war nicht ungewöhnlich, dass er sich auf diese Weise meldete – der Handyempfang mitten in dem Waldgebiet um Mt. Bannon war bestenfalls lückenhaft. Aber die Nachricht selbst war mehr als merkwürdig. „Dragon Strike" war der Codename einer Operation, an der sie in Afghanistan teilgenommen hatten. Bis auf die Tatsache, dass sie gestohlene Raketen, die sie wiederbeschafft hatten, den Berg hinuntertransportieren mussten, erinnerten sie sich nicht an allzu viel. Ein Soldat hatte sich mitten während der Operation den Knöchel gebrochen, aber er war nicht ausgefallen.

„Warum zum Teufel redet er von Dragon Strike?", fragte Aiden.

Wäre einer der Wanderer verletzt gewesen, hätte Dorian das gesagt, anstatt sich auf ein ziemlich obskures Stück ihrer Militärgeschichte zu beziehen.

Finn schüttelte den Kopf. „Ich habe das als Beispiel benutzt, als er und ich vor ein paar Wochen Frank Jenkins' Gruppe unterrichtet haben. Aber das war in dem Zusammenhang, dass man den Körper manchmal mehr antreiben kann, als man denkt. Geist-über-Materie-Zeug. Ich habe keine Ahnung, warum Dorian das jetzt erwähnen sollte."

„Wen kümmert es, warum. Er würde unsere Hilfe nicht einfordern, wenn er uns nicht brauchen würde." Aiden zeigte auf seinen Computerbildschirm. „Seht euch diese Stelle an. Zum Teufel, wir können fast direkt hinfahren. Danach ist es nur noch eine Stunde Fußmarsch."

Zac nickte. „Irgendetwas muss verdammt falsch sein, wenn Dorian dort angehalten hat, anstatt die Wanderer ganz nach draußen zu bringen. Ab diesem Punkt hätte es einfach sein müssen."

Finn war bereits auf dem Weg zur Tür. „Ich benachrichtige den Sheriff und schicke Sanitäter hin. Wir treffen uns dort."

Zehn Minuten später verstauten Aiden und Zac, bekleidet mit Kampfanzügen und Stiefeln, ihre Remington 700er im Truck, die Handwaffen an den Hüften.

Irgendetwas fühlte sich hier nicht richtig an.

Zac rief Anne an, während sie zu den Koordinaten rasten. Es würde nicht lange dauern, bis sie den Handyempfang komplett verlören. Sie nahm nach dem ersten Klingeln ab.

„Hey." Er konnte das Lächeln in ihrer Stimme hören und wehrte sich nicht gegen sein eigenes, das sich nun auf seinem Gesicht ausbreitete.

„Hey. Hör zu, wir haben eine Nachricht von Dorian bekommen. Er braucht Hilfe mit den Wanderern, also sind Finn, Aiden und ich unterwegs dorthin."

„Okay. In ein paar Minuten bin ich hier fertig."

„Tu mir einen Gefallen und geh direkt zu mir nach Hause, okay? Ich weiß, es sieht so aus, als ob der Täter weit weg ist, aber ich will nicht, dass du allein bist. Ethan vermisst Duchess und die Welpen, und Wavy wird ihn rüber ins Büro bringen."

„Okay. Ich hole jemanden, der mich zu meinem Auto begleitet und fahre direkt hin, versprochen. Und du sei vorsichtig."

„Versprochen." Das Signal wurde unterbrochen, bevor er noch mehr sagen konnte.

„Ist der Empfang schon weg?", fragte Aiden.

„Ja, wir sind hier in einem Funkloch von ungefähr fünfzig Meilen Durchmesser. Die Mobilfunkunternehmen sagen schon seit Jahren, dass sie etwas unternehmen werden, aber ich schätze, da es hier keine Häuser und nicht viel Verkehr gibt, hat es keine große Priorität."

Sie fuhren so weit wie möglich auf der Straße in Richtung der Koordinaten, dann für eine Weile querfeldein. Als die Bewaldung zu dicht wurde, um hindurchzufahren, schoben sie sich die Gewehrriemen über die Schultern, zurrten sie zurecht, bis die Waffen auf ihren Rücken lagen, und joggten los.

Als sie Dorians Koordinaten erreichten, wurden sie langsamer und hielten ihre Gewehre bereit, für den Fall, dass es Ärger gab. Doch an dem Ort, den Dorian ihnen geschickt hatte, saßen nur drei Männer um ein Feuer. Zac ging auf sie zu, während Aiden zurückblieb, um sie zu decken, falls Gefahr drohte.

„Hallo da unten im Lager!", rief Zac. Er wollte nicht von unerfahrenen Leuten erschossen werden, die vielleicht nervös waren.

„Hallo?", rief einer der Männer. „Gott sei Dank. Wir haben einen Verletzten bei uns und haben uns verlaufen."

Zac hielt sein Gewehr in einer Position, die nicht direkt bedrohlich war, ihm aber erlaubte, im Bedarfsfall schnell zu reagieren.

„Wer ist verletzt?", fragte er, als er sich näherte.

„Der Typ, der uns gefunden hat. Er heißt Dorian Lindstrom."

Was zur Hölle? *Dorian* war verletzt? „Wo ist er?"

Einer der Männer zeigte auf einen kleinen Überhang. „Wir haben ihn da drüben hingelegt, nachdem er ohnmächtig wurde."

Dorian war in seinem Leben bis aufs Blut gefoltert worden, und niemals war der Mann dabei ohnmächtig geworden.

Zac legte sein Gewehr wieder über die Schulter, behielt aber die Hand in der Nähe der Glock an seiner Hüfte, während er sich hastig zu Dorians bewusstloser Gestalt bewegte. „Was ist mit ihm passiert?"

Er fühlte nach Dorians Puls. Stark, was gut war. Aber er war bewusstlos und schlief nicht nur. Dorian würde so oder so niemals so tief schlafen, dass er nichts von alledem mitbekam.

„Er hat uns gestern Nachmittag gefunden. Ich glaube, das war etwa acht oder zehn Meilen von hier. Er führte uns hierher, aber dann wurde es dunkel und begann zu regnen, also sagte er, wir würden die Nacht über hierbleiben und den Rest des Weges am nächsten Morgen zurücklegen."

„Okay." Das ergab einen Sinn. „Wurde er von etwas getroffen? Hat ihn etwas oder jemand angegriffen?" Zac tastete Dorians Kopf ab, auf der Suche nach einem Hinweis auf die Ursache seiner Bewusstlosigkeit.

Alle drei Männer begannen gleichzeitig zu sprechen. Zac streckte seine Hand aus und zeigte auf einen von ihnen. „Du. Wie ist dein Name?"

„Mario."

„Sag mir, was passiert ist."

„Jeff", er zeigte mit dem Daumen auf den Kerl neben ihm, „wollte mehr über Dorians Funkgerät wissen. Er ist ein Technikfreak. Dorian hat ihm gezeigt, wie es funktioniert, und gesagt, dass es hauptsächlich für militärische Zwecke verwendet wird, aber dass er zufällig eins hat. Er sagte, wir bräuchten es nicht, weil er den Weg zurück in die Stadt kenne."

„Okay. Spulen wir vor zu der Stelle, wo Dorian das Bewusstsein verliert."

Mario zuckte mit den Schultern. „Das ist es ja gerade, Mann. Keiner von uns weiß, was passiert ist. Wir haben uns gefreut, ihn zu sehen, weil wir uns, wie gesagt, verlaufen hatten. Er führte uns hierher, und wir schliefen alle ein. Als wir heute Morgen aufgewacht sind, blieb Dorian einfach liegen.“

„Wer von euch hat dann heute Morgen die Nachricht geschickt?“, fragte Zac.

Mario sah seine beiden Gefährten an. Jeff schüttelte den Kopf, ebenso wie der andere. „Jemand hat euch eine Nachricht geschickt? Ich glaube nicht, dass es einer von uns war.“

Zac zeigte auf Jeff. „Du warst am meisten an dem Transponder interessiert. Du hast keinen Hilferuf versendet?“

„Nein. Ich hätte gerne damit rumgespielt, aber ich hatte Angst, dass Dorian mir dann in den Arsch tritt oder mich hier draußen zurücklässt. Er ist ein bisschen unheimlich.“

„Vielleicht war es der andere“, sagte Mario.

Verdammt noch mal. „*Welcher andere?*“, fragte Zac durch zusammengebissene Zähne. Diese Männer waren Idioten.

„Da war noch ein anderer Typ, den wir heute Morgen getroffen haben“, sagte Mario schnell. „Wir waren froh, ihn zu sehen, denn wir wussten nicht, was wir tun sollten, als wir Dorian nicht wecken konnten. Ich sah, wie er am Funkgerät herumfummelte, aber dann sagte er, er würde gehen und Hilfe holen.“

„Und dann ist er gegangen?“ Zac sah die Männer nacheinander an, und alle drei nickten.

Aiden trat an das Lagerfeuer. „Da draußen ist alles sauber, Zac“, sagte er, woraufhin die drei anderen erschrocken zusammenzuckten. „Weit und breit niemand zu sehen.“ Aidens Anwesenheit machte die jüngeren Männer nicht weniger nervös.

„Dorian ist bewusstlos. Ich bin mir ziemlich sicher, dass er betäubt wurde. Er hat keine Wunden, soweit ich es beurteilen kann.“

„Von diesen Typen hätte sowieso keiner eine Chance gegen ihn.“ Aiden warf ihnen einen abschätzigen Blick zu, bevor er sich neben ihren bewusstlosen Freund kniete.

Zac war seiner Meinung. Er glaubte nicht, dass sie jemandem etwas Böses wollten. Und selbst, wenn, wären sie nicht in der Lage gewesen, einen Treffer bei Dorian zu landen. Aber ein Betäubungsmittel in sein Wasser oder sein Essen zu schmuggeln? „Einer von ihnen ist verschwunden. Ist ohne ein Wort abgehauen."

„Er sagte, er sei Großwildjäger und hinter einem großen Fang her, der ihm zuvor entwischt wäre", erzählte Mario. „Ich weiß nicht, was das bedeutet, und ehrlich gesagt, bin ich froh, dass er weg ist, denn er war ein bisschen seltsam."

„Wie das?"

Mario zuckte mit den Schultern. „Er redete die ganze Zeit über das Jagen. Sagte, er hätte in letzter Zeit ein paar neue Arten und Weisen ausprobiert. Überall in Wyoming und Colorado."

Zacs Augen verengten sich. „Was für Arten und Weisen?"

Mario, Jeff und ihr dritter Gefährte sahen einander nervös an.

Jeff war derjenige, der schließlich antwortete. „Der Typ sagte, dass er seiner Beute gern Fallen stellt."

„Was in Ordnung war", fuhr Mario fort. „An manchen Orten macht man das ja noch so. Aber dann fing Frank an zu erzählen, wie gerne er seine Beute in Gassen fängt."

„Frank?" Zac und Aiden hoben ruckartig die Köpfe.

„Ja. Der Typ sagte, dass er seine Beute am liebsten mag, wenn sie schön blutig ist." Jeffs Gesicht war ein wenig grünlich. „Dass er sie gerne in Angst und Schrecken versetzt. Dann sagte er, er wolle bleiben und sich vergewissern, dass es Dorian gut geht, aber er müsse jetzt den großen Fang weiterjagen."

Zac wurde übel. Er stand auf und sah Aiden an. „Oh, lieber Gott." Er holte sein Handy mit einem Foto heraus, das Frank ihm letzte Woche nach dem dritten Linear-Kurs, den er und seine Truppe gemacht hatten, geschickt hatte, jetzt dankbar, dass er es nicht sofort wieder losgeworden war. Frank stand in der Mitte, direkt unter dem Schild von Linear Tactical, einen Arm um Zac, den anderen um Finn, seine Kumpels auf beiden Seiten. Er grinste bis über beide Ohren.

Man hatte sie hierhergelockt. Dorthin gelockt, wo es meilenweit keinen Handyempfang gab, und sie hatten Annie – *den Fang, der ihm entwischt war* - allein gelassen. Und der Täter war ein Mann, den sie kannte – auch, wenn sie ihn nicht mochte.

Er drehte das Telefon zu Jeff. „Hier. Ist das Frank?“

Kapitel 29

Obwohl es noch nicht einmal Mittag war und die Sonne hoch am Himmel stand, weigerte sich Anne immer noch, allein zu ihrem Auto am hinteren Ende des Parkplatzes zu gehen. Nicht, weil sie Angst hatte, sondern weil sie ihr Versprechen halten wollte.

Sie konnte es sich kaum verkneifen, die Augen zu verdrehen, als sie sah, dass Mia sich ebenfalls bereit machte zu gehen. Sie konnten beide eine der Fußgänger-Eskorten rufen, die das Krankenhaus jetzt zur Verfügung stellte, oder einfach in den sauren Apfel beißen, etwas Zeit sparen und zusammen gehen.

Mia seufzte, als sie Anne sah. „Wollen wir?"

Den ganzen Weg über den Parkplatz wartete Anne auf irgendeine Art von Beleidigung oder weiterer Drohung, die als gutgemeinte Warnung getarnt war. Aber nichts.

„Was?", fragte Mia, als sie sich dem hinteren Teil des Parkplatzes näherten. „Du siehst mich an, als würdest du erwarten, dass *ich* dich jeden Moment angreifen werde."

„Nein. Ich warte nur auf die Warnung wegen Zac."

Mia schüttelte den Kopf. „Mach dir keine Sorgen. Damit

bin ich fertig."

„Keine Angst mehr davor, dass er mir das Herz bricht?"

„Ich habe gesehen, wie die Jungs dich angucken. Du hast jetzt die Aufmerksamkeit von allen. Also ja, ich bin ein wenig besorgt, dass es dir gefallen könnte und Zac darunter leiden wird. Du bist ein Spätzünder. Niemand würde dir einen Vorwurf daraus machen, wenn du dich in der Aufmerksamkeit sonnen willst, die du früher nie bekommen hast."

„Niemand sonst gibt mir welche, Mia."

Die Blondine schüttelte den Kopf. „Oh doch, das tun sie sehr wohl. Du merkst es nur nicht. Das hast du nie."

„Die Aufmerksamkeit der anderen ist mir egal."

Sie zuckte mit den Schultern. „Das magst du jetzt so sehen, aber vielleicht nicht immer."

Anne sah Mia zu, wie sie in ihr Auto stieg, und ging dann die paar Schritte zu ihrem eigenen. Nun, der Kreis hatte sich wohl geschlossen, wenn Mia jetzt Angst hatte, dass *Anne Zacs* Herz brechen würde. Zweifellos hatte sie vor, mit offenen Armen bereitzustehen, wenn das geschah. So viel hatte sich also nicht geändert.

Wer könnte es einem Mädchen verübeln, die Hoffnungen bei Zac nicht aufgeben zu wollen? Schließlich hatte Anne das die meiste Zeit ihres Lebens selbst getan.

Wie versprochen fuhr sie direkt zu Linear, aber alles war wie leergefegt. Keine Spur von den Jungs oder irgendwelchen Leuten, die Unterricht bei ihnen nahmen. Sie parkte vor dem Büro, um Duchess rauszulassen und nach Harley und den anderen Welpen zu sehen.

Und ja, vermutlich wäre sie immer noch dabei, mit ihnen zu spielen, wenn Zac nach Hause kam. Sie konnte diesen kleinen Fellbündeln nicht widerstehen.

Mit Harley dicht an ihrer Brust saß sie schon ein paar Minuten lang auf dem Boden, als sie es sah.

Eine kleine Pyramide aus Steinen, gestapelt auf der

Armlehne der Couch.

Sie wurde blass, Angst schnürte ihr die Luft ab. Was hatte das hier zu suchen?

Als das Telefon in ihrer Tasche klingelte, stieß sie einen leisen Schrei aus. Sie blickte auf das Display hinunter. Wavy.

„W-Wavy?“

„Hey Mädchen, alles klar?“

„I-I-Ich ...“ Sie presste die Lippen zusammen und versuchte, Luft zu holen, um zu sprechen. Sie musste sich beruhigen. Runterkommen.

Wavy bemerkte es offensichtlich nicht einmal. „Hör zu, ich wollte dir nur Bescheid geben, dass Ethan und ich vor einer Weile dort waren und Duchess rausgelassen haben.“

Anne holte noch einmal Luft. „I-Ihr-ihr wart hier?“

„Ja, aber wir mussten los. Ethans Lehrerin will ihn an einem bestimmten Projekt arbeiten lassen und musste es mit ihm durchgehen.“

Ethan war hier gewesen. Ethan baute immer irgendetwas. „K-kannst du Ethan fragen, ob er eine kleine Pyramide aus flachen Steinen gebaut hat? Auf der Couch im Büro?“

Sie hörte, wie Wavy ihrem Neffen die Frage stellte.

„Er sagte ja. Er hatte so eine ähnliche irgendwo gesehen und fand sie interessant.“

Erleichterung überspülte sie. Nicht der Vergewaltiger. Nur Ethan. „Kannst du fragen, wo er sie gesehen hatte?“

Hatte der Angreifer irgendwo anders gewartet? Lieber Gott, vielleicht in der Nähe der Schule? Oder vielleicht hatte Ethan gehört, wie Finn, Zac und die Jungs darüber sprachen. Vielleicht hatte er auch ein Foto gesehen.

„Er weiß es nicht mehr. Typisch Siebenjähriger. Er kann sich an das Datum, die Uhrzeit und die Sekunde erinnern, wenn man ihm verspricht, mit ihm ein Eis essen zu gehen. Aber alles andere, besonders wenn er mit einem Videospiel beschäftigt ist? Vergiss es. Ist es denn wichtig?“

Vielleicht hatte Ethan etwas Wichtiges gesehen und wusste es nicht einmal. Sie würde mit Finn reden, wenn er nach Hause kam. „Nein, ist schon gut."

„In Ordnung. Das hier ist nur eine dreißigminütige Sitzung, also hängen wir danach noch etwas ab, okay?"

„Klingt gut. Bis dann." Es wäre jetzt schön, jemand anderen um sich zu haben. Normalerweise war Anne gern allein, aber jetzt fürchtete sie sich ein wenig.

Welpenkuscheln half ihr, sich besser zu fühlen. Sie wurden jetzt älter und bewegten sich mehr, auch wenn sie sich noch nicht allzu weit von ihrer Mama entfernten. Sie hatte alle drei auf ihren Schoß genommen, um zu sehen, ob es Duchess störte. Aber die Hündin war wie die meisten Mütter von Kleinkindern, egal ob von der tierischen oder der menschlichen Sorte: schlichtweg erschöpft.

Ein paar Minuten später blickte sie hinüber zu ihrem vibrierenden Telefon, auf dessen Display eine SMS von Wavy zu sehen war.

Ethan weiß wieder, wo er die Pyramide gesehen hat. Auf der Feuerleiter im Trainingslager am Abend des Stromausfalls. Ich hoffe, das hilft.

Anne setzte die Welpen von ihrem Schoß ab. Eine der Visitenkarten des Angreifers war *am Tag des Angriffs hier* hinterlassen worden.

Der Vergewaltiger war auf dem Grundstück von Linear gewesen. Er war hier gewesen - hatte wahrscheinlich den elektrischen Schaden verursacht, der erst vor ein paar Tagen endlich repariert worden war – und dann hatte er sie fast vergewaltigt.

Er hatte dafür gesorgt, dass Zac anderweitig beschäftigt war, dass er nichts Privates tun konnte, wie Annie zu einem romantischen Abendessen abzuholen oder sie auch nur nach Hause zu fahren.

Wer auch immer sie angegriffen hatte, war jemand, der

gewusst hatte, dass sie und Zac bereits ein Paar waren, vielleicht jemand, mit dem Anne schon einmal in persönlichen Kontakt gekommen war.

Als es an der Bürotür klopfte, kam ein kurzer Schrei der Angst über ihre Lippen. Sie hielt ihr Telefon in der Hand, Zacs Nummer bereits gewählt - es wäre ihm egal, wenn der UPS-Mann vor der Tür stünde und sie sich lächerlich verhielt -, aber es ging direkt auf seine Mailbox. Wie konnte er ihr jetzt schon helfen?

Sie erstarrte und hoffte, die Person würde einfach wieder gehen. Aber das Klopfen ertönte erneut. Dann eine Stimme. Eine vertraute Stimme.

„Zac? Finn? Ist irgendjemand hier?"

Wie versteinert sah sie zu, als sich der Türknauf drehte und die Tür geöffnet wurde. Frank Jenkins kam herein. Tatsächlich *stürmte* er vielmehr herein.

Frank kannte das Linear-Grundstück gut genug, um die Trainingsanlage zu beschädigen und sicherzustellen, dass Zac in dieser Nacht nicht bei ihr sein konnte. Er wusste auch, dass Zac ihr genug beigebracht hatte, um den kaputten Straßenlaternen im Park aus dem Weg zu gehen und stattdessen den Weg durch die Stadt zu nehmen.

Sie trat einen Schritt zurück und streckte in einer instinktiven Geste die Hände vor sich aus, um sich zu schützen.

„Dr. Griffin. Hey, ähm, ist Zac hier? Oder Finn? Oder irgendeiner der Jungs?"

Frank atmete schwer, als ob er gerannt wäre. Sie konnte ihn nicht wissen lassen, dass sie allein war. Dass die Jungs alle irgendwo draußen in der Wildnis waren.

Dass niemand hier war außer ihr und Frank, der sie mit wilden Augen ansah.

„Ich muss wirklich dringend mit ihnen reden", fuhr er fort, bevor sie etwas sagen konnte.

„J-Ja." Endlich fand sie Worte. „Sie sind alle hier.

Irgendwo in der Nähe. Ich hole Zac für dich. Warum setzt du dich nicht auf die Couch?“

Er machte einen Schritt nach vorne, weiter in das Gebäude hinein, und sie wich automatisch einen zurück.

Lektion 1. Zacs Stimme schwebte ihr durch den Kopf. *Du gewinnst hundert Prozent der Kämpfe, in die du nicht gerätst. Wenn du entkommen kannst, versuche das immer zuerst.*

Sie musste von hier verschwinden.

„Okay, ja.“ Frank nickte verzweifelt. „Wenn du ihn holen könntest - irgendeinen von ihnen - wäre das großartig. Ich muss ihnen etwas sagen.“

Er setzte sich und fuhr sich mit einer müden Hand über das Gesicht. War er hierhergekommen, um seine Verbrechen zu beichten? Alles, was er ihr und diesen anderen Frauen angetan hatte? Galle stieg in ihrem Hals auf. Sie musste hier raus. Den Blick auf ihn gerichtet, sicher, dass er jeden Moment aufspringen und sie packen würde, ging sie rückwärts zur Tür.

Sie war fast da, ihre Hand fand den Knauf hinter ihrem Rücken und drehte ihn, als Frank sich mit ausgestrecktem Arm zu ihr umdrehte.

„Anne, es tut mir so leid. Ich hätte mir nie träumen lassen ...“

Sie sah zu, wie alle Farbe aus seinem Gesicht wich.

Eine Stimme, *diese* Stimme, flüsterte in ihr Ohr. Sein heißer Atem verbrannte sie, so wie er es in der Gasse getan hatte. „Ich denke, was Frank zu sagen versucht, ist, dass es ihm leid tut, mich in dein Leben gebracht zu haben.“

Sie sah über ihre Schulter. Franks Kumpel, Shawn. Der *Nette*.

Er legte eine Hand um ihren Hals und zog sie an sich. Frank stürzte sich auf ihn, aber Shawn wich seitlich aus, dann zog er eine Waffe und schoss Frank in die Brust.

Kapitel 30

„Nein, Mann. Frank war dieser Typ hier." Jeff zeigte auf einen der Männer an der Seite des Bildes, das Frank ihm geschickt hatte. Shawn.

Der Nette. Derjenige, von dem er und Finn sich einig waren, dass sie sich in seiner Gegenwart viel wohler fühlten als in Franks. Derjenige, der zu jeder Unterrichtsstunde zu früh kam und relevante, aufschlussreiche Fragen stellte, auch wenn er die Antworten manchmal schon zu kennen schien.

Er war nicht dort gewesen, um zu lernen. Er war dort gewesen, um zu *infiltrieren*. Vielleicht waren seine Angriffe auf die anderen Frauen nicht mehr als eine Jagd gewesen, aber Annie hatte er gezielt und absichtlich ausgewählt.

Und jetzt hatte er sie alle hier rausgelockt – wo sie nichts tun konnten - und Annie war ganz allein.

Zac drehte sich um und begann zu rennen. Er konnte hören, wie Aiden etwas zu den Männern sagte und wusste, dass sein Freund direkt hinter ihm sein würde. Finn würde Sanitäter holen, die Dorian helfen konnten. Sie mussten zu Anne oder zumindest aus diesem Funkloch heraus, damit er jemanden anrufen konnte - Baby, jemanden aus dem Krankenhaus, verdammt, den verfluchten Milchmann –, der sofort zu Annie fahren würde.

Zac lief schneller als je zuvor in seinem Leben. Er durfte Annie nicht verlieren. Er hatte es schon einmal überlebt, alles zu verlieren, aber bei ihr würde er das nicht. Er ignorierte das Brennen in seiner Lunge und seinen Muskeln und lief weiter. Sein Körper würde sich erholen. Er wusste aus jahrelanger Erfahrung, wie weit er sich selbst pushen konnte, bevor es nicht mehr ging.

Und wenn nötig, würde er dieses Mal über diesen Punkt hinausgehen.

Er würde alles tun, um rechtzeitig bei Annie zu sein.

DAS EINZIGE, was stärker war als ihre Angst vor dem heißen Atem an ihrem Hals und der Stimme aus ihren Albträumen, war ihre medizinische Ausbildung. Sie befreite sich von Shawns Hand um ihren Hals und versuchte, zu Frank zu gelangen, um seine Blutung zu stoppen. Er hatte eine Schussverletzung in der Brust, konnte aber noch gerettet werden.

„Nein." Shawn zerrte sie zurück. „Lass ihn. Sein Tod gehört zu meinem Gesamtplan. Ich habe bereits die Saat dafür gelegt, dass er derjenige ist, der all die Frauen gejagt hat. In seiner Wohnung wird die Polizei noch mehr Beweise finden."

Was bedeutete, dass er auch nicht beabsichtigte, sie am Leben zu lassen.

Sie konnte hören, wie Duchess in dem Raum, in den Shawn sie gesperrt hatte, bellte, als er sie nach draußen zerrte, eine Hand an ihrem Hals, seine Waffe auf ihren Kopf gerichtet. „Ich wollte, dass wir das richtig machen, aber Frank hat meinen Zeitplan ruiniert, als er hier aufgetaucht ist. Ich wollte mit dir im Wald sein, wo wir eine richtige Jagd machen können. Dann hätte ich ein echter Jäger sein können und du meine echte Beute. Aber so viel Zeit haben wir nicht, also werden wir eine Miniaturversion veranstalten.“

Die Angst, die wie ein bleiernes Gewicht auf sie niederdrückte, machte seine Worte schwer verständlich. Miniaturversion wovon? Warum versuchte er jetzt nicht, sie zu vergewaltigen? Oder sie zumindest zu überwältigen?

Als er sie durch den Hof in Richtung des Lagerhauses zerrte, verstand sie. Er wollte eine *Jagd*, aber er wollte sie an einem Ort, wo sie keine Chance hätte, zu entkommen.

Nein.

Sie wirbelte herum, schlug ihren Ellbogen hart gegen seinen Unterleib und zerkratzte ihm mit ihren Fingernägeln das Gesicht. Jetzt warf er sie zu Boden, hielt sie unter seinem Körpergewicht gefangen und drückte ihr seine Waffe an die Schläfe.

„Komm schon, Anne. Ich weiß, dass Zac dir die wichtigste Regel beigebracht hat. Die darfst du niemals vergessen.“

Überleben.

Das war der wichtigste Punkt, den Zac nicht nur ihr, sondern allen Schülern in seinem Training einbläute. Es war das, worum es bei Linear Tactical ging; was Zac und seine Kameraden in ihren Jahren als Soldaten gelernt hatten und nun an andere weitergaben. Wie man überlebte.

„Also, entweder du kommst mit mir, wir machen unsere Jagd und du hast eine Chance, oder ich töte dich auf der Stelle. Plan B ist für keinen von uns sehr spannend.“

Plan A war auch nicht gerade eine Party. Aber sie nickte und versuchte, einen klaren Gedanken zu fassen. Er hob sie an den Haaren vom Boden auf und marschierte mit ihr zum Lagerhaus. Dort angekommen, öffnete er die schwere Tür.

„Ich war hin und weg von diesem Ort, als ich hier das erste Mal durchgeführt wurde."

„Warst du es, der den ganzen Schaden an der Verkabelung verursacht hat?"

„Ja. Ich musste schließlich sicherstellen, dass Zac nicht abhaut, während du zu deinem Auto gehst." Er fuhr mit einem Finger über ihre Wange, und sie erschauderte. „Weil du so gut aufgepasst hast, wusste ich, dass dir das fehlende Licht im Park auffallen würde. Ich habe dich und Zac vor der Tierarztpraxis beobachtet und gesehen, wie er dir die Laterne zeigte, die ich ausgeschossen hatte. Er hat dir wahrscheinlich den gleichen Vortrag über Situationsbewusstsein gehalten, den er in allen seinen Kursen hält."

Bei seinem ruhigen, gelassenen Tonfall konnte man fast vergessen, dass er ein Vergewaltiger war. „Du bist ein verdammter Perverser."

„Ts, ts, Dr. Griffin. Ich hätte erwartet, dass eine so hoch angesehene Ärztin ein wenig klinischer in ihren Begriffen ist."

„Wie wäre es mit Psychopath mit mörderischen Tendenzen und einem Hang zu Soziopathie und Wahnvorstellungen?" Sie warf ihm die Worte mit einer Kühnheit entgegen, die sie so nicht empfand.

Sein Lächeln wurde breiter. „Also im Grunde ein verdammter Perverser." Er schob sie weiter ins Innere des Gebäudes. „Ich wusste, dass du die Beute meiner nächste Jagd sein musstest. Dass du entkommen bist ... war zwar frustrierend, aber dann auch wieder perfekt. Ich kam hierher. Musste in deiner Nähe sein und in der Nähe all dieser Soldaten, die wirklich so viel wissen."

Sie wollte sich die Hände auf die Ohren pressen und schreien, damit sie seine Worte nicht mehr hören musste. Die ganze Zeit über war er so nah gewesen, und sie hatte es nicht gemerkt. Sollte sie ihn angreifen? Er hatte immer noch die

Waffe. Aber irgendwie hielt sie einen Angriff ihrerseits für besser als das kranke Spiel, das er für sie geplant hatte.

Was würde ein Aufschub schon bringen? Sie wollte nicht, dass Wavy und Ethan in die Sache hineingezogen wurden. Er würde nicht zögern, auch sie zu töten.

„Wir müssen loslegen“, sagte er, als könne er ihre Gedanken lesen. „Schließlich wollen wir das Spiel noch genießen. Also, hier sind die Regeln. Erstens.“ Er holte einen Kabelbinder heraus, schob ihn durch die beiden Griffe der Doppeltür und band sie zusammen. „Die Tür ist geschlossen. Es ist nicht unmöglich, sie zu öffnen, aber es wird ein paar Minuten dauern, nicht wahr? Wenn du also raus willst, musst du an mir vorbei“, erklärte er ihr.

„Zweitens“, fuhr er fort und steckte seine Pistole in ein Gürtelholster. „Die hier werde ich nicht benutzen. Wo bleibt sonst der Spaß?“ Er griff nach unten und zog ein unangenehm aussehendes Messer mit einer zwanzig Zentimeter langen Klinge aus einer Scheide an seiner Wade. „Aber das hier werde ich einsetzen. Ich freue mich darauf, es an dir zu benutzen, Annie. Darauf, dich wieder weinen zu hören. Weißt du noch, wie viel Angst du hattest, als du unter mir auf dem Boden lagst? Wie viel stärker ich war?“

Er wollte ihr Angst machen.

Es funktionierte.

Sie atmete schwer, ihre Füße taten es ihr automatisch gleich. „N-n-nein.“

„Da ist er.“ Er leckte sich über die Lippen. „Das ist der Blick, auf den ich gewartet habe.“

Sie gab ihm genau das, was er wollte, aber sie konnte es nicht verhindern. Sie konnte sich nicht an eine einzige Sache mehr erinnern, die Zac ihr beigebracht hatte.

„Hier drinnen wird dich niemand schreien hören, Doc. Ich habe mir die Pläne für dieses Gebäude genau angesehen. Die Schallisolierung war etwas, das die Stadt verlangte, bevor sie die Baugenehmigung erteilte. Um sicherzustellen, dass es isoliert genug ist, damit der Lärm niemanden stören kann." Seine Stimme wurde tiefer. „Bereit für etwas Krawall?"

Schüttelfrost durchzuckte ihren Körper, obwohl es in dem Gebäude nicht kalt war. Ihre Zähne begannen zu klappern.

Er ging hinter ihr, wieder spürte sie seinen Atem heiß an ihrem Hals. „Nun komm schon, Anne. Mach es mir nicht zu leicht. Ich gebe dir einen Vorsprung von zwei Minuten. Dann geht die Jagd los."

Sie stand da und starrte ihn an, ein Dröhnen in ihren Ohren. Sie konnte sich nicht bewegen; es kostete sie alle Kraft, aufrecht stehen zu bleiben. Diese Stimme. Dieser heiße Atem. Die Angst, die ihr den Atem raubte.

„Eine Minute und fünfzig Sekunden. Lauf, Anne."

Überleben.

Mach mich zu einer Kriegerin, Zac.

Du bist bereits eine.

Irgendetwas riss in ihrem Gehirn, wie ein Gummiband, das man bis ganz kurz vor dem Zerreißen gespannt und dann losgelassen hatte. Sie zischte laut gegen das Brennen in ihrem Gehirn an, aber das Rauschen in ihren Ohren hörte auf, und mit einem Mal wurde alles scharf.

Überleben.

Sie rannte.

Die Angst war hinter ihr, viel näher als Shawn und sein Messer. Sie musste beiden entkommen, denn die Angst würde sie genauso schnell zu Boden gehen lassen wie das Messer, wenn sie ihr zu nahe kam.

„Diesmal kommt niemand, um dich zu retten, Annie", flötete er. „Nicht jemand, der den Müll rausbringt, nicht dein geliebter Soldat. Er wird nicht kommen, um dich zu retten."

Sie reagierte nicht, sondern lief einfach weiter. Zac

brauchte sie nicht zu retten. Er respektierte sie genug, um ihr beigebracht zu haben, wie sie sich selbst retten konnte.

Nutze deine Stärken und finde die Schwächen deines Gegners heraus.

Sie war nicht so stark oder schnell wie Shawn. Sie hatte weder eine Waffe noch sein Training.

Aber sie wusste verdammt gut, wo der Notausgang in diesem Gebäude war. Sie rannte darauf zu, in die hintere Ecke, ohne sich nach ihm umzudrehen und zu überprüfen, ob er ihr den versprochenen Vorsprung tatsächlich lassen würde.

Sie sprintete auf die Tür zu. Und wurde prompt wieder zu Boden geschleudert, denn die Tür ließ sich nicht öffnen. Sie stöhnte, ihre kaum verheilten Rippen schrien vor Schmerz.

„Sorry, Annie, ich vergaß zu erwähnen, dass alle Notausgänge versperrt sind. Aber der Gedanke war gut!“

War er ihr schon näher gekommen? Das Geräusch ihres eigenen Atems klang so laut in ihren Ohren, dass sie es nicht beurteilen konnte.

Was sollte sie tun? Weglaufen? Sich verstecken?

Bewegung ist Leben. Bleiben, wo man ist, bedeutet fast immer den Tod.

Sie hörte Zacs Stimme in ihrem Kopf, die Anweisungen aus seinem Training der letzten Wochen. Sie musste in Bewegung bleiben, während sie sich einen Plan ausdachte. Shawn würde erwarten, dass sie sich versteckte.

Sie huschte unter einen hölzernen Vorsprung, hinter dem sich die Kämpfer versteckten, wenn sie hier trainierten. Ihr natürlicher Instinkt wollte, dass sie dort blieb, versteckt, aber sie rollte sich ab, bis sie auf der anderen Seite wieder herauskam, dann ging sie in die Hocke und krabbelte um eine Ecke. Wenige Augenblicke später war Shawns Stimme genau dort, wo sie unter den Planken gerade eben noch gewesen war.

„Ich habe irgendwie erwartet, dass du dich versteckst, kleine Annie. Liegt das nicht in deiner Natur? Zu stottern, zu stammeln und dich unsichtbar zu machen?“

Es lag in ihrer Natur, er hatte recht.

Sie huschte von der Ecke weg und versteckte sich hinter einer weiteren Absperrung, bevor sie zu einer anderen huschte. Wo war Shawn? Sein Schweigen machte ihr noch mehr Angst als seine unheimliche Stimme.

Denk an deine eigenen Stärken und an die Schwächen deines Gegners.

Verdammt noch mal, was waren ihre Stärken? Irgendwie glaubte sie nicht, dass Organisation und Auswendiglernen - die beiden Dinge, die ihr im Medizinstudium und in ihren Jahren als Ärztin am meisten geholfen hatten - ihr jetzt von großem Nutzen wären.

Sie rannte hinter ein Auto, das von all den Paintball-Schlachten, die hier stattgefunden hatten, mit Farbe überdeckt war. Es war dasselbe, das Zac als Deckung benutzt hatte, als er und Finn vor ein paar Tagen das SWAT-Team von Sweetwater County erledigt hatten. Sie hatte das Ganze vom Kontrollraum aus beobachtet.

Zum ersten Mal erblühte ein klitzekleiner Hoffnungsschimmer in ihrer Brust. Das war ihre Stärke. Sie hatte die Dynamik in diesem Gebäude studiert, Zac und die Jungs genau beobachtet. Sie kannte die Halle. Sie wusste, wo sich die Hindernisse und Verstecke befanden. Vielleicht wusste Shawn das allerdings auch.

Aber würde er es auch im Dunkeln wissen?

Denn ihr räumliches Vorstellungsvermögen und ihr gutes Gedächtnis waren ihre einzigen Vorteile in dieser Situation. Wenn sie den Strom abschalten könnte, würde sie sich immer noch mühelos zurechtfinden, wenn sie sich die Anlage einfach vorstellte. Shawn würde das nicht.

Zumindest hoffte sie es.

Schnell bahnte sie sich einen Weg nach hinten, lief im Zickzack hinter verschiedenen Gegenständen und Wänden entlang, um sein Aufsehen nicht zu erregen. Shawn würde nicht erwarten, dass sie sich in diese Richtung bewegen würde. Es war eine Sackgasse. Wenn er sie hier erwischte, saß sie in der Falle.

Sie erreichte den Schaltschrank, öffnete die Tür so leise wie möglich und fand schnell die Hauptsicherung. Und dann hätte sich die Sache erledigt. Sobald sie die Sicherung ausschaltete, wäre die gesamte Anlage stockdunkel, und das einzige Licht käme von den schwachen Notbeleuchtungen in der Ecke. Das war sicher nicht genug, um gut sehen zu können.

Und sobald das Licht ausging, würde er genau wissen, wo sie war.

Sie würde zur Tür rennen müssen, aber das würde er erwarten, und die Kabelbinder konnte sie sowieso nicht schnell genug lösen.

Sie brauchte sein Messer. Das bedeutete, dass sie ihn überrumpeln musste.

Sie musste von der Beute zum Jäger werden. Sie hatte sich ihr ganzes Leben lang unsichtbar gemacht. Jetzt sollte ihr das zugutekommen.

Nutze deine Stärken.

Sie schaltete die Hauptsicherung ab, dann rannte sie.

Auf der anderen Seite des Gebäudes, in der Nähe der Tür, fluchte Shawn leise. Sie hatte recht gehabt: Er hatte nicht erwartet, dass sie sich an den Lichtern zu schaffen machen würde.

Sie hielt sich an die Schatten, visualisierte den Grundriss des Gebäudes in ihrem Kopf und schlich zur Tür. Sie konnte hören, wie Shawn umherstolperte, offensichtlich hatte er Mühe mit der Dunkelheit.

„Das Spiel ist aus, Schlampe. Es wird Zeit, dass du anfängst zu schreien."

Sie kletterte so lautlos wie möglich auf einen Stapel Kisten und kämpfte mit jeder Bewegung gegen ihre Angst an. Ein Notlicht in einigen Metern Entfernung ließ sie gerade genug sehen, ohne einen Schatten zu werfen, der sie verraten würde. Mehr als eine Chance würde sie nicht bekommen. Shawn irrte immer noch in der Dunkelheit herum und suchte in den niedrigen Verstecken nach ihr, genau dort, wo sie gewesen wäre, bevor Zac sie unterrichtet hatte. Sie wartete, bis er knapp an ihr vorbei war, holte tief Luft und sprang.

Sie landete auf ihm, und beide krachten zu Boden. Sofort rollte sie sich ab und rammte ihren Ellbogen mit einem Hieb, der nach stundenlangem Training mit Zac nun aus dem Muskelgedächtnis kam, in Shawns Gesicht. Die Ärztin in ihr wusste genau, was dieses ekelhafte Knirschen bedeutete, und es war ihr völlig egal.

Sie schwang ihr Bein herum und traf fest auf seinen Arm, woraufhin das Messer über den Boden schlitterte. Sie rappelte sich auf, aber er packte sie am Knöchel und riss sie zurück.

Brüllend griff er nach ihren Haaren und zog sie auf die Beine. Sie hatte keine Möglichkeit, der Faust auszuweichen, die in ihr Gesicht krachte und sie zur Seite schleuderte. Als sie sich wieder aufrichtete, versuchte sie, ihm an die Kehle zu gehen, aber er fing den Angriff mit einer Hand ab und schlug ihr mit der anderen in den Unterleib. Sie krümmte sich und schnappte nach Luft, als der Schmerz in ihrem Rumpf explodierte.

Er zog sie wieder an den Haaren hoch, und obwohl Blut von seiner gebrochenen Nase in seinem Gesicht verschmiert war und an seinem Kiefer heruntertropfte, grinste er sie immer noch an. Er hatte Spaß. Es gefiel ihm, dass sie sich wehrte. Er genoss den Gedanken an das, was er als Nächstes mit ihr vorhatte.

Sie hörte weder auf, sich zu wehren, noch zögerte sie. Sie schwang ihr Knie so fest, wie sie konnte, direkt in seine Leiste und knallte es dann auf die Spitze seines Fußes. Er ließ sie los und ging zu Boden. Anne drehte sich um und rannte, nicht ohne unterwegs das Messer vom Boden aufzuheben.

Schwer atmend erreichte sie die Vordertür und durchtrennte mit der schweren Klinge den Kabelbinder. Sie konnte hören, wie Shawn aufstand, und wusste, dass er immer noch seine Pistole hatte. Selbst wenn sie aus der Tür sprintete, würde sie es nicht bis zum Waldrand schaffen, bevor er sie erschoss.

Aber sie würde es verdammt noch mal versuchen. Denn sie hatte die größte Schwäche ihres Feindes entdeckt: Er hatte sie und ihren Willen zu *leben* unterschätzt.

Sie stieß die Tür auf, die helle Frühlingssonne von Wyoming stach in das kleine Blickfeld, das ihr durch das nicht zugeschwollene Auge blieb. Sie stolperte ein paar Schritte vorwärts, als er hinter ihr brüllend aus dem Trainingsgebäude schlurfte. „Ich fange immer, was ich jage, du kleines Miststück!“

Das Geräusch eines einzelnen Schusses brach laut durch den Sonnenschein. Sie wartete auf den Schmerz. Es kam keiner, also ging sie weiter.

„Der nächste Schuss wird dich nicht in ein nicht lebenswichtiges Organ treffen, Arschloch. Mein Daddy hat mir das Schießen beigebracht, als ich elf war, und ich bin ein Mädchen aus Wyoming, also kannst du wetten, dass ich es nicht vergessen habe.“

Mia?

Die Explosion eines zweiten Schusses ertönte von der anderen Seite. Hinter ihr schrie Shawn auf.

„Die Lady sagte, sie hätte kein Problem damit, dich zu erschießen. Aber ich wollte auch ein bisschen Spaß haben." Eine Männerstimme, die ihr ebenfalls bekannt vorkam, aber aus ihrem geschwollenen Auge auf dieser Seite konnte sie nicht genug sehen.

„So ist es brav", schrie eine dritte Stimme Shawn an. „Bleib unten und halte deine Hand weit weg von der Waffe. Denn du kannst mir verdammt noch mal glauben, dass meine Schrotflinte die Arbeit beenden wird, die Trey und Mia begonnen haben."

„Bürgermeisterin?" Anne drehte sich um und stellte fest, dass Shawn tatsächlich überwältigt worden war. Drei Pistolen waren auf ihn gerichtet. Mia mit einer Art winziger Smith & Wesson, Trey zu ihrer Linken hielt seine eigene Handfeuerwaffe, und Bürgermeisterin Dimont hatte eine Schrotflinte an ihre schmale Schulter geklemmt.

Und es fuhren Autos mit quietschenden Reifen in die Einfahrt, weitere Stadtbewohner rannten auf sie zu, mit Waffen, die von Hochleistungsgewehren bis zu Baseballschlägern reichten. Susan Lusher. Riley. Finns Bruder, Baby.

Mia war diejenige, die zu Anne herübereilte und ihr half, sich sanft auf den Boden zu legen.

„Wie kann das sein?", fragte sie die andere Frau. „Das verstehe ich nicht. Woher wusstest du, dass du hierher kommen musstest? Warum?" Sie fand nicht einmal Worte, sondern wies nur mit ausgestrecktem Arm auf die Menschenmenge, die immer größer wurde. „Wie?"

Mia legte einen Arm um sie. „Das passiert, wenn Oak Creek erfährt, dass einer von uns in Schwierigkeiten steckt. Wir kommen angerannt und helfen."

Kapitel 31

Als Zac ankam, sah Linear, abgesehen von den Krankenwagen, aus wie im letzten Sommer, als sie am 4. Juli eine Party gefeiert und die ganze Stadt eingeladen hatten, abzüglich der Torten. Alle waren da und plauderten.

Die achtunddreißig Minuten und zweiundfünfzig Sekunden, die Zac gebraucht hatte, um aus dem Funkloch zu kommen, waren die längste Zeit seines Lebens gewesen. Er war schneller gelaufen als jemals zuvor in seinem Leben. Aiden war neben ihm in den Truck gesprungen, als er die Straße hinuntergerast war. Ein Seitenspiegel und wahrscheinlich die halbe Aufhängung des Trucks waren in der Wildnis um Mt. Bannon zurückgeblieben.

Annies Telefon war direkt auf die Mailbox gegangen. Aiden hatte es weiter versucht, während Zac die eine Person angerufen hatte, die in Oak Creek immer über alles Bescheid wusste und in der Lage war, eine beliebige Anzahl von Leuten blitzschnell dorthin zu bringen, wo sie gebraucht wurden.

Mia.

Sie hatte etwa vier Sekunden gebraucht, um zu erkennen, dass etwas nicht stimmte, und zu ihrer Ehre hatte sie sich nicht einmal einen Moment Zeit genommen, um die verschmähte Frau zu spielen, etwas, wofür Zac ihr für den Rest seines Lebens zu Dank verpflichtet sein würde. Sie hatte zugehört und ihn dann mitten im Satz unterbrochen, als sie den Ernst der Lage begriff. Sie hatte versprochen, dass sie Annie die Hilfe besorgen würde, die sie brauchte.

Er hätte sich nie träumen lassen, dass Mia die Sache selbst in die Hand nähme.

Und offensichtlich auch der Rest der Stadt.

Fünf verschiedene Leute hatten bereits angerufen, um ihm zu erzählen, was passiert war. Wie Annie mit einem Messer aus dem Lagerhaus gestürmt war, und wie Mia auf Shawn geschossen hatte, als er Annie hinterherrannte und ihr in den Rücken schießen wollte.

Sie waren fünfzehn Minuten unterwegs, als Baby ein Bild von dem verletzten Shawn schickte, der in Handschellen in einen Krankenwagen befördert wurde. Auf dem nächsten Bild saßen Annie, Mia und Riley auf dem Boden, dicht beieinander und unterhielten sich wie alte Freunde. Annie lehnte sich sogar an Mias Schulter.

Beängstigend, oder?

Zac hatte nicht gewusst, ob Baby den blauen Fleck in Annies Gesicht meinte, ihre Vertrautheit mit einer Frau, die er einmal gedatet hatte, oder die Tatsache, dass Shawn sie alle so sehr getäuscht und eine so ausgeklügelte Falle aufgestellt hatte. Er hatte sogar versucht, Frank Jenkins zu töten. Der Mann war gerade noch am Leben gewesen, als Hilfe eintraf und ihn ins Krankenhaus brachte.

Zac hatte einfach nur zu Annie gewollt. Um sie in seine Arme zu schließen und sie nie wieder loszulassen.

Fünfzehn Minuten später tat er genau das.

Alle wuselten noch herum, als er parkte und aus dem Wagen sprang. Überall suchte er nach Annie, konnte sie aber nirgends entdecken. Hastig schob er sich durch die Menge, kaum in der Lage, Fragen zu beantworten oder sich die Geschichte aus verschiedenen Blickwinkeln anzuhören.

Er brauchte Annie.

„Es war ihr zu viel", sagte Riley. „Es ging ihr gut, aber all die Leute nach all der Aufregung ... Sie ist zu dir gegangen."

„Danke, Riley."

Riley machte eine Geste in die Menge. „Sie sind alle ihretwegen gekommen, Zac. Jeder Einzelne ließ alles stehen und liegen und eilte hierher, als er hörte, dass Doc Griffins Hilfe brauchte. Du musst dafür sorgen, dass sie das weiß, so überwältigend es auch sein mag. Sie wird in Oak Creek nie wieder unsichtbar sein."

Zac nickte und stapfte zu seiner Wohnung. Er ging jedem aus dem Weg, der versuchte, ein Gespräch mit ihm anzufangen. Annie brauchte ihn.

Er sah Mia, wohl wissend, dass er sich wenigstens bedanken sollte, aber als sie ihn sah, winkte sie nur ab. „Ein andermal, Mackay. Du und Anne könnt mir einen Drink spendieren. Oder zehn. Außerdem hat sie die ganze harte Arbeit allein gemacht."

Er ging zu ihr hinüber und drückte ihre Schulter. „Ich danke dir, Mia." Die Worte waren so unzureichend, aber sie waren alles, was er hatte.

Sie lächelte. „Geh und hol dein Mädchen, Zac. Sie braucht dich. Fast so sehr, wie du sie."

Er drehte sich um und joggte den Rest des Weges zu seiner Wohnung.

„Annie?" Er verlangsamte sein Tempo, um sie nicht zu erschrecken. Er war sich nicht sicher, in welcher Art von emotionalem Zustand sie sein würde.

Keine Antwort.

Immer zwei Stufen auf einmal nehmend, ging er die Treppe in den zweiten Stock hinauf und rief wieder nach ihr. Dann hörte er es. Das Geräusch der laufenden Düsen im Whirlpool. Natürlich.

Er trat auf die Veranda. Sie war bereits im Wasser, ihr braunes Haar hing hinter ihr über den Rand des Pools.

„Hey, süße Annie", krächzte er, die Worte so sanft, wie er sie aussprechen konnte.

„Zac?" Ihre Stimme war heiser, sein Name durch die Schwellung in ihrem Kiefer etwas gelallt.

Hastig ging er zum Rand des Pools, ihr Anblick brach ihm das Herz. Abgesehen davon, dass sie ihre Schuhe ausgezogen hatte, war sie vollständig bekleidet in das Becken gestiegen. „Hallo, mein Schatz. Was dagegen, wenn ich mich zu dir setze?" Er streckte die Hand aus und berührte ihr Gesicht, wo sie einen Schlag abbekommen hatte. „Hat sich das jemand für dich angesehen? Sieht ziemlich übel aus."

„Ja, nichts ist gebrochen. Ich sollte eine kalte Kompresse drauflegen, aber mir war sowieso schon zu kalt. Ich wollte nur in den Pool steigen."

„Ich denke, du wirst dich wohler fühlen, wenn du deine Kleidung ausziehst."

Da lächelte sie. „Keine Sorge. Ich habe keinen Nervenzusammenbruch. Ich habe nur keine Badesachen hier, und ich hatte Angst, dass jemand nach mir suchen würde. Und dann hat mein Gehirn nicht mehr gut genug funktioniert, um eine andere Lösung zu finden."

Ein Teil des Drucks löste sich von seiner Brust. Sie war nicht gebrochen. Sie hatte nur in ihren verdammten Whirlpool gewollt. Er half ihr beim Ausziehen, dann zog er seine eigenen Sachen aus.

„Wir sollten wahrscheinlich runtergehen und mit allen reden", sagte sie.

Er schob sich hinter sie und schlang seine Beine und Arme um ihren Körper. Wenn er gekonnt hätte, wollte er sie am liebsten in seinen Körper hineinziehen. Ein paar

Minuten lang atmete er in ihr Haar und versuchte, seinen Verstand und sein Herz davon zu überzeugen, dass sie wirklich in Sicherheit war.

„Als ich herausfand, was Shawn getan hatte, was er alles auf sich genommen hatte, um dich allein zu erwischen ..."

„Er wollte mich umbringen", flüsterte sie. „Und Frank. Er kam, um uns zu warnen. Oh Gott." Ihre Worte erstickten in einem Schluchzen.

„Er ist noch im OP", flüsterte er. „Gib die Hoffnung nicht auf."

Sie nickte. Dann blieben sie lange schweigend sitzen und hielten sich einfach aneinander fest.

„Es tut mir so leid, dass ich dich allein gelassen habe, zugelassen habe, dass wir uns zu sicher fühlten. Ich hätte dich beschützen sollen, und das habe ich nicht. Ich habe dich im Stich gelassen." Das würde er sich nie verzeihen. Sie bewegte sich, und er öffnete seine Arme, damit sie gehen konnte, falls sie das wollte.

Aber sie drehte sich um, wölbte ihren Rücken und schmiegte sich in seinen Schoß. „Der einzige Grund, warum ich jetzt hier bin – und nicht gebrochen, vergewaltigt und wahrscheinlich tot –, bist du. Das, was du mir beigebracht hast. Was du mir zutrautest. Und ich habe es geglaubt, Zac. Ich war eine Kriegerin, und ich besiegte ihn, weil er einen Feigling erwartete."

Er streichelte ihr Gesicht so sanft wie möglich. „Du bist unglaublich. Deine Stärke, dein Mut, deine Intelligenz. Jeden einzelnen Tag erstaunst du mich. Du warst noch nie ein Feigling. Und es gibt eine ganze Stadt voller Leute, die bereit sind, an deiner Seite zu stehen und zu kämpfen, wann immer du es brauchst."

Er küsste sie, viel sanfter als er es gewollt hätte, aber voller Achtsamkeit wegen ihrer Verletzungen. Nie wieder. Dieser Bastard würde ihr nie wieder wehtun.

Sie lehnte sich zurück, hielt sich an ihm fest und ließ ihren Kopf auf seine Schulter sinken. „Ich schätze, wir sollten gehen und mit allen reden. Ich weiß, der Sheriff wird eine Aussage verlangen."

„Gleich. Im Moment gibt es nur dich, mich und den Himmel von Wyoming."

Kapitel 32

Zwei Wochen später

DAS EAGLE'S NEST war wieder einmal überfüllt. Die ganze verdammte Stadt schien hier zu sein, um Franks Entlassung aus dem Krankenhaus zu feiern. Er war ebenfalls anwesend, saß in einer der vorderen Nischen auf einem Ehrenplatz und sprach mit allen.

Drei Tage, nachdem die Kugel, die seine Lunge durchstoßen und fast sein Leben beendet hatte, operativ entfernt worden war, war hatte Frank als Held aufgewacht. Vor allem, weil Anne allen erzählt hatte, wie tapfer er sich Shawn in den Weg gestellt hatte. Wüsste Zac es nicht besser, hätte er gesagt, dass Frank von dieser Schilderung der Ereignisse ein wenig überrascht schien, aber wer war er schon, um darüber zu urteilen?

Frank hatte definitiv nichts Schlechtes mehr über Annie zu sagen. Und wahrscheinlich würde er seinen neugewonnenen Heldenstatus nutzen, um zu versuchen, nun endgültig einen Job bei Linear zu bekommen.

Zur Hölle, vielleicht würden sie ihm sogar einen geben.

Der heutige Tag war interessant gewesen. Er war vor Jordan Reiss‘ Bewährungsausschuss gegangen, um über die Fahrerin auszusagen, die hinter dem Steuer eingeschlafen war und Becky und Micah getötet hatte. Er hatte dem Ausschuss unmissverständlich gesagt, dass Jordan aus dem Gefängnis entlassen werden musste. Das hätte schon vor langer Zeit geschehen sollen. Und hieße sie nicht mit Nachnamen Reiss, wäre es das wohl auch.

Heute also, auf den Tag genau dreizehn Jahre, nachdem er Becky einen Heiratsantrag gemacht hatte, hatte er einem Justizausschuss gesagt, dass die Person, die für den Tod seiner Frau und seines Sohnes verantwortlich war, freigelassen werden sollte.

Becky wäre einverstanden gewesen. Zur Hölle, Becky wäre sauer gewesen, dass er es nicht schon lange vorher getan hatte.

Zac schaute hinüber zu Annie, die mit Wavy, Riley und Mia an der Bar stand und Drinks bestellte. Sie zwinkerte ihm über die Schulter zu, und er musste sich beherrschen, sie nicht sofort nach Hause zu zerren und sie für den Rest der Nacht nicht mehr aus seinem Bett zu lassen.

Seltsamerweise wusste er, dass Becky auch das gutgeheißen hätte. Und auch die Tatsache, dass er vorhatte, Annie nie wieder gehen zu lassen.

„Ach du lieber Gott“, murmelte Aiden, der neben ihm am Nischentisch saß. „Siehst du die Farbe dieser Getränke? Es kann nicht gesund sein, etwas so Neonfarbenes zu trinken. Dorian hatte recht damit, heute Abend zu Hause zu bleiben.“

Dorian ging es gut, aber er würde jede Ausrede nutzen, um sich keiner größeren Menschenmenge aussetzen zu müssen. Sogar, wenn es sich um Freunde handelte.

„Ja, Dorian ist der Schlaue von uns“, sagte Zac. „Aber

ich bin mir ziemlich sicher, dass Finn schon mal so farbiges Zeug getrunken hat, und er ist noch relativ normal."

Finn antwortete nicht, sondern starrte mir ausdruckslosem Blick quer durch den Raum.

„Oder vielleicht auch nicht", sagte Aiden.

Zac folgte Finns Blick, um zu sehen, was seine Aufmerksamkeit erregt hatte. Nicht was. Sondern *wer*.

Charlotte Devereux.

Sie stand allein an einer Ecke der Bar. Sie hatte wohl nicht damit gerechnet, dass es hier an einem Mittwochabend so voll sein würde. Riley sah sie und winkte sie herüber. Nachdem sich die Frauen umarmt hatten, zog Charlotte ihre Jacke aus, offensichtlich bereit, sich zu ihnen zu gesellen. Aber als Riley auf den Tisch zeigte, an dem sie alle saßen, erstarrte Charlotte, als sie Finn sah. Sie sah ihn einfach mit großen Augen an.

Genau so, wie er auch sie ansah.

Charlotte flüsterte Riley etwas zu, dann zog sie ihre Jacke wieder an. Schließlich brach sie den Blickkontakt mit Finn ab und stürmte zur Tür.

Finn stand so schnell auf, dass er gegen den Tisch stieß.

„Verdammt, Mann, ist dir eine Wespe in die Hose geflogen? Pass doch auf." Aiden schnappte sich Servietten, um sein verschüttetes Bier aufzuwischen.

„Ich ..." Finn brach ab, zuckte mit den Schultern und blickte dann wieder auf den Tisch.

Zac nickte seinem Freund nur zu, in dessen dunklen Augen sich ein Sturm zusammenbraute. „Wir sehen uns später."

Finn war in Sekundenschnelle aus der Tür.

„Was zum Teufel ist gerade passiert?", fragte Aiden.

„Eine lange, lange Geschichte."

Die Damen kamen wieder zu ihnen herüber, jede trug

eine Handvoll Schnapsgläser mit einer hellblauen Flüssigkeit.

„Heilige Scheiße", sagte Aiden. „Was ist das?"

„Elektrische Schlümpfe!", schrie Mia über die Musik hinweg. „Annie hat sie ausgesucht."

Zac sah zu Annie auf, die bis über beide Ohren strahlte und mit den anderen Mädchen herumtanzte. Schon bald würde er sie an die Tanzfläche verlieren. Zumindest für ein oder zwei Lieder, bis er ihr dorthin folgte.

Er zog sie auf seinen Schoß, während alle anfingen, mit ihren Gläsern anzustoßen und die suspekt aussehende Flüssigkeit herunterzustürzen. Zwei Kurze hatte sie noch in der Hand.

„Ist einer davon für mich?"

Ihr Blick wurde ernst. „Wenn du willst. Ich weiß, dass du nicht trinkst. Aber ich verspreche dir, wenn du ein paar trinken möchtest, bin ich gerne bereit, dafür zu sorgen, dass nichts aus dem Ruder läuft."

Er fuhr mit einem Finger über ihre Wange. Sie wäre immer bereit, ihre eigenen Bedürfnisse zurückzustecken, wenn es um die Menschen ging, die ihr wichtig waren. „Du würdest dich wirklich so um mich kümmern?"

Sie küsste ihn und grinste gegen seine Lippen. „Natürlich. Zuhause würde ich es dann vielleicht ausnutzen, dass du betrunken bist, und mich über dich hermachen, aber davor würde ich auf jeden Fall dafür sorgen, dass du gut nach Hause kommst."

Er erwiderte ihr Grinsen und wich ein wenig zurück. „Und dann gibst du mir all deine Liebe?"

Ihre Augen wurden wieder ernst. „Alle Liebe, die ich habe, gehört dir. Das war schon immer so."

„Ich liebe dich auch, Annie. Es gibt so viel an dir zu lieben." Er küsste sie wieder.

Aiden räusperte sich von der anderen Seite des Tisches.

Zac verdrehte die Augen. „Geh und tanz mit einem Mädchen."

„Ich glaube, genau das werde ich tun." Er stand auf. „Aber wenn ich noch ein paar von diesen hier trinke, werde ich wohl nicht mehr geradeaus laufen können." Grinsend ging er auf die Bar zu.

Zac hielt Annie in seinem Schoß und nahm ihr den Shot aus der Hand. „Also, wenn ich das trinke, kümmerst du dich um mich, solange ich es brauche?"

„Versprochen." Dieses Lächeln. Gott, er würde nie genug bekommen von ihrem sanften, stillen Lächeln.

Er kippte die süße Flüssigkeit hinunter, dann gab er ihr einen Kuss. „Ich hoffe, du bist eine Frau, die ihr Wort hält. Und ich habe gehört, dass dieses Elektroschlumpf-Zeug etwa fünfzig Jahre lang in deinem Körper bleibt. So lange brauche ich dich also mindestens."

Als er sie wieder küsste, spürte er ihr süßes Lächeln auf seinen Lippen. „Dann werde ich wohl so lange bleiben müssen."

•••

Linear Tactical Reihe

BESCHÜTZENDE ALPHA-HELDEN, die für die Frauen, die sie lieben, allen Gefahren trotzen.

CYCLONES SCHICKSAL

Zac & Annie

Er würde sie vor jeder Bedrohung beschützen …
Aber was, wenn **er** *selbst die größte Bedrohung ist?*

EAGLES SCHICKSAL

Finn & Charlie

Er kämpft für das, was richtig ist.
Sie kämpft nur ums Überleben …

SHAMROCKS SCHICKSAL

Aiden & Violet

Jeder Einsatz hat seinen Preis.
Er wollte nie, dass sie ihn bezahlt.

ANGELS SCHICKSAL

Gabriel & Jordan

Selbst Engel haben ihre Dämonen.

GHOSTS SCHICKSAL

Dorian & Ray

Manchmal bleiben die Toten nicht tot.

SHADOWS SCHICKSAL

Heath & Lynn

Eine Unschuldige in seinen Krieg zu ziehen, war nie Teil des Plans.

ECHOS SCHICKSAL

Cade & Peyton
Die tiefsten Narben kann man oft nicht sehen.

PHOENIX' SCHICKSAL
Boy Riley & Girl Riley
Man muss erst verbrennen, bevor man sich wieder erheben kann.

BABYS SCHICKSAL
Baby & Quinn
Lass dich vom Namen nicht täuschen.

REDWOODS SCHICKSAL
Gavin & Lexi
Geheimnisse sind ihre einzige Option

SCOUTS SCHICKSAL
Wyatt & Nadine
Er ist der Einzige, der über ihre Narben hinwegsehen kann.

BLAZES SCHICKSAL
Kendrick & Neo
Familie bedeutet, dass niemand zurückgelassen wird.

FÜR IMMER
Ethan & Jess
Manche Lieben sind vom Schicksal bestimmt.

www.janiecrouch.com/de

Printed in Poland
by Amazon Fulfillment
Poland Sp. z o.o., Wrocław

44415904R00179